Strade blu

Michela Murgia
Chiara Tagliaferri

MORGANA

Il corpo della madre

Disegni di MP5

MONDADORI

Si ringrazia Storielibere.fm, editore del podcast, che ha realizzato le stagioni *Il corpo* e *La madre* in collaborazione con Buddybank, Lavazza, Valentino e VeraLab.

Le citazioni alle pagine 87-89 e 102-103 sono tratte da: Elena Ferrante, *La Frantumaglia* © 2003 by Edizioni e/o.

mondadori.it

Morgana
di Michela Murgia e Chiara Tagliaferri
Collezione Strade blu

Disegni di MP5 © 2024 www.mpcinque.com

ISBN 978-88-04-78351-0

I edizione ottobre 2024

A Grienne, regina di Lot dalle molte vite

PREFAZIONE

La cosa che più ricordo, e mi manca, di Michela Murgia è che faceva molto ridere, e riusciva a trasformare ogni cosa in letteratura.

Lo ha fatto, per esempio, con i fenicotteri di Villa Invernizzi a Milano. Lei che a nove anni, a San Giovanni di Sinis, collezionava piume di fenicotteri – lo racconta in *Ricordatemi come vi pare*: "Andavamo dove quegli uccelli rosa si nascondevano, li spaventavamo facendoli alzare e rubavamo le piume che cadevano dalla frenesia dello sbattere d'ali del volo" – sui pennuti acquatici la sapeva lunga.

Prima di conoscerla, ho sempre pensato che i fenicotteri milanesi dimorassero felici e rimanessero di loro sponte in zona Porta Venezia, come le ragazze di Myss Keta. Ogni volta che mi trovavo a passare in via Cappuccini spiavo quel giardino segreto: li vedevo tutti rosa, elegantissimi, intuendo una felicità che attribuisco spesso erroneamente alle cose che suonano bene, anche solo per la bellezza che emanano. Avevo persino controllato la vita media di un fenicottero: possono campare serenamente cinquant'anni. E visto che Romeo Invernizzi, proprietario della villa e papà dei fenicotteri, è morto nel 2004, pensavo che – come quei cani che vegliano le tombe dei loro padroni – loro rimanessero in quel santuario da lui approntato per affezione e pigrizia, pettinati ogni giorno e nutriti con piccoli gamberetti rosa chiamati "scimmie di mare", utili a ravvivare il piumaggio sgargiante (garantisco che in foto vengono più in technicolor dei loro amici della Camargue).

Questo, finché un giorno Michela e io siamo passate da quelle parti. Io le ho detto: «Aspetta, faccio una foto ai fenicotteri», e lei è scoppiata a ridere dicendo: «Solo tu puoi trovare romantici degli uccelli migratori con le ali clippate».

Avendo vissuto per buoni quarant'anni senza sapere niente del clipping, le ho risposto che mi voleva rubare i sogni, e che non poteva sindacare la libertà di scelta di un fenicottero, che magari preferiva il centro di Milano alle lagune salmastre francesi. Per amore si fanno cose bizzarre.

Lei però mi ha risposto: «Esiste un solo modo di non far volare via un uccello migratore, ed è spuntargli le ali. Ogni domesticazione è violenta. Siamo tutte clippate, da qualche parte».

Aveva ragione: le penne dei fenicotteri di Villa Invernizzi vengono spuntate costantemente per impedire loro di volare via, e io negli anni ho accumulato cartoline, calamite e peluche a forma di fenicottero, perché ogni volta che Michela trovava una qualche riproduzione del pennuto, me la regalava (prendermi per i fondelli la divertiva molto).

Anche le nostre Morgane conoscono il clipping, ma con i loro corpi – seppure mutilati – hanno combattuto pregiudizi di etnia, di genere e di classe per creare fratture capaci di allargare prospettive e visioni, dandoci nuove possibilità di essere, moltiplicando all'infinito le categorie in cui vorrebbero infilarci.

Così in questi ultimi anni abbiamo raccontato donne e uomini che hanno scelto di non considerare mai il proprio corpo come un limite e persone che non avrebbero voluto, potuto e forse nemmeno dovuto essere madri, eppure lo sono state, talvolta fuori e talvolta contro il canone, esprimendo della maternità anche il lato più feroce e oscuro. Mentre ragionavamo su queste madri che forse non avremmo voluto per noi ma, come sempre, compiacerci non è mai stata una loro preoccupazione, Michela aveva iniziato a pensare alla prefazione del libro mandandomi queste righe: "La madre è sempre certa e nella vita ce n'è una sola, o almeno questo è quello che abbiamo imparato a pensare, inchiodate all'incontrovertibilità della biologia. La maternità pensata in questi termini è una scarpa stretta dove tutte prima o poi abbiamo dovuto spezzarci un dito per riuscire a entrare, persino quando i figli non li abbiamo fatti. Lo stereotipo della maternità mitica produce solo madri inadeguate, perché nessuna riesce a portarci dentro per intero la propria irripetibile individualità, compresa di fatica, di frustrazione, di limiti e di sogni che il mondo intorno continua a chiamare egoismi. La mitologia della madre uccide quotidianamente le madri e mai come oggi il mondo è pronto a lodare il martirio delle donne per meglio giudicare le vite che al martirio non si adeguano".

In questo terzo volume troverete Morgane terroriste, ragazzine che arrivano da Nazaret per cambiare il mondo, madri che non smettono di marciare intorno all'obelisco di Plaza de Mayo, scrittrici senza corpo o rinchiuse in campane di vetro, pioniere del femminismo e della chirurgia estetica... Le loro storie mostrano un mondo liberante ricco di fecondità alternative, tutte diverse, nel quale nessuna è una madre migliore o peggiore delle altre.

Troverete anche Michela Murgia (nessuna più di lei è una Morgana), e mi piace da matti immaginare che venga studiata insieme alle sue sorelle in un'enciclopedia come questa, perché come ha detto lei: «Siamo cresciute con in casa i volumi dell'*Enciclopedia della donna*, il manuale della perfetta padrona di casa. Ci piace pensare che un'enciclopedia di Morgane possa riparare a molti dei danni derivati dall'aver costretto le donne a immaginarsi per anni dentro a un unico percorso».

Poco prima del 10 agosto 2023, in una delle nostre conversazioni su WhatsApp, Michela Murgia mi ha scritto: "Non finisco mai di meravigliarmi della quantità di storie straordinarie di donne, che anche quando sono arrivate alla fama al loro tempo, sono poi state dimenticate dopo. La grandezza delle donne è come se non producesse permanenza. È pieno di storie incredibili. Non basterebbe la nostra vita per raccontarle tutte".

Le ho promesso che non avrei smesso di raccontare, perché noi siamo e saremo sempre Michela Murgia e Chiara Tagliaferri.

Chiara Tagliaferri, luglio 2024

IL FUOCO
DI MP5

La mattina del 10 agosto 2023 mi sono svegliata con un messaggio di MP5 nel telefono. Non ci sentivamo da qualche settimana, si trovava in Norvegia e prima della sua partenza avevamo concordato che avrebbe curato il progetto visivo del terzo libro di Morgana – l'ultimo che Michela Murgia ed io avremmo firmato insieme – perché siamo sempre state noi tre, e i cerchi che si chiudono sono eterni ritorni.

È MP5 ad aver dato forma a questo nome potente quando era ancora senza volto, portandoci l'immagine folgorante di una donna dai capelli corvini, la mano alzata a celare un occhio mentre l'altro è una fiamma perenne che brucia, permettendole di vedere attraverso il fuoco. Quell'immagine, negli anni, è diventata tatuaggio sui corpi di chi ha cercato nelle nostre Morgane il coraggio della libertà, perché a volte hai bisogno delle storie delle altre per costruire la tua.

Non mi aspettavo un suo messaggio proprio quel giorno, sapevo che era all'estero e noi ci vogliamo bene senza l'abitudine della quotidianità: scomparire avendo fiducia di ritrovarci intatte nell'affetto è il nostro modo.

MP5, che è corrente elettrica pura, sente anche quello che non sa: mi ha scritto che aveva dormito poco e all'alba aveva deciso di trasformare me e Michela in Morgane, i nostri capelli che diventano fuoco.

Con le fiamme si distruggono le ribelli, le sante e le streghe, dicono, ma Michela Murgia credeva nel fuoco e io sono certa che la fiamma di MP5 l'abbia accompagnata in un ultimo, sorprendente incendio da cui è certamente uscita incolume, con delle uova di drago tra le mani.

Le fiamme adesso divampano in entrambi gli occhi di Morgana, e in questo gioco di specchi ogni corpo contiene il suo doppio. Siamo dunque libere di scendere nell'oscurità per abbracciare tutto, anche la ferocia, e risalire respirando falene come Sylvia Plath, o sanguinando dal naso mentre sogniamo come fa Nan Goldin. Io vorrei che i miei capelli diventassero onda di gioia come accade a Goliarda Sapienza nell'immaginazione di MP5, mentre l'unica Morgana a non avere bisogno del corpo è Michela Murgia: solo fiamme rossissime per lei, e la sua voce che continua a bruciare.

Chiara Tagliaferri, luglio 2024

MARIA
DI NAZARET

"Non è possibile. C'è un errore." È questo che pensano tutte le donne quando ricevono la notizia di essere incinte senza averlo programmato. Dicono che una donna sappia per istinto che qualcosa sta succedendo nella profondità del suo ventre, che glielo dica il corpo stesso in qualche misterioso modo, ma a questa ragazzina sedicenne il corpo non deve aver detto proprio niente. «Non è possibile» ribadisce caparbia davanti al più ineluttabile dei test di gravidanza, e per ribadire meglio si appoggia la mano sul ventre, cercando una smentita fisica. È piatto e benché ne fosse certa si sente comunque sollevata. È il primo pomeriggio, gli anziani in casa dormono e nell'aria domina il silenzio.

Non è difficile immaginare cosa pensi quella giovane donna nella penombra della casa, sentire che il dubbio orribile di essere davvero incinta le si insinua dentro e percepire il terrore che insorge rovente al pensiero delle spiegazioni che dovrebbe dare al suo fidanzato, quello con cui non è mai andata a letto, delle reazioni di lui, della sua famiglia, dei vicini. Più di ogni altra cosa teme gli sguardi giudicanti di un piccolo paese dove tutti sanno tutto di ognuno e nessuno dimentica mai nulla. L'oblio per chi sgarra non è contemplato: sulla bocca della gente per una cosa simile si muore mille volte. Che cosa può accaderle? Non ne ha un'idea precisa, ma di certo niente di buono, le persone sanno essere cattive se ti vedono debole. Non è con quel pensiero che si dovrebbero prendere certe decisioni, ma la ragazza intuisce che non avrà altri momenti per farlo: tutto nel silenzio della casa, nell'ineluttabilità dell'offerta, sembra chiederle di rispondere adesso: la accetti o non la accetti questa gravidanza? La sorpresa di poter scegliere è inattesa per lei. Poter decidere di sé, per sé, è una novità, una sensazione nuova e ubriacante che la fa esitare. Il pensiero abortivo resta forte ed è a portata di mano, ma è il fatto di essere libera di decidere che la seduce, persino davanti a un'eventualità mai valutata. Basta la semplice possibilità di poter rifiutare quella gravidanza a farle considerare che invece potrebbe accoglierla. L'istinto alla maternità non ce l'hanno tutte, checché ne dica la leggenda, ma quello alla libertà sì e in lei quel secondo istinto è decisamente più forte del primo. Non ci mette molto a capire cosa vuole davvero. È un brivido troppo forte poter ignorare il parere di tutti nella scelta più rilevante della sua vita. Dice sì.

Nell'istante esatto in cui quella ragazzina pronuncia il suo consenso, cambia tutto. Lei non ne ha idea, ma da quel momento la storia devierà il suo corso, il tempo si azzererà, gli anni del mondo saranno contati da capo, il suo nome sarà ricordato per i millenni a venire e la sua storia verrà presa, usata, riscritta, cancellata, torta e ritorta fino a renderla una formina, uno stampo buono per tenere le donne, specie le madri, sottomesse a un modello unico in tutto il mondo. Miryam di Nazaret, ragazzina palestinese di sedici anni, di nascosto da tutti, nel silenzio della sua casa di paese, non sa niente di tutto questo. Ha solo deciso che lei il Figlio di Dio se lo tiene.

Per spiegarlo agli altri ci sarà tempo.

Myriam di Nazaret non ha niente di speciale. Nasce da genitori di cui i quattro Vangeli canonici non ci dicono neanche il nome, cresce in modo semplice in un paesino rurale della periferia dell'Impero romano e di lei non sapremmo nulla se non avesse ricevuto l'investitura a icona Madre di tutte le Madri. Il Vangelo è la storia di Gesù, non la sua, e come fonte nei suoi confronti è giustamente un po' scarna, talmente scarna che i credenti dei primi secoli ritengono di dover scrivere altri Vangeli, i cosiddetti apocrifi, un po' più generosi di storie, che non entreranno mai nella casta chiusa dei testi che si ritengono parola di Dio, ma nutriranno per secoli la fantasia popolare e l'arte. Gli apocrifi per autorevolezza di contenuto stanno al Vangelo come "Novella 2000" sta alla Treccani, ma non significa che tutto quello che contengono sia falso. È da lì che apprendiamo che i genitori di Maria si chiamavano Gioacchino e Anna, che erano due anziani senza figli e che la gravidanza di Maria arrivò loro in modo annunciato e miracoloso, addirittura concepita con un bacio, senza altro rapporto fisico. Giotto dipinse questo bacio tra i due anziani negli affreschi della Cappella degli Scrovegni e gli storici dell'arte lo certificarono come il primo bacio mai dipinto della storia del cristianesimo, dimentichi forse che nello stesso ciclo di affreschi di bacio dipinto ce n'è un altro, quello tra Gesù e Giuda, ma bisognerebbe spiegare perché due uomini si baciano per salutarsi nella Palestina dell'anno 30, e quella è un'altra vicenda.

La storia di Maria negli apocrifi pone rimedio a tutti i silenzi dei Vangeli canonici, anche con sovrabbondanza. Tutto il racconto che la riguarda è strutturato per farci credere che, essendo chiamata a portare in grembo il Figlio di Dio, lei non potesse essere una ragazzina qualunque: doveva essere a sua volta figlia del miracolo, risalente alla stirpe di re Davide per incastrare bene la giusta genealogia, con genitori a loro volta santi e concepita senza quella cosa zozza che tra santi non si usa, il rapporto sessuale coniugale. Non c'è da stupirsi che la Chiesa abbia tenuto fuori dal canone dei testi sacri questi episodi agiografici, insieme alle storie edificanti che ci raccontano Maria generosa, buona, silenziosa e pudica, capace di miracoli a sua volta, un'infanta celestiale che non si è mai vista in terra. E pazienza se la stessa Chiesa, con l'altra mano, permetteva che per il popolino sorgessero chiese dedicate ai santi inventati Gioacchino e Anna e ne autorizzava il culto. Tutto è invenzione, finché non inizi a crederci.

Nei Vangeli canonici Maria appare solo quando il tempo del Messia è giunto, nella famosa visita dell'Annunciazione, e in un'altra manciata di occasioni che prese una per una sembrano dire poco, ma rivelano moltissimo sia di lei che del suo rapporto con il Figlio. Avete gli occhi pieni di immaginette di madonnine amorose con bambinelli affettuosi che sorridono, tutti dolcezza e miele? Dimenticatevele: essere Maria, la Madre del Figlio di Dio nel Vangelo, è più complicato che essere Daenerys, la Madre dei Draghi a Westeros, perché Gesù si presenta da subito come un figlio difficile, con tratti di rigidità che se non temessimo di essere blasfeme potremmo definire da psicoanalisi. Tanto per cominciare, non si rivolgerà mai a Maria chiamandola madre, se non in un caso, sotto la croce, mentre morente la indica al discepolo Giovanni dicendo: «Ecco tua madre», cioè di fatto nominandola come madre di qualcun altro. È un dato importante, perché la madre per eccellenza, quella a cui tutte noi dovremmo guardare per prendere ispirazione di santità materna e devozione al ruolo, dai Vangeli sembra aver passato l'intera esistenza a vedersi rinnegare proprio quel ruolo.

Nelle occasioni in cui Gesù e i parenti sono insieme, ripetutamente lui ribadisce il distacco dal legame familiare, a volte in modi che sembrano durissimi. Uno degli episodi più significativi è quello delle nozze di Cana, quando Gesù ormai trentenne – che vive ancora con la madre, peraltro – viene invitato con gli amici e Maria a un matrimonio di paese. È lì che avviene il cosiddetto primo miracolo, la tramutazione dell'acqua in vino che darà l'avvio alla missione pubblica di Gesù, ma il modo in cui avviene è disturbante per chi ha il mito del rapporto filiale tra Maria e quello strano Messia nazareno: di tenero e filiale non c'è proprio niente nel dialogo tra i due. È Maria, secondo l'evangelista Giovanni, ad andare a dirgli: «Non hanno più vino». Immaginatevi la scena che ha reso necessaria questa cautela, una frase che non è neanche una domanda, pronunciata in forma passivo-aggressiva, come se la cosa potesse avere in qualche modo a che fare con Gesù, che di mestiere non fa il vinaio. La replica è sferzante: «Cosa c'è tra me e te, o donna? Non è ancora giunta la mia ora». L'epiteto "donna" arriva come un pugno e il resto è pure peggio, perché si presta a più interpretazioni: "cosa c'è tra me e te" da un lato sembra dire che tra Maria e Gesù non c'è niente che la autorizzi a chiedergli di agire per procurare il vino. Dall'altro lato però è interessante che lei lo faccia, perché significa che, forse, qualcosa di straordinario a quel figlio glielo ha già visto fare a casa, e sa che lui può rifarlo, stavolta in pubblico. Così, anche a rischio di prendersi quella risposta da adolescente stizzito, glielo chiede. Maria sa con chi ha a che fare, e infatti, anche se la risposta di Gesù sembra chiudere la questione, va dai servi della casa, con cui è evidentemente in confidenza, e dice: «Fate tutto quello che mio figlio vi dirà». Gesù arriva e ordina di riempire le giare di acqua per dare avvio al miracolo che sarà ricordato come il primo. Il Vangelo non ci dice se Maria abbia osservato la scena ridendo dentro di sé di quel figlio riottoso che alla fine fa quello che gli dice mamma, ma non facciamo alcuna fatica a immaginarcela mentre lo fa.

Che Gesù fosse un bambino problematico Maria era stata costretta ad accorgersene già molti anni prima, mentre insieme a Giuseppe tornavano da un pellegrinaggio a Gerusalemme in occasione della Pasqua ebraica. Come accade anche ai giorni nostri nei viaggi organizzati in comitiva, anche allora ci si muoveva, un po' per sicurezza e un po' per farsi compagnia, in una carovana numerosa, con tanta gente, altre famiglie, confusione, carri, gente a piedi e gente che cavalca: è molto facile che un bambino si perda, e infatti Gesù sparisce. Ha dodici anni, e quando i genitori non lo vedono pensano che stia con un

altro segmento della carovana, a casa si ritroveran-
no, devono essersi detti. A dodici anni nell'Israele di
quel tempo, non sei nemmeno più considerato del
tutto un bambino.

Una volta arrivati, Maria e Giuseppe si rendono
conto che Gesù non c'è per davvero, e nessuno lo ha
visto più da Gerusalemme in poi. D'improvviso, l'o-
metto di dodici anni che poteva viaggiare con altri
adulti fidati, torna a essere ai loro occhi il bambino
piccolo in balia dei mille pericoli del mondo. Dispe-
rati, Maria e Giuseppe tornano da soli a Gerusalemme ripercorrendo le tappe all'indietro nella speranza che il figlio si sia fermato ad aspettare qualcuno
che lo recuperasse. Lo cercano per tre giorni, sempre più terrorizzati – dove dorme? cosa mangia? con
chi è? – finché non lo trovano beato e serafico, sedu-
to in mezzo ai professori di sacra scrittura dentro al
Tempio, che fa lo splendido interrogandoli e facen-
dosi a sua volta interrogare. Il sollievo dei genitori
dura poco davanti a quella scena, subentrano invece la rabbia e l'incredulità di vederlo così tranquillo
mentre loro non dormono da tre notti pensandolo ra-
pito da un predone, calpestato da un cammello, travolto da una duna e Dio solo sa che altro orrore. «Ti
cercavamo!» Il Vangelo è asciutto, ma il sottinteso è
chiaro: "Disgraziato, perché tu non ci cercavi, non ti
preoccupavi della nostra angoscia? Perché non ti sei
reso trovabile?".

Immaginate il dodicenne Gesù assistere freddo a

questo santissimo e logico cazziatone e poi dire serafico: «Perché mi cercavate? Non sapete che io devo occuparmi delle cose del Padre mio?». Giuseppe e Maria, esautorati contemporaneamente del titolo di padre e madre, vengono ridotti a nessuno in un istante. Non è disprezzo e neanche distacco: più banalmente Gesù con le categorie di madre e padre ha un rapporto che non c'entra nulla con quello della famiglia tradizionale e nessuno di quelli che si ritrova come genitori è ancora in grado di capirlo.

Il terzo episodio in cui Maria riceve la detronizzazione da Madre è forse il più duro di tutti e avviene di nuovo in una situazione pubblica, anni dopo, quando Gesù – ormai autonomo e avviato nella sua carriera di Messia – è una superstar dei miracoli, compie gesti straordinari, guarisce, converte, salva adultere dalle lapidazioni ed è sulla bocca di tutti nel bene e nel male. Circondato dalle folle, sempre in movimento come predicatore itinerante, per Maria è ormai difficile incontrarlo. Gesù non viene a predicare nella sua città natale, forse consapevole del fatto che chi ti ha visto con le dita nel naso a nove anni, molto difficilmente potrà credere che da adulto tu sia diventato il Figlio di Dio, salvatore del mondo. Gesù nelle piazze altrui non si pone questo problema e forse non se lo porrebbe nemmeno a Nazaret: lui sa di essere il Messia sin dall'inizio, e si è sempre comportato come tale anche in contesti dove nessuno era disposto a prenderlo sul serio. Il paese natale però mormora:

l'eco delle sue imprese arriva anche lì e Maria sente
i pettegolezzi, le voci secondo cui Gesù è in accordo
con il demonio, che gli permette di scacciare i demoni perché hanno un patto, che forse lui stesso è indemoniato, comunque certamente spostato di testa. Di
quelle voci è piena Nazaret proprio come sarebbero
pieni i nostri paesi di provincia se facessimo qualcosa di insolito o eccentrico e ne arrivasse notizia dove
abbiamo giocato a pallone e alla corda da bambine,
circondate dai compagni di altalena, oggi adulti con
famiglie, che alle cene mormorano: «Che brutta fine
ha fatto la figlia di...».

A Nazaret ridono del mitomane figlio del falegname che si crede l'eletto del Signore. Maria queste cose
le sente, e di certo bene non le fanno. Forse qualcuno – un benintenzionato c'è sempre a dire con finta amicizia la cosa che fa più male di tutte – le avrà
detto: vai, cercalo, riportalo a casa, perché quel ragazzo sta facendo scandalo, dice cose assurde, non
sta bene con la testa, andate a prenderlo, smettete
di far ridere il paese. Maria si prende i parenti – che
nel Vangelo vengono indicati come i fratelli e le sorelle di Gesù – e va dove Gesù sta predicando per
vedere che cosa stia realmente succedendo. Le centinaia di persone intorno al figlio sono una cosa difficile da ignorare. Prova a farlo chiamare, a ritagliare
per sé e per lui un momento di intimità in solitudine, ma Gesù, informato della presenza dei parenti,
si rifiuta di vederli. «Ecco, tua madre e i tuoi fratelli

sono venuti a prenderti!» gli sussurrano i discepoli. Gesù risponde pubblicamente, esponendo se stesso e loro in un modo che anche a rileggerlo sulla pagina suona tremendamente umiliante: «Chi è mia madre, chi sono i miei fratelli? Ecco mia madre e i miei fratelli» – dice indicando la folla – «coloro che fanno la volontà di Dio». Maria, ai margini della moltitudine di persone, deve sentire quella frase guardandolo da lontano, il figlio che ha partorito e che ora si proclama estraneo a lei, mettendola sullo stesso piano degli sconosciuti seduti ad ascoltarlo nella piazza. Gesù straccia in quel momento lo stato di famiglia, eradica l'albero genealogico, si fa beffe dei legami del sangue e crea un'altra gerarchia, quella della volontà, che alle orecchie dei parenti nazareni deve essere sembrata il delirio più grande, la prova che chi diceva che fosse indemoniato forse aveva ragione. Cosa sia morto quel giorno nel cuore di Maria non lo sapremo mai, ma di certo da quella piazza la donna che era lì come madre di Gesù è uscita diversa da come ci era entrata.

Eppure, disconoscimento dopo disconoscimento, Maria accanto a Gesù continua a esserci. Se dovessimo fermarci alle parole che leggiamo, sarebbe bastato il primo episodio, quello del tempio, a far considerare chiusa la partita familiare tra la donna di Nazaret e il suo complicatissimo figlio. Invece Maria non solo non si fa da parte offesa e rinnegata, ma rimane presente per tutta la parabola di vita di Gesù, segno che dietro l'apparente durezza dei loro pur pochi dialoghi, c'è qualcosa che non si vede e che consente permanenza. Deve esserci stato un punto in cui Maria ha capito che oltre il ruolo di mamma, che lui sembra non averle mai riconosciuto, c'erano altre possibilità e che, se si fosse fermata a voler essere solo madre, non avrebbe visto. Di Gesù, Maria gradualmente diventa discepola, o forse è meglio dire *la* discepola più tenace, quella che capisce appieno la lezione per cui sono madri e fratelli solo quelli che fanno la volontà di Dio.

Non è un passaggio facile. Molte madri nelle nostre esistenze non ci sono riuscite, introflesse nel ruolo al punto da ingegnarsi a far restare i figli eternamente bambini, piuttosto che finire marginalizzate dalle scelte della loro età adulta. È uno dei frutti più malati del sistema patriarcale: se la maternità di possesso è l'unica che conosci, perdere il possesso e perdere la maternità sono la stessa cosa. La sindrome del nido vuoto, la malinconia che dicono prenda le madri quando i figli e le figlie lasciano la casa familiare per farsene una loro, Maria l'ha dovuta affrontare sin da quando Gesù ha pronunciato la prima parola, e questo le ha regalato una capacità di cambiamento e di crescita che difficilmente scaturisce dalla gabbia dei ruoli. Capire come stare nelle relazioni che mutano continuamente richiede intelligenza emotiva, non te lo insegna nessuno e serve una grande capacità di ascolto per farne una disciplina personale.

L'evangelista Luca ci dice che a Maria la capacità di ascolto non mancava e che sin da Betlemme "Maria custodiva queste cose, meditandole nel suo cuore". In molti, troppi, hanno pensato che questo custodire si accompagnasse al silenzio, facendo diventare icona ideale della donna sociale la donna muta che capisce ma non interferisce, quella che, se proprio deve parlare, al massimo è per dire sì. Il sì di Maria come prova della sua docilità alla volontà del Signore ci è stato propinato in tutte le salse, contrapposto al no di Eva che nel giardino dell'Eden disobbediva al comando divino di non toccare il frutto dell'albero proibito e rompeva il patto con Dio, causando la cacciata dal Paradiso nei millenni a venire. Medita in silenzio e obbedisci: questo è stato per secoli il dettame per la donna che non vuole fare danno. Donna, ricorda che cosa è successo quando hai parlato la prima volta e hai detto no. Guarda come siamo finiti. Ispirati a Maria Madre di tutte le docilità. Chi meglio della donna del sì poteva dunque prestarsi a insegnare alle altre donne che l'assenso è conforme non solo al volere di Dio, ma anche alla loro più autentica indole, la radice del femminile che ci vuole tutte docili e obbedienti? Però a questo punto una domanda bisogna farsela: dai Vangeli emerge davvero che Maria sia così sottomessa e docile?

La risposta potrebbe essere sorprendente, ma non bisogna dimenticare che per secoli la gente comune i Vangeli non li ha potuti proprio leggere, prima per analfabetismo, e poi perché comunque non venivano tradotti nelle lingue popolari e per accedervi bisognava avere studiato il latino. Il solo Vangelo di cui le persone semplici hanno potuto disporre per tanto tempo sono state le opere d'arte esposte nelle chiese, e gli artisti sono stati altrettanti evangelisti. La Maria che la gente conosce è lì, non nel Vangelo. In quelle chiese le cappelle sono tappezzate di Annunciazioni in cui angeli pieni di slancio si inginocchiano al capezzale di fanciulle piene di grazia, talvolta ritratte con lo spavento e la confusione sul viso, ma che comunque chinano il capo in segno di consenso alla notizia della prodigiosa quanto non richiesta gravidanza. Le donne credenti di ogni latitudine hanno dovuto ascoltare secoli di prediche sulla Maria obbediente e accogliente, la Maria docile alla volontà di Dio, la Maria silenziosa che non discute anche quando non capisce, ma si piega con la flessibilità di un giunco al soffio inatteso dell'imperscrutabile Spirito. Il sì supremamente libero di Maria è stato presentato come la sublimazione spirituale di tutti i sì pretesi dalle donne credenti, e non importa che questi consensi fossero assai meno liberi di quello pronunciato dalla ragazza di Nazaret. Mille assensi, mille catene.

Il sì al matrimonio per essere collocate socialmente, il sì ai rapporti sessuali con il legittimo sposo, il sì alle gravidanze, tutte, sempre e comunque. Il sì al servizio e alla sottomissione nella gerarchia familiare. L'obbedienza naturale al padre, al fratello, al marito. L'obbedienza spirituale a chi nel confessionale ti ha detto che per amore di Dio e della famiglia dovevi sopportare abusi e violenze, offrendo le sofferenze al Signore. Attraverso la distorta rappresentazione del sì di Maria, la Chiesa ha dato a intendere alle mogli e alle figlie che il loro dissenso, il contrasto con l'uomo e in generale ogni tentativo di definirsi come qualcosa di diverso da una risposta affermativa alle richieste del proprio contesto fossero in contraddizione addirittura con il progetto di salvezza di Dio per il mondo. Attraverso la costruzione fittizia di una specie di via del sì alla santità delle donne, la struttura patriarcale trovava nella religione cattolica una formidabile alleata per continuare a esigere la muta sudditanza femminile.

Il principio maschilista del silenzio-assenso veicolato attraverso Maria privava le donne prima della voce, e poi della volontà. In quel contesto la figlia ribelle che prova a opporre le proprie condizioni a quelle del padre non sarà portata a esempio a nessuna, perché il suo no sovverte la gerarchia familiare. La moglie cristiana che ha provato a sottrarsi ai rapporti sessuali con l'energumeno che si era resa conto troppo tardi di aver sposato, difficilmente avrà sentito incoraggiamenti dalla grata del confessionale: il suo no destabilizza il rapporto di potere in cui è entrata sposandosi. La ragazza credente che si rifiuta di vergognarsi di far l'amore con il suo ragazzo prima del matrimonio dovrà imparare a convivere con la disapprovazione del suo contesto religioso, perché il suo sì è pericoloso: afferma che è lei ad avere il controllo del proprio corpo e del proprio desiderio, non altri. La donna separata che provasse a rifarsi una vita con un uomo diverso da quello che l'ha portata all'altare sa bene che per la Chiesa ha già detto un sì di troppo. Nel millenario sistema dei patriarchi c'è un tempo per rifiutare e un tempo per acconsentire, un tempo per perdonare e un tempo per punire le scelte fuori norma: nessuno di questi tempi è però mai deciso dalle donne, specialmente quando il sì e il no riguardano il loro corpo.

Maria di Nazaret è la persona che ha subito il torto più grande nel dipanarsi di questa colossale struttura di dominio. È stata strumentalmente trasformata in icona della più passiva docilità e ha finito in modo paradossale per essere proposta come esempio luminoso di donna funzionale ai piani altrui, lei che i piani altrui li aveva sovvertiti tutti senza pensarci su neanche un istante. Il sì di Maria all'Annunciazione andrebbe studiato in tutte le circostanze in cui si ragiona di donne, perché è quanto di più distante dall'ordine patriarcale si possa sperare di vedere. Torniamo dunque a quel momento iniziale nella penombra di quella casa umile di Nazaret, quando Gesù non c'era ancora, Maria non era madre di nessuno e tutto doveva ancora cominciare.

Immaginiamola nel suo contesto, questa ragazzina forse sedicenne, ipotetica figlia di un padre che aveva ancora potestà su di lei, e già fidanzata a uno che quella potestà l'avrebbe invece avuta a breve.

Immaginiamola ricevere la più misteriosa delle visite, e sentirsi dire che presto avrà un figlio. Non è un ordine quello che riceve Maria dal messaggero misterioso, ma una richiesta importante, una di quelle che però in un sistema patriarcale si avanzano al padre, non certo alla figlia. Il Signore annunciò ad Abramo, e non a Sara, che la moglie sarebbe rimasta incinta di Isacco. Fu Zaccaria, e non Elisabetta, a ricevere l'annuncio della gravidanza in tarda età di quel figlio che poi sarebbe diventato Giovanni il Battista.

Invece questo misterioso visitatore non rispetta le regole, evita tutti i passaggi rituali del sistema tribale giudaico per rivolgersi direttamente a Maria, rendendola soggetto protagonista della scelta che più la riguarda, come è giusto oggi, ma come non era certo normale nel primo secolo.

L'angelo del Signore è un anticonformista, ma la fanciulla d'Israele non si può permettere la stessa autonomia. Una fanciulla perbene davanti alla proposta sconcertante di restare incinta senza manco essere mai andata a letto con un uomo avrebbe dovuto nel migliore dei casi rifiutare, nel peggiore chiedere tempo, cercare di capire cosa ci fosse dietro quell'assurdità. Magari dire qualcosa di molto assennato e prudente, tipo: "Ne parlo con mio padre". Oppure con qualcuno più grande, più esperto, più potente. Poteva parlarne con il suo promesso sposo, per esempio. Se la fidanzata deve restare incinta per opera dello Spirito Santo, forse sarebbe meglio che il futuro marito ne fosse prima informato.

Maria però si guarda bene dal fare tutto questo. Se l'angelo è un anticonformista, lei lo è di più. Non rifiuta né accetta subito, ma si permette gli spazi della trattativa; al messaggero del Signore osa chiedere persino spiegazioni: «Come è possibile?». Lui è paziente, molto più paziente di quanto non sia stato con l'incredulo Zaccaria, e le annuncia le modalità con cui può avvenire il prodigio. Evidentemente per lei sono sufficienti, perché alla fine dice il famoso sì: «Sia fatto di me secondo la tua parola». Solo che quello è tutto fuorché un sì docile.

Forse sarà suonato molto bene nell'alto dei cieli, ma a tutti gli effetti nella terra degli uomini restava un suicidio. Essere rimasta incinta prima di andare a stare nella stessa casa con il promesso sposo non era un fatto che consentisse molte interpretazioni: o lui non l'ha rispettata fino alle nozze, o lei si è concessa a qualcun altro. La gente forse avrebbe pensato che fosse vera la prima ipotesi, e sarebbe stato già molto grave, ma Giuseppe avrebbe pensato sicuramente alla seconda, e questo poteva significare solo una cosa per Maria: pietre. Persino una ragazza tanto sciocca da accettare l'offerta del messaggero del Signore a questo punto sarebbe tornata in sé e sarebbe corsa dal padre, dal fidanzato, dallo zio, dal sommo sacerdote o da una donna più vecchia per raccontare che cosa era successo, cercando di farlo capire e accettare prima che cominciasse a vedersi sul suo corpo. Eppure Maria non fa nulla di tutto questo. Si tiene il suo segreto, la sua visita misteriosa e il suo bambino che le cresce nel ventre, e non dice niente a nessuno. Anzi, fa proprio quello che potrebbe aumentare agli occhi di tutti la sua colpevolezza: si mette in viaggio e va a trovare sua cugina Elisabetta, l'unica che si accorgerà che è incinta.

Quando tre mesi dopo Maria torna a casa, la pancia è abbastanza grande perché anche Giuseppe la veda; solo il suo buon cuore farà scartare al falegname di Nazaret l'ipotesi di farla ammazzare a colpi di pietre per adulterio. Sarà un sogno a distoglierlo dalle idee di ripudio e a convincerlo che quello che sta avvenendo è volere di Dio: da quel momento lui di Maria e del suo bambino misterioso diventerà il protettore più scaltro e attento. Ma in tutto questo occorre tenere sempre presente che Maria ha fatto solo quello che ha voluto, nei tempi e nei modi che ha deciso, a condizioni stabilite da lei, costringendo di fatto a piegarsi alla sua libertà di dire sì tutto il sistema che la circondava e pretendeva di dettarle legge.

Affonda anche qui l'originaria natura destabilizzante del Cristianesimo e Maria lo capisce molto bene anche nel Vangelo. In quella specie di musical che sono i primi capitoli del Vangelo di Luca, dove ogni persona che apre bocca canta un inno poetico davanti a un pubblico che sembra trovarlo normalissimo, il canto liberatorio del *Magnificat* che Maria proclama nella casa della cugina Elisabetta rappresenta a tutti gli effetti un inno al sovvertimento dello status quo. In quei versi ce n'è per tutti: dai potenti che vengono rovesciati dai loro troni ai ricchi che saranno rimandati a mani vuote, gli umili esaltati e i superbi ridimensionati, Maria dice che, in forza della gravidanza che ha accettato, tutti i sistemi di potere oppressivi saranno sovvertiti, anche quello di genere, perché il Dio che ha rovesciato i potenti dai troni e ha innalzato gli umili ha anche destabilizzato una volta per sempre la gerarchia patriarcale tra l'uomo e la donna, facendo di una ragazza, non di un eroe o di un condottiero, la massima complice della salvezza del mondo.

Quel Dio ha fatto di lei, l'ultima delle sconosciute d'Israele, una il cui nome sarà benedetto da tutte le generazioni a venire. Maria può permettersi di cantare quelle parole perché con il suo sì ha fatto saltare il tavolo, ha stabilito le condizioni del riscatto, ha voltato la carta della storia di Israele e non c'è più nessuno che potrà farle credere che qualcosa non è possibile a una donna. Non c'è niente come la Scrittura per rivelarci quanto sia falsa l'idea di Maria che vogliono darci a bere come docile e mansueta, stampino perfetto di tutte le donnine perbene.

Con una simile madre, non c'è da stupirsi che Gesù per tutta la sua vita pubblica abbia usato alle donne un'attenzione altrettanto anticonformista rispetto al contesto in cui è vissuto. Forse saranno state dure le parole che ha rivolto a sua madre in più occasioni, ma il resto del tempo lo ha passato a scandalizzare anche i suoi discepoli per via della libertà paritetica con cui ha trattato le donne che incontrava, fino ad arrivare al limite del tollerabile: affidare addirittura a una donna – che nell'Israele del tempo non poteva neanche testimoniare in tribunale tanto era considerata inaffidabile – la notizia delle notizie: quella della sua resurrezione.

Ma se nei Vangeli Maria è questo, com'è stato possibile che questa donna libera al punto da rischiare la vita per accettare la più assurda delle proposte sia diventata poi uno degli archetipi più efficaci nel giustificare le privazioni di libertà di tutte le altre donne? Come è possibile che attraverso di lei siano passate a tutte noi le trappole simboliche non solo della maternità, che già di suo ne ha molte anche senza partorire il Figlio di Dio, ma anche della verginità e del giudizio sulla sessualità e sul desiderio, l'altra faccia del controllo sociale sul corpo?

La risposta sta in un piccolo test.

Provate a chiedere alle persone con cui vivete o che frequentate cos'è l'Immacolata Concezione. Siamo pronte a scommettere che la stragrande maggioranza, anche tra chi si dichiara credente, vi risponderà che è la concezione di Gesù senza rapporti sessuali tra Maria e Giuseppe. È l'equivoco più diffuso della storia del cattolicesimo, ma non è affatto così: la concezione immacolata è quella di Maria, non di Gesù, e il suo essere senza macchia si riferisce al peccato originale, da cui lei sarebbe stata "perdonata" in anticipo su tutti i battesimi futuri degli altri, in virtù della sua speciale missione di madre del Messia. Eppure tantissime persone, anche colte, continuano a confondere il concetto di Immacolata e quello di Vergine, rivelando l'associazione nascosta tra sesso e cose non immacolate, "something unholy", canterebbe Sam Smith.

È probabile che una certa colpa, oltre alla sessuofobia generale della nostra cultura, almeno per quanto riguarda le donne, l'abbia l'iconografia popolare religiosa degli ultimi centocinquant'anni, nella quale il dogma dell'Immacolata Concezione viene rappresentato per mezzo di statue, dipinti e immaginette devozionali che riportano Maria in atteggiamenti rigidamente pudichi, vestita di colori tendenti al bianco e all'azzurro pastello (evocativo della grazia celeste), con le forme del corpo appena accennate, massimo taglia 40, sia mai che apparissero provocanti, e il capo coperto come quello delle monache. In mano quella Maria tiene spesso un giglio candido, a ribadire purezza e dunque verginità. Le poche varianti moderne a queste immagini sono state spazzate via dalla popolarità planetaria dell'icona della Madonna di Lourdes che nel 1858, a soli quattro anni dalla proclamazione del dogma, apparve alla piccola Bernadette dicendo: «Io sono l'Immacolata Concezione». Altrettanto detonante fu l'immagine molto simile della Madonna di Fatima che nelle apparizioni si presentava ai pastorelli parlando del suo Cuore Immacolato, mostrandolo loro in una specie di operazione splatter a cuore aperto. È interessante notare che da entrambe le rappresentazioni il bambino è sparito, sostituito da mani giunte, a volte che stringono un rosario, più spesso vuote. La Vergine sempre vergine non è più madre, ma non ha mai smesso di essere monito, divenendo via via più inquietante. È in questo modo che Maria è diventata la Madonna, il monumento alla femminilità dolente e repressa che oggi ci viene da pregare solo quando siamo davvero disperate.

Eppure in passato non è sempre stato così. Anche se obbediva a dei canoni, la rappresentazione di Maria era più varia e popolare, molto più vicina alla vita delle persone.

Le icone più antiche e venerate della cristianità – d'Oriente e d'Occidente – hanno raffigurato la verginità di Maria come dato teologico, più che come condizione di superiorità morale, ricorrendo a un espediente simbolico: tre stelle ricamate sul manto, due simmetriche sulle spalle e una sul capo. Dire che Maria era vergine serviva a dire che Gesù era davvero Figlio di Dio, non che essere vergini è bello. Il bianco non faceva parte della tavolozza di colori delle rappresentazioni di Maria e la sobrietà a quelle Madonne proprio non appartiene. Le icone mariane raffigurano Madri di Dio dalla femminilità monumentale, abbigliate con tessuti dai colori vari e vivaci, spesso adorne di gemme e con forme tutt'altro che nascoste. In Occidente non era diverso lo spirito, anche se mutava lo stile. Nella chiesa di Santa Maria delle Grazie in Roma è custodita la famosa e omonima icona che raffigura la Madre di Dio con il seno scoperto, dipinta nell'atto di allattare il piccolo Gesù. L'icona è riconducibile a uno specifico filone di rappresentazione mariana che si chiama *lactans*, ovvero "che allatta", e prevede come canone proprio l'esibizione di un seno nudo nell'atto di nutrire il bambino. Una cosa che oggi noi non tolleriamo neanche nei parchi pubblici, un'immagine talmente potente da ispirare ancora oggi scelte estetiche come quella della maison di moda Schiaparelli, che ha riprodotto esattamente quella linea di pittura in un vestito indossato da Chiara Ferragni nella serata finale del Festival di Sanremo 2023.

Ma se su Chiara Ferragni quella sovrapposizione si può ancora fare, è inimmaginabile oggi una tale libertà espressiva in un quadro che raffigurasse Maria: le cose sono così cambiate che l'autore che osasse prendersi una simile confidenza con il corpo della Santa Vergine, oggi sarebbe tacciato di essere irrispettoso e blasfemo. Veniamo da anni in cui il seno nudo della *Verità* di Giambattista Tiepolo era stato fatto ricoprire da un sorprendentemente bacchettone Silvio Berlusconi con una tunica lattea, affinché non lo si vedesse in tv alle spalle dei ministri durante le conferenze stampa istituzionali. Sono gli stessi anni nei quali gli evidentemente devotissimi Giovani Imprenditori di Confindustria, per non imbarazzare il presidente della CEI Bagnasco in visita alla loro sede, pensarono bene di sbianchettare i genitali dell'Uomo vitruviano di Leonardo che faceva da logo al loro convegno annuale. La liberazione sessuale sembra ancora un miraggio per noi, figuriamoci per Maria. Siamo lontanissime dalla libertà con cui Caravaggio dipinse la sua *Madonna dei Pellegrini* tra il 1604 e il 1606. Conservata nella chiesa di Sant'Agostino in Roma, pur non mostrando il seno, quella donna opulenta rimanda nella posa a una suggestiva carnalità, esaltata dai particolari delle gambe incrociate che lasciano intravedere la forma del ginocchio, ma anche dai piedi nudi, dalle spalle scoperte e dall'ampio scollo della veste. C'è un sontuoso panneggio nell'abito rosso, e anche la presa piena della mano – morbidamente realistica – sulle carni soffici del figlioletto nudo, ci rimanda a una verità del corpo che i quadri successivi non riprodurranno mai più.

C'è stato un tempo nella Chiesa in cui la Madonna poteva venire raffigurata anche con abiti contemporanei e le si potevano mettere indosso le stesse vesti che portavano le nobili mogli dei ricchi committenti, che il più delle volte ordinavano i quadri per arredare le loro dimore. Immaginare oggi Maria abbigliata in un sobrio abito da sera o in una veste casalinga come jeans e camicia sembra blasfemia, ma era esattamente ciò che gli artisti si sono presi la confidenza di realizzare fino al XIX secolo, interpretando una teologia

capace di offrire alle donne cristiane un modello rag-
giungibile, senza che questo intaccasse minimamente la santità assoluta di Maria.

Meno si può dire di certo su qualcuno, più alla
fine saranno le cose inventate. Maria è il paradigma
di questa regola: tolta dal suo contesto, è stata smon-
tata a colpi di narrazioni funzionali così tante volte
che puoi ritrovarla indistintamente in una brutta im-
maginetta in tasca al paziente che attende il suo turno nella visita ospedaliera, o con le pistole in mano
sul tatuaggio di un carcerato. Puoi vederla dipinta sul
muro di una pizzeria di Trastevere, dove è venerata
come "la Madonna giallorossa", ma anche farla diventare la *Madonna del Fascio* e metterla in una cappella di Predappio a benedire gli orrori della Storia,
Ave Maria, piena di rabbia. È la forza di ogni simbolo, che quando supera se stesso diventa elemento le-
gittimante per tutto e il suo contrario, senza più alcun
nesso con il punto da cui è partito. Ma non vorrem-
mo dimenticare mai che il punto da cui è partito il
"simbolo Madonna" era una persona, non un'idea,
una ragazzina vera, di carne, sangue, paure e speranze, che non ha mai avuto intenzione di diventare una cornice buona per tutti i quadri, che ha scelto
con sbalorditivo coraggio da che parte della Storia
stare e che ha continuato a imparare anche le dure
lezioni di un figlio che con lei non era incline a dare
ripetizioni. Quella ragazzina, che certo mai avrebbe
pensato che la sua vita e il suo corpo sarebbero sta-

ti usati per tenere al loro posto milioni di donne, dal fondo della Storia sembra ancora oggi dirci, parafrasando Jessica Rabbit: "Attenzione, non sono io, è che mi disegnano così".

ULRIKE MEINHOF

La seconda domenica del mese di maggio, in Germania come in Italia, è la festa della mamma. "Muttertag", si dice in tedesco, e i suoni così aspri di un alfabeto che a noi pare inciso nel ferro vengono smussati da fiori, regali e biglietti d'auguri che sempre cominciano con un "für meine Mutter". Il 9 maggio 1976 – mentre molte madri tedesche fanno colazione scartando quelle parole infarcite di cuori colorati – alle 7.34 del mattino nel carcere di Stammheim, vicino a Stoccarda, la madre di due gemelle di tredici anni viene trovata impiccata in una cella di massima sicurezza. Il corpo, appeso all'inferriata della finestra, ondeggia impercettibilmente ed è così magro da sembrare quasi un'ombra cinese. Ma nel teatrino delle ombre ogni cosa è silenzio, e nessuno saprà mai quanto è accaduto davvero alla nota giornalista politica Ulrike Meinhof in quella cella. Meinhof era in attesa del processo che la vedeva imputata insieme ad Andreas Baader, Gudrun Ensslin e Jan-Carl Raspe per essere stata una delle fondatrici della RAF (la Rote Armee Fraktion) – conosciuta da tutti come la banda Baader-Meinhof – che dal 1970 aveva travolto la Germania con attentati dinamitardi, assalti alle banche e sparatorie.

Il male ci fa paura: siamo sempre alla ricerca di una spiegazione logica a quel che sfugge alla logica. Forse per questa necessità di comprendere la metamorfosi di una studentessa cattolica pacifista e attivista di sinistra nell'alfiere del terrorismo tedesco, pochi giorni dopo il funerale di Meinhof accade un fatto inquietante.

Dopo l'autopsia che accerta la morte per impiccagione (torneremo su questo), il cervello di Ulrike finisce sul tavolo di un neuropatologo dell'Università di Tubinga per essere analizzato: suo sarà il compito di scovare tra quegli emisferi un marchio, il segno confortante di una malattia a giustificare la follia di ciò che Meinhof ha commesso.

E quell'impronta, in qualche modo, affiora. Il medico che lo analizza scrive nella sua relazione che "l'evidente stato di pazzia di Meinhof è stato causato da un fallito intervento chirurgico alla testa nel 1962 per l'asportazione di un tumore benigno". Il referto rimane ovviamente segreto, perché quell'accertata anomalia confuterebbe la legittimità di una condanna che riteneva Meinhof capacissima d'intendere e di volere. Così la perizia dorme in qualche cassetto mentre il cervello, invece di essere ricongiunto al corpo, finisce annegato nella formalina e spedito dallo stesso medico all'Università di Medicina di Magdeburgo per ulteriori accertamenti. Il cervello di Ulrike galleggia dimenticato fino al 1997, quando lo scienziato Bernhard Bogerts lo preleva dal suo rifugio per confrontarlo con un altro encefalo: quello del professor Ernst August Wagner, un serial killer che nel 1913 ha ucciso la moglie, i figli e altre nove persone. A differenza di Ulrike, seppur imputato per la mattanza, Wagner è la prima persona della regione tedesca del Württemberg a essere dichiarata non colpevole perché affetta da pazzia, nello specifico da paranoia, così ad attenderlo è il manicomio anziché il carcere. Nel caso del professor Wagner, lo scienziato sostiene di aver stabilito un nesso tra gli omicidi e le malformazioni presenti nella sua scatola cranica e vorrebbe approfondire l'indagine esaminando il cervello di Ulrike per pubblicare gli esiti delle analisi, ma per farlo ha bisogno dell'autorizzazione delle figlie di lei, ignare di tutto.

«Nel 2002 ho ricevuto la telefonata di uno scienziato, un orribile scienziato che studia il cervello umano. Mi ha detto che aveva quello di Ulrike Meinhof sul tavolo del suo laboratorio e che era pronto per sezionarlo perché era alla ricerca della formula del terrore. Credevamo che il cervello fosse nella tomba con il resto del corpo e la notizia ci ha sconvolte» racconta Bettina Röhl, che denuncia il medico, ottiene la consegna dell'encefalo e l'interruzione di ogni esperimento. Bettina e sua sorella gemella Regine sono le figlie che Ulrike ha mandato in una baraccopoli in Sicilia quando avevano sette anni perché, divisa tra il suo ruolo di madre e quello di guida di una banda terroristica, ha fatto una scelta: rinunciare a crescerle per combattere l'ingiustizia con la violenza.

Se il sistema limbico di Ulrike – la zona del cervello che ha un ruolo chiave nelle reazioni emotive e comportamentali – contenesse più l'istinto materno o quello della terrorista è una risposta che non avremo mai. Di certo, occuparsi della sua biografia non è cosa semplice poiché c'è sempre il rischio che qualcuno legga, dietro questo interesse, il tentativo di riabilitare pagine dolorose, ancora vive nella memoria collettiva soprattutto in Paesi come la Germania (e come l'Italia) che faticano a dialogare con gli eventi di quegli anni. Eppure, questa Morgana è una donna che abdica al suo ruolo di madre all'interno della famiglia per sublimarlo in un gruppo armato, diventandone la figura di riferimento. A confermarlo è la stessa Bettina, affermando: «Da quando è entrata in clandestinità, è appartenuta più al pubblico che a noi figlie, ai parenti e agli amici più cari».

Ulrike Marie Meinhof nasce a Oldenburg il 7 ottobre 1934 all'ombra di una delle dittature più devastanti del Novecento. Adolf Hitler è salito al potere da un anno e con le SS ha messo in atto una violenta repressione contro ogni opposizione politica, autoproclamandosi qualche mese più tardi Führer del Reich e del Popolo tedesco. Un'antica maledizione cinese recita: "Che tu possa vivere in tempi interessanti", e il tempo che si spalanca davanti a Ulrike è così interessante da trasformarsi nel più oscuro che la Storia abbia mai conosciuto. L'atmosfera plumbea che invade le strade della Germania sembra insinuarsi come un fluido velenoso persino nell'intonaco dei palazzi, traspirando così anche nelle case che diventano i polmoni malati di un'angoscia diffusa. L'appartamento in cui crescono Ulrike e sua sorella maggiore Wienke ha mobili essenziali e una luce scarna che si allunga ogni giorno sui pasti, preceduti dal *Benedicite*: non è la rigidità luterana – così cara ai nonni paterni – a dettare il rigore in casa Meinhof, ma una sorta di sbrigativa praticità. Il padre Werner, storico dell'arte, e la madre Ingeborg Guthardt, iscritta alla Gioventù Operaia Socialista, credono che la militanza politica e l'arte siano l'unico antidoto possibile al male diffuso dal partito nazista: così quelle stanze pallide cambiano temperatura grazie alle voci degli intellettuali e artisti che ogni sera trovano rifugio dalla coppia. Tra le presenze fisse c'è anche il pittore Otto Dix, a cui il regime vieta di esporre le sue opere, considerate "degenerate e offensive nei confronti dello Stato" (molte delle sue tele finiranno al rogo e lui sarà arrestato con l'accusa di aver complottato contro Adolf Hitler).

Werner decide di accettare il nuovo incarico di direttore del Museo della città di Jena – dove si è trasferito con tutta la famiglia – proprio per esporre i lavori di artisti invisi al regime e per aiutarli a scappare appena intercetta il pericolo: i nazisti hanno già cominciato a costruire i campi di concentramento, e sulla collina dell'Ettersberg – a una trentina di chilometri dalla città – si staglia il lager di Buchenwald, letteralmente "bosco di faggi". In realtà sono pochi i faggi rimasti, considerate le dimensioni impressionanti di quello che diventerà uno dei più grandi lager tedeschi, ma sono molte le stelle di David che, con le leggi razziali, spuntano sui cappotti degli amici dei Meinhof. Quel marchio giallo è il prodromo di ciò che accade poco dopo: le persone iniziano a "sparire" all'improvviso. Anche il padre di Ulrike e Wienke scompare: a decidere per lui non è però la crudeltà della Storia, ma la ferocia della malattia. Nel 1940 Werner muore per un tumore fulminante al pancreas, e Ingeborg – rimasta sola in un mondo in frantumi e con due figlie piccole – chiude gli occhi e ricomincia. Inizia a studiare storia dell'arte all'università, forse per ritrovare quella bellezza che lei e Werner erano bravi a creare, e durante un seminario incontra Renate Riemeck, studentessa di pedagogia famosa nell'ateneo per la sua militanza politica. È spericolata Renate, non ha paura di niente e fa sentire più forte anche Ingeborg, perché la sorellanza è esattamente questo: capire che in due si è già rivoluzione e, soprattutto, si sconfigge la solitudine. Quando Renate ha bisogno di una stanza, Ingeborg le offre di stare con lei e le figlie, e in questa famiglia allargata il legame sanguineo evapora per lasciare il posto a quello di appartenenza, moltiplicando il concetto di maternità. «A quel punto» racconta Klaus Rainer Röhl, futuro marito di Ulrike, «aveva praticamente due madri, due donne intelligenti e con poco tempo e altrettanto poco denaro.»

Se l'affetto per le figlie è raddoppiato, il cibo razionato non ne sfama nemmeno una: le notti intanto hanno il suono delle sirene e l'odore del sudore che si mischia a quello acre della paura nei rifugi antiaerei. Ulrike ha dieci anni quando, l'8 maggio 1945, Jena viene occupata dalle truppe americane e si ufficializza la resa della Germania. A guerra conclusa, la vita che viene è ancora più affamata di prima: molte famiglie migrano verso le campagne in cerca di lavoro e lo stesso destino tocca anche a Ingeborg e Renate, che si arrampicano con le figlie su colline talmente dimenticate dagli eventi che persino la malasorte sembra aver dato tregua, lì. Le scuole hanno bisogno di loro e loro diventano maestre, per poi rientrare nella città di Oldenburg dove insegnano in un istituto superiore. Nessuno si stupisce delle ossa che spuntano dai bacini e delle scapole che sembrano ali: la malnutrizione dilaga e la guerra rende prioritari solo i mali visibili, per questo Ingeborg ignora i sintomi di un tumore al seno che le concederà poco tempo. Ulrike intanto viene iscritta in una scuola cattolica gestita dalle suore, ed è forse la prima bambina al mondo che accumulerà ricordi belli raccontando che "il cibo non mancava mai" e che le suore erano affettuose e buone.

Nel 1949, quando Ulrike ha quattordici anni, Ingeborg muore e Renate – che di anni ne ha solo ventotto – diventa la madre adottiva di lei e Wienke. Sembrano in realtà tre sorelle, ma Renate in questo nuovo assetto familiare è instancabile nel prendersi cura delle figlie, e insegna loro la cosa più importante: l'indipendenza in cui ha sempre creduto. Così, compiuti i diciotto anni, Wienke lascia la casa per diventare puericultrice e le sorelle si separano: rimasta sola con Ulrike, Renate riassume i discorsi sul sesso che di solito si fanno alle adolescenti con questa frase: «Una cosa è chiara, se tu dovessi diventare madre, il bambino rimarrà figlio illegittimo qualora tu non volessi sposarne il padre, e allora lo alleveremo noi. Un figlio non deve mai essere la causa di un gesto avventato contro di te, o per contrarre un assurdo matrimonio». Renate può dormire sonni tranquilli perché Ulrike preferisce la musica e la letteratura ai ragazzi. Si appassiona al violino diventando un'abile strumentista e ogni sera si addormenta fra le pagine di Hermann Hesse: come Josef Knecht, il protagonista del *Giuoco delle perle di vetro* che difende Castalia attraverso l'uso delle parole, Ulrike capisce che la voce può essere un'arma affilata. Da lui, forse, prende l'assertività con cui affronta i professori sfiorando quasi l'espulsione. Un giorno, durante una lezione, un insegnante le urla contro e Ulrike si alza placida per dirgli: «Professore, non credo che questo sia il tono da usare con una studentessa delle classi superiori». E mentre lui le grida: «Sfacciata!» lei ripete la frase aggiungendo: «Adesso me ne vado».

Ulrike è sfacciata, certo, e molto talentuosa: nel 1955 non si stupisce di vincere una borsa di studio della Fondazione scolastica del popolo tedesco, con cui può iscriversi all'Università di Marburgo. I compagni di corso la definiscono "la tipica ragazza evangelica, molto tedesca e poco mondana": le fotografie dell'epoca ci restituiscono effettivamente l'immagine di una studentessa con i capelli corti e i vestiti cuciti in casa, ma non facciamoci ingannare da un rigore apparente che non ha nulla di punitivo: è solo praticità, perché Ulrike è proiettata nel futuro, e preferisce viaggiare leggera. Il suo bagaglio contiene principalmente i testi da studiare e le conversazioni con uno studente di qualche anno più grande di lei, Lothar W. Lui è un bel ragazzo che sta per laurearsi in fisica nucleare e con Ulrike trascorre interi pomeriggi a discutere i pro e i contro di quell'energia così potente e altrettanto pericolosa. Se Lothar è a favore, Ulrike è profondamente contraria. Quegli scambi diventano litigi e i litigi si concludono ovviamente con un fidanzamento e una convivenza in un appartamento vicino all'università.

Le molecole d'affetto rimangono salde fino a quando il cancelliere della Germania Ovest e leader dell'Unione Cristiano-Democratica Konrad Adenauer vuole dotare l'esercito tedesco di testate nucleari. Ulrike si oppone al riarmo, e nel momento in cui l'atmosfera in casa con Lothar diventa irrespirabile, lei trova una soluzione facile e sbrigativa: fa le valigie e va a studiare a Münster, dove inizia a scrivere per il giornale universitario "Argument". Le sue parole sono colpi di frusta e i comizi in cui legge i suoi pezzi sono talmente seguiti che in molti la paragonano a Rosa Luxemburg. Guardando al futuro, è interessante notare come, in una lettera aperta agli studenti, Ulrike riponga tutta la sua fede negli strumenti democratici scrivendo: "Ci dicono che la protesta contro il riarmo nucleare sarebbe illegittima, e che il nostro Parlamento sarebbe rappresentativo della maggioranza del popolo. Ma cosa si deve fare quando un Parlamento non rappresenta più l'opinione del popolo su una questione di vitale importanza? Vi sono solo due risposte. O tacciamo, ammettendo così che non abbiamo un governo democratico, oppure ne parliamo e ce ne assumiamo la piena responsabilità".

I pezzi di Meinhof vengono notati anche dalla rivista "konkret", un mensile sovvenzionato dalla sinistra comunista: a interessarsi ai suoi scritti è soprattutto Klaus Rainer Röhl, il caporedattore. Di qualche anno più grande di Ulrike, Klaus è colto e affascinante, ma per molti suoi colleghi abbonda più di amanti che di militanza politica. Eppure nel 1956 Röhl si iscrive al Partito Comunista Tedesco proprio quando il movimento viene messo al bando dalla Corte costituzionale federale (la sua è una protesta contro quella che ritiene una proibizione insensata). Quando i due si incontrano per la prima volta – come spesso accade a chi poi si amerà – si detestano all'istante. Per lei

Röhl è uno spaccone ripugnante, mentre lui giudica questa ragazza dallo sguardo fin troppo diretto e che fuma la pipa «priva di qualsiasi interesse; il tipo che non potevo proprio sopportare».

Nel 1958 anche Ulrike entra a far parte del Partito comunista e "konkret" le offre una rubrica nella sede tutta al maschile di Amburgo. E quel mondo di soli uomini rimane stregato da lei, tanto che un suo collega ricorderà: «La sua voce sembrava avere un tono preoccupato, con la premura di una sorella. Elaborava le frasi con notevole precisione. Quando parlava lei, la si ascoltava». Il timbro di voce di Ulrike fa trapelare una certa tenerezza, ma le sue parole scritte sono analisi acute e pungenti: all'accusa diretta preferisce la riflessione politica, tanto che le assegnano anche la supervisione delle pagine culturali della rivista, e lei riesce a portare firme come quelle di Simone de Beauvoir, Jean-Paul Sartre e Pablo Neruda. L'unica critica che le viene rivolta è di essere sin troppo moderata nelle sue analisi, così Röhl decide di lavorare a stretto contatto con lei per aiutarla a scrollarsi di dosso quello che lui definisce "un atteggiamento da cristiana", che le impedirebbe di essere più efficace negli attacchi alla destra. L'affiancamento porta però a un altro tipo di risultato: a dissolversi sono solo le rispettive ritrosie, e i due s'innamorano.

Intanto "konkret" è ormai considerata la voce dell'opposizione giovanile, invisa a molti politici di destra e grande catalizzatrice di querele. Una delle più celebri rimane quella del 1961 causata dal testo intitolato *Hitler in voi*, in cui Meinhof si scaglia contro il ministro della Difesa Franz Josef Strauß, che porta avanti il riarmo nucleare nel paese. Nell'articolo la giornalista paragona il politico al dittatore tedesco scrivendo: "Così come noi abbiamo fatto domande su Hitler ai nostri genitori, un giorno anche noi verremo interrogati sul conto del signor Strauß". Ulrike, denunciata da Strauß, è costretta a pagare una multa di seicento marchi rendendo evidente lo squilibrio di potere tra un'intellettuale che esprime il dissenso attraverso il diritto di critica e una carica dello Stato che utilizza la coercizione per zittirla (e non risuona poi così lontano pensando a quanto accaduto in Italia, dove lo scrittore Roberto Saviano è stato accusato – e condannato – per diffamazione nei confronti della presidente del Consiglio dei ministri Giorgia Meloni). I tribunali condannano Meinhof, ma il giornale esplode in tiratura e visibilità, e Ulrike è il centro incandescente di tutto, come racconta Renate: «Considerava "konkret" come un palco sul quale poteva compiere e rappresentare le sue opere».

Sempre nel 1961 Ulrike accetta di sposare Klaus, ma scommettendo sull'idrorepellenza alla monogamia del futuro marito, pone una condizione dicendogli: «Ci sposeremo, ma solo per dieci anni. Sarà già tanto per te riuscire a rimanermi fedele per tutto questo tempo. Ma m'impegnerò affinché tu ci riesca». Un anno dopo il matrimonio, Ulrike si prepara ad affrontare una gravidanza gemellare devastante: con il passare dei mesi le emicranie sono così terribili da impedirle anche i movimenti più semplici, fino a quando uno specialista riconduce questo dolore alla presenza di una macchia nel cervello, diagnosticandole lo stesso male che ha portato via i suoi genitori.

L'unica soluzione è un'operazione urgente alla testa, ma Ulrike – che sa bene quanto la tempestività sia in questi casi legata alla possibilità di sopravvivere – pone la salute delle figlie davanti alla propria, rifiutando anche dei banali analgesici per non danneggiare in alcun modo gli embrioni. Solo una volta nate Bettina e Regine, si sottopone a un complicato intervento, per scoprire così che il suo cervello non nascondeva alcuna massa tumorale, ma solo una vena dilatata per via della gravidanza. Per richiudere il cranio le inseriscono una placca di metallo: il post-operatorio è lungo e doloroso, ma Ulrike torna a scrivere a pieno ritmo e la sua penna non dà tregua ai nazisti che continuano a ricoprire cariche politiche e burocratiche, così è tra le prime a denunciare lo scandalo dell'elezione di Kurt Georg Kiesinger – ex membro del partito nazista – a cancelliere del Parlamento tedesco. Con i suoi articoli supera Klaus in visibilità e fama, e forte è il sostegno che dà alla Lega tedesca degli studenti socialisti guidata da Rudi Dutschke, detto "Rudi il rosso". Lo studente di filosofia è un leader carismatico e ha un fascino magnetico: è una rivoluzione non violenta quella auspicata da lui che – come Ulrike – crede nel potere delle parole per combattere l'imperialismo.

Ed è una manifestazione pacifica quella del 2 giugno 1967, quando molti studenti si radunano per contestare la visita a Berlino Ovest dello Scià di Persia. Dalle pagine di "konkret" Ulrike aveva già tuonato rispondendo ad alcune dichiarazioni di Farah Diba, moglie dello Scià, totalmente disinteressata alla miseria in cui versa il suo popolo: "Tu descrivi la tua vita come se fossi un'imperatrice" afferma Meinhof. "Abbiamo l'impressione che tu non sia bene informata sulla Persia. Di ritorno da Parigi hai detto che 'ti mancavano tanto il riso, i frutti dolcissimi, i dessert o le altre cose che compongono un vero pasto persiano'. Per i contadini di Mehdiabad un 'pasto persiano' consiste in paglia messa a mollo nell'acqua [...] A centocinquanta chilometri da Teheran i contadini cercano di evitare lo sterminio delle cavallette perché le cavallette sono la loro unica fonte di sussistenza". I ragazzi che sfilano in corteo sono armati solo della loro voce, a un certo punto però qualcuno lancia delle uova e della vernice. Basta questo per scatenare l'assalto delle guardie del corpo dello Scià e della polizia che, invece di garantire la sicurezza di tutti, provoca la morte di uno studente. "Chi diffonde il terrore deve poi fare i conti con la durezza della controparte" commenta la stampa tedesca filogovernativa che si affretta ad assolvere le forze armate, ma le parole di Ulrike – invitata in una trasmissione televisiva – sono fulmini: «La protesta contro un capo di Stato di polizia ha dimostrato che anche noi viviamo in uno Stato di polizia. Il terrorismo da parte di polizia e stampa ha raggiunto l'apice il 2 giugno a Berlino. Quel giorno abbiamo capito che libertà in questo paese significa libertà per i manganelli della polizia e libertà per la stampa di trovare giustificazioni». La reazione all'assassinio dello studente è detonante e si traduce nella nascita di un movimento rivoluzionario e multisfaccettato, la cui frangia più estremista sostituisce la violenza al dialogo.

Meinhof si avvicina sempre di più al gruppo diventando la corrispondente della ribellione, ma la politica che infervora il suo cuore rende freddo quello di Klaus. Una moglie acclamata dalla sinistra, che ti getta ombra e si dimentica di tornare a casa e pensare a te e alle figlie, va sostituita con altre donne: così nel 1967, durante una festa in casa e ben prima dello scadere dei dieci anni teorizzati da Ulrike, Klaus se ne va con un'amante lasciando alla moglie il compito di salutare gli invitati.

L'uscita di scena un po' teatrale non scompone Ulrike, perché la libertà corrisponde per lei alla possibilità di scegliere dove non vuole più stare: ha un conto in banca indipendente e ci mette pochissimo a fare i bagagli, chiedere il divorzio e trasferirsi con le gemelle a Berlino. Il giorno dell'udienza per la separazione intima al giudice: «Per piacere faccia in fretta perché dobbiamo tornare in redazione a scrivere l'editoriale».

Nella capitale Ulrike fa quanto può per conciliare il suo lavoro e l'impegno politico con la fatica di occuparsi da sola della casa e delle figlie, ma Bettina e Regine sono due pesci piccolissimi che nuotano in un acquario troppo grande e rumoroso: la casa nuova è gigantesca e sempre piena di studenti. In un'intervista del 1969 Ulrike afferma: «Le donne vengono ricattate per mezzo dei loro figli, e l'umanità di queste donne consiste proprio nel lasciarsi ricattare», e ancora: «Questo è il problema di tutte le donne politicamente attive, me compresa [...] che da un lato svolgono un lavoro di importanza sociale, che riempie la testa di cose urgenti, che magari sono davvero capaci di parlare, scrivere e agitare, ma dall'altro lato sono disperate per i loro figli come qualsiasi altra donna [...] Vista con lo sguardo dei bambini, la famiglia è il luogo dei rapporti umani stabili. Naturalmente è una situazione più facile per un uomo che abbia una moglie che si occupi dei figli [...] Una donna non ha una moglie che si accolli tutti questi compiti, deve risolversi tutto da sola, e questo è immensamente difficile».

È immensamente difficile, ma lei ci prova e lo fa nell'unico modo che conosce, portando la militanza anche nell'educazione delle figlie: i giochi vengono sostituiti dalle lezioni di lotta politica, e i vestiti perdono i colori per trasformarsi in cosine anonime. Ricorderà Bettina: «Ho combattuto questo cambiamento con le unghie e con i denti, ma nostra madre ci ha deliberatamente trascurate. In questo senso io e mia sorella eravamo esibizioni della rivoluzione». Ulrike le porta alle manifestazioni, e i cannoni ad acqua della polizia sono le loro piscine, i mari che non conosceranno. «Erano momenti in cui sembrava felice» continua Bettina, «dato che di solito sedeva alla macchina da scrivere con una tazza di caffè e tonnellate di sigarette, era sempre entusiasta quando sperimentava qualcosa in prima persona. Ci è stato spiegato molto di ciò che gli adulti stavano facendo e di cosa fosse la lotta politica. Cos'è un capitalista. Della rivoluzione di Mao in Cina o della guerra in Vietnam. Molti dei compagni con cui abbiamo sfilato per le strade cantando "Ho Chi Minh" sono poi diventati ricercati terroristi.»

Ulrike porta le gemelle anche sul set del film-inchiesta *Bambule,* che la giornalista realizza insieme ad alcune ragazze dell'istituto rieducativo di Eichenhof, a Berlino. "Bambule" in gergo vuole dire "fare casino", ed è questa confusione liberatoria a salvare dalla pazzia le adolescenti che finiscono in strutture simili a prigioni per le loro "devianze". La pellicola (che verrà censurata con l'entrata in clandestinità di Ulrike) racconta la storia di chi è stata cacciata dalla famiglia perché lesbica o definita "avida di sesso" e ribelle (per esserlo, è sufficiente indossare una minigonna). Una delle protagoniste dice: «Chi si sottomette, lo annientano, capisci? Ci marcisci qui dentro. Se ti sottometti, quelli son contenti che ti hanno annientato. Allora poi sono gentili con te». *Bambule* è soprattutto l'insurrezione e la speranza dei corpi in rivolta, la nascita di una nuova coscienza di classe pronta a combattere.

Il passaggio dalla protesta alla resistenza armata avviene il 2 aprile 1968, quando quattro ragazzi danno fuoco a un grande magazzino di Francoforte (fortunatamente senza vittime). I terroristi rivendicano da subito la loro colpevolezza, e due di loro – Gudrun Ensslin e Andreas Baader – sono una coppia. Appartengono entrambi all'APO, il movimento di opposizione extraparlamentare comunista, anche se hanno storie molto diverse: lei è una studentessa universitaria di ventisette anni, parla correntemente più lingue e i suoi capelli biondi incorniciano degli zigomi prodigiosi facendola somigliare a una diva del cinema. Andreas Baader ha venticinque anni, è l'unico dei compagni a non aver frequentato l'università ed è cresciuto arrabattandosi tra piccoli crimini e furti di auto. Il processo sembra uno spettacolo hollywoodiano: gli imputati sorridono, si abbracciano, sono belli nella loro giovinezza scellerata che non conosce pentimento, e al giudice che chiede conto del crimine Gudrun risponde: «Lo abbiamo fatto per protestare contro l'indifferenza con cui la gente ha assistito al genocidio in Vietnam [...] Abbiamo imparato che parlare senza agire è sbagliato». Ulrike, che ha provato davvero a cambiare le cose utilizzando le parole come unica risorsa, è stanca: il mondo attorno a lei si sta sgretolando, gli ideali che ha difeso e per cui ha combattuto sembrano liquefarsi, e mentre tutti litigano con tutti, il nemico là fuori ride. Così, quando intervista Gudrun rimane colpita da questa ragazza che sceglie consapevolmente la lotta armata, perché come scriverà Gudrun stessa in una lettera a Baader: "Siamo brutali con noi stessi [...] e una delle conseguenze che ciò potrebbe avere è che saremo altrettanto brutali e freddi con tutti gli altri".

Con l'attentato a Rudi Dutschke, a cui un estremista di destra spara in pieno giorno, Ulrike continua a ripensare alle parole di Gudrun: «La violenza è l'unico modo per rispondere alla violenza». Un mutamento traspare anche nel discorso che Meinhof tiene alla Technische Universität, in cui dice: «Se si lancia una pietra, il fatto costituisce un reato. Se invece si lanciano migliaia di pietre, questa è un'azione politica. Se si dà alle fiamme una macchina, il fatto costituisce reato. Se invece si danno alle fiamme centinaia di macchine, questa è un'azione politica. Protesta è quando dico che una cosa non mi sta bene. Resistenza è quando faccio in modo che quello che adesso non mi piace non succeda più».

Nel 1970 i quattro imputati vengono condannati per l'attentato di Francoforte, ma tre di loro – Ensslin, Baader e Horst Mahler – fuggono ed entrano in clandestinità presentandosi alla porta di Ulrike. Per due mesi la casa della giornalista diventa la base della banda e alle gemelle viene ordinato di non aprire bocca con nessuno: devono fingere che i latitanti siano fantasmi, attraversarli senza vederli. «Ben presto Baader si comportò come se fosse il padrone di casa. Non faceva mistero del fatto che trovava i bambini molto fastidiosi» racconterà Bettina in un'intervista. Ma le gemelle hanno sette anni e rivogliono la loro vita, così un giorno portano a casa delle amiche, indicando loro i terroristi: «Di fronte a un gruppo di bambine Baader è subito fuggito in bagno e lì si è molto arrabbiato. Mia madre ha avuto difficoltà a calmarlo».

Se noi adulti ci proteggiamo da moltissime cose, sentimenti compresi, i bambini sentono quello che noi non abbiamo l'istinto, o il coraggio, di vedere. Così Bettina e Regine avvertono un pericolo molto maggiore di una Germania che sta andando a fuoco: Baader si sta portando via la loro madre, che si è avvicinata pericolosamente a lui (le prime frizioni con Gudrun nascono proprio in questo momento, anche se deflagreranno solo dopo l'arresto). Baader ricambia l'interesse di Ulrike a modo suo: umiliandola. Racconta Bettina che questo ragazzo arrogante somigliava a quei bambini crudeli quando denigrano quello che invece desiderano: «Negli anni che seguirono, Andreas Baader accusò ripetutamente mia madre per la sua posizione sociale, definendola una "troia borghese" e una "porca borghese". Ma sospetto che quello fosse il suo punto debole, non quello di Ulrike».

La casa nel frattempo è diventata un arsenale d'armi ben attrezzato e somiglia a un camerino teatrale ricolmo di parrucche e abiti piuttosto strepitosi, necessari a quei travestimenti che contribuiranno a creare il mito della banda. Mentre il gruppo assolda nuove reclute, accade però un intoppo: Andreas Baader viene arrestato e portato in carcere.

Gudrun ha un piano per liberarlo, ma per metterlo in pratica deve riappacificarsi con Ulrike, perché ha bisogno della sua complicità. La giornalista ottiene infatti un permesso dal carcere per poterlo intervistare in una biblioteca: la scusa è quella di scrivere un libro sul movimento di rivolta. Ma quando Baader viene condotto nella sala studio con Meinhof, gli altri membri della banda fanno irruzione ferendo gravemente il bibliotecario, poi spalancano una finestra ed evadono con Baader.

È questo il punto di non ritorno per Ulrike: potrebbe rimanere immobile e fingere di essere vittima a sua volta, invece salta da quella finestra e il salto che compie è molto più ampio, e oscuro. Segna infatti il suo passaggio a un'altra vita: quella della clandestinità e della lotta armata, rinunciando per sempre alle figlie. Pochi giorni dopo, Berlino viene tappezzata con le foto segnaletiche del suo viso. «Mostravano mia madre dall'aria seria con la didascalia: TENTATO OMICIDIO – RICOMPENSA DI 10.000 MARCHI. Una foto che le persone ricorderanno d'ora in poi» racconterà Bettina, aggiungendo: «La sua decisione di vivere in clandestinità l'ha tagliata radicalmente fuori dalla possibilità di fare qualcosa di efficace contro l'ingiustizia sociale. Da lì in poi si è trovata in una situazione impotente e senza speranza».

Anche le gemelle si ritrovano a saltare da una vita complessa – ma con confini perimetrati da mura che riconoscono come casa – a un'altra fatta di polvere e sole. Invece di affidarle all'ex marito, che ormai definisce un "comunista da salotto sessista", Ulrike decide di prepararle alla rivoluzione. Il piano è quello di farle arrivare in Palestina, ma la prima tappa è in Sicilia: è lì che la scrittrice Carola Susani, al tempo poco più piccola delle gemelle, le incontra. Nel bellissimo libro *L'infanzia è un terremoto* Susani ricorda la Valle del Belice trasformata in una distesa di rovine quando la sua famiglia vi si trasferisce per lavorare alla ricostruzione insieme al Centro Studi, la cooperativa promossa da Danilo Dolci e Lorenzo Barbera per lo sviluppo della Sicilia occidentale.

Carola ha cinque anni quando spuntano queste due bambine bionde, non proprio uguali, poco più grandi di lei e molto tristi. Il villaggio siciliano, oltre agli sfollati, accoglie hippie e forestieri, e le gemelle vivono in una baracca fatiscente con giovani donne e uomini affiliati al gruppo a cui è stato promesso del denaro per prendersene cura. Susani e gli altri bambini del campo non parlano il tedesco, ma si fanno capire a gesti. La scrittrice ricorda nel libro: "I mesi in baraccopoli Bettina li racconta terribili, non c'era l'acqua e la baracca aveva le finestre senza vetri, era squallida come una prigione. Ma penso che Bettina e Regine si dovessero soprattutto sentire sole, senza genitori e senza amici, in un posto dove nessuno parlava decentemente tedesco, e gli sforzi di farle partecipare alla nostra comunitaria vita infantile, a base di caramelle alla banana e di ghiaccioli, non potevano avere granché effetto".

Il ritorno di Ulrike è loro annunciato ogni mattina, ma dopo il terzo giorno le gemelle smettono di crederci. Bettina ricorda: «Il tavolo su cui mangiavamo era in realtà una persiana verde caduta, appoggiata su dei mattoni, mentre i letti erano gettati per terra e gli italiani ci hanno fornito delle coperte di lana [...] A volte Regine stava sulla porta e piangeva cercando di non farsi vedere, ma la vedevo lo stesso. Oppure scappava piangendo forte in pigiama sulla strada, perché già al mattino faceva un caldo torrido, perché non c'era di nuovo la colazione e nessuno si prendeva cura di noi».

Mentre le gemelle sono in Italia, Ulrike inizia con il gruppo una lunga fase di addestramento, appoggiandosi all'organizzazione di resistenza palestinese Al Fatah, in Giordania. La banda si dà un nome: RAF, acronimo di Rote Armee Fraktion, scegliendo come simbolo una stella rossa con al centro un mitra. È Ulrike a stilare il programma del gruppo, ma se con le parole le è facile combattere il nemico fascista e imperialista, la formazione militare è per lei durissima: ha poca dimestichezza con le armi e viene derisa dai compagni per i suoi retaggi borghesi. Eppure la banda viene chiamata da tutti semplicemente Baader-Meinhof perché è proprio la partecipazione di Ulrike a darle rilievo e, soprattutto, la protezione per operare indisturbata.

Per finanziare gli attentati il gruppo ruba auto e apparecchi fotografici, falsifica documenti, rapina banche – tutte azioni in cui Ulrike fatica a mostrare le sue abilità –, ma la giornalista è fondamentale per la rete di conoscenze che mette a disposizione e per le sue parole: è lei che cura i comunicati della RAF.

In Sicilia, intanto, il gruppo che ha ricevuto il mandato di prendersi cura delle bambine capisce che non intascherà nessun compenso, così abbandona il campo senza preoccuparsi troppo delle gemelle. «Quando sei bambino accetti tutte le decisioni degli adulti con fiducia» ricorda Bettina. «Siamo state strappate alla nostra vita per quattro mesi. Nostra madre aveva già elaborato il piano per mandarci in Palestina e ci avrebbero portate nel campo per bambini orfani. Saremmo sicuramente morte o finite molto male.» Nulla di brutto però accade perché Klaus, che in realtà non ha mai smesso di cercarle, riesce finalmente a ricongiungersi con loro riportandole in Germania esattamente un giorno prima del ritorno di Ulrike. La madre è tornata come promesso, e un'ex compagna delle bambine racconterà: «È crollata quando ha scoperto che le figlie erano con il padre».

Ulrike chiude gli occhi e ricomincia, e nel maggio del 1972 partecipa a quattro attentati dinamitardi che fanno risvegliare la Germania nel sangue. Nella *Banalità del male*, Hannah Arendt osservava che il male è così terribile perché ci somiglia, perché i fautori di quel male possiamo diventare noi. Così le bombe piazzate dalla banda fanno brillare Francoforte, Augusta, Heidelberg e per la prima volta, con l'esplosione del terzo piano della sede del gruppo editoriale Springer – a cui facevano capo varie testate di stampo conservatore affiliate al governo – vengono colpiti anche cittadini comuni.

Nei comunicati che rivendicano gli attentati, Ulrike scrive: "La Germania e Berlino Ovest non devono più rappresentare la retroguardia della strategia di distruzione in Vietnam", e ancora: "La polizia deve rendersi conto che non può liquidare nessuno di noi, senza sapere che noi contrattaccheremo [...] Stiamo agendo per coloro che cercano di liberarsi dal terrore e dalla violenza. E se per loro non rimane altro che la guerra, allora noi siamo per la loro guerra. Protesta è quando dico che una cosa non mi sta bene. Resistenza è quando faccio in modo che quello che adesso non mi piace non succeda più". La Repubblica Federale è sotto attacco e la RAF diventa "il pericolo numero uno in Germania".

Nel mese di giugno i componenti della banda capitolano uno dopo l'altro. A Francoforte duecentocinquanta poliziotti in assetto da guerra circondano la casa dove sono nascosti Andreas Baader, Jan-Carl Raspe e Holger Meins. Pochi giorni dopo tocca a Gudrun Ensslin e infine a Ulrike Meinhof. «Ricordo di aver letto la storia dell'arresto di mia madre su una rivista, a casa di mia nonna, dopo la scuola» racconta Bettina. «Non riuscivo più a conciliare le sue foto con l'immagine che avevo tenuto dentro. Il fatto che tali immagini fossero mostrate in pubblico mi riempiva di un orrore inesprimibile. Sembrava un fantasma durante l'arresto. Emaciata, indurita dalla vita in clandestinità.»

Ulrike e gli altri componenti della banda vengono trasferiti nel carcere di Colonia-Ossendorf: l'isolamento è durissimo, ogni forma di socializzazione è soppressa e l'unico contatto possibile è quello con la polizia penitenziaria. Inoltre la cella di Meinhof, in un'ala isolata del carcere, funziona come una camera anecoica: totalmente insonorizzata, completamente verniciata di bianco e con i neon accesi anche di notte, è strutturata in modo tale che la permanenza di un'ora possa già provocare squilibri mentali. Ulrike ci rimarrà duecentosettantatré giorni e in una lettera descriverà così la sua detenzione: "La sensazione che ti esploda la testa. La sensazione che la volta cranica debba spezzarsi, sollevarsi. [...] La sensazione che la cella sia 'in viaggio'. Ti svegli, apri gli occhi: la cella sta viaggiando; di pomeriggio, quando entra la luce del sole – di colpo si ferma. La sensazione del viaggiare però non riesci a togliertela. Non puoi dire con certezza se tremi di febbre o di freddo – in ogni caso hai freddo. Per poter parlare in tono normale devi fare lo stesso sforzo che faresti per parlare a voce alta, quasi come urlassi. La sensazione di ammutolire – non riesci più a identificare la semantica delle singole parole, la puoi solo indovinare – i suoni sibilanti sono assolutamente insopportabili. Dolori alla testa. La costruzione della frase, la grammatica, la sintassi – non sono più controllabili. Mentre scrivi: due righe – alla fine della seconda riga hai già dimenticato quello che hai scritto all'inizio della prima. La sensazione di bruciare interiormente".

Per non bruciare, Ulrike scrive alle figlie. La prima lettera è dell'agosto del 1972: "Ehi topolini! Stringete i denti e non pensate che dovete essere tristi perché avete una mamma che sta in prigione. È meglio arrabbiarsi che essere tristi. Sarò molto felice quando verrete a trovarmi". Regine e Bettina hanno ormai dieci anni e sono tornate a scuola ad Amburgo, ma la loro vita è molto diversa da quella delle compagne. Non credono alle parole scritte dalla madre perché convivono da anni con la rabbia e la tristezza, e stanno scomode in entrambi i sentimenti. La "lotta armata" è qualcosa di impalpabile e sinistro che ha portato Ulrike via da loro, trasformandola in un'altra madre, dai contorni sfocati e paurosi.

La prima volta che vanno a trovarla in carcere, Ulrike chiede il permesso di abbracciarle, ma Regine si chiude in una sorta di mutismo.

Come in *Coraline* di Neil Gaiman – in cui c'è questa bambina che, varcando un passaggio segreto della sua abitazione, scopre una persona identica a sua madre che chiama "Altra Madre", ma che ha due bottoni cuciti al posto degli occhi e che la terrorizza anche se dice di volerle bene – così Regine non riesce a recuperare i contorni di Ulrike nella persona che si trova davanti.

Di quelle visite Bettina ricorda soprattutto il pianto in cui entrambe scoppiavano all'uscita: «Cercavamo di dimenticare in fretta l'atmosfera di morte nei corridoi, la brutale nudità della stanza dei visitatori. La fatica e il tormento di nostra madre, che continuava a parlare di lotte politiche mentre fuori splendeva il sole».

Anche se i fondatori della RAF si trovano in carcere, gli attentati continuano con una nuova generazione di affiliati, ancora più spietata. La banda – supportata dagli avvocati difensori – comincia un durissimo braccio di ferro con lo Stato per ottenere condizioni detentive migliori. Lo sciopero della fame è la loro unica arma, così Ulrike scrive alle figlie: "Incrociate le dita affinché otteniamo qualcosa con il nostro sciopero. Sentiamoci presto. Giocare a calcio insieme certo che mi piacerebbe. Ciao, mamma", ma la situazione precipita il 9 novembre 1974, con la morte di Holger Meins. Alto un metro e ottantatré centimetri, Meins pesa trentanove chili quando lo ritrovano senza vita nella sua cella; prima di morire lascia un biglietto: "O maiale o uomo. O sopravvivi a tutti i costi o combatti fino alla morte. O problema o soluzione. Non c'è niente in mezzo".

Le proteste e l'indignazione per la morte di Meins scoppiano in tutta l'Europa, e il giorno successivo il terrorismo risponde con l'uccisione del presidente della Corte d'Appello di Berlino Günter von Drenkmann. Nello stesso anno Ulrike viene condannata a otto anni di detenzione per l'attentato alla redazione di Springer e, in attesa del nuovo processo, viene trasferita con gli altri membri della banda nel carcere di Stammheim. I rapporti con le figlie si interrompono: Ulrike non risponde più a nessuna delle loro lettere, perdendole così un'altra volta. Ogni residuato d'energia le serve per non andare completamente in pezzi in quella reclusione folle e durissima dove persino Baader e Gudrun la isolano, litigando furiosamente.

Nel maggio del 1975 ha inizio il processo. Ulrike, anche se mentalmente provata, durante un'udienza dimostra ancora una volta la forza delle sue analisi accusando la corte di tortura con queste parole: «Come può un detenuto isolato far capire alle autorità giudiziarie di aver cambiato atteggiamento, nell'eventualità che volesse farlo? Come può farlo in una situazione in cui ogni manifestazione vitale è stata resa assolutamente impossibile? Al detenuto in cella d'isolamento restano soltanto due possibilità: o viene messo a tacere per sempre, cioè si muore; oppure ti fanno parlare – e questa è la confessione, o il tradimento».

Il 9 maggio 1976 Ulrike Meinhof – che ha contribuito alla nascita e alla diffusione di uno dei più spietati movimenti terroristici europei – viene trovata impiccata nella sua cella. Le autorità ufficializzano subito la morte come un suicidio, ma all'autopsia non vengono ammessi testimoni, alimentando i dubbi sulla verità fornita dallo Stato. La sorella Wienke continua a ripetere le parole pronunciate da Ulrike, quando ancora si trovava a Colonia-Ossendorf: «Se muoio in carcere, vuol dire che mi hanno uccisa; io non mi ammazzerò mai». Una seconda autopsia, effettuata da una commissione indipendente, confermerà le apparenti dinamiche ma sottolineerà la mancanza dei segni tipici dell'impiccamento, come la cianosi o la rottura di determinate vertebre cervicali, lasciando un'ombra su quella morte.

La RAF rivendica quella perdita come un omicidio di Stato senza però riuscire a dimostrarlo. Il 15 maggio Ulrike Meinhof viene sepolta a Berlino e al funerale si presentano più di quattromila persone, molte delle quali incappucciate e con il viso coperto. La fine di Ulrike anticipa di qualche mese quella degli altri membri della banda rimasti in carcere: dopo il fallimento di un attentato da parte dei fedelissimi esterni – il dirottamento di un Boeing di Lufthansa con a bordo civili – Andreas Baader, Gudrun Ensslin e Jan-Carl Raspe si tolgono la vita nella propria cella il 18 ottobre 1977 (anche se molti sostengono si sia trattato, come per Ulrike, di un omicidio di Stato). Con loro si spegne il cuore del movimento terroristico tedesco, anche se la RAF continuerà a esistere fino al 1998, data in cui – con un comunicato ufficiale – dichiarerà il suo scioglimento.

Per molto tempo dopo il funerale di Ulrike, ai compagni di scuola che chiedono alle gemelle qualcosa in più sui genitori, Bettina risponde laconica: «Mia madre è morta, mentre mio padre era un editore della rivista "konkret"». Cancellare il passato non nominandolo diventa una forma di protezione: le due ragazze non vogliono essere marchiate come le figlie di una terrorista. Chi sopravvive a una madre che nell'assenza è riuscita a essere così dolorosamente ingombrante, deve tentare di riparararsi come può. «Da bambina una volta mi sono detta: lei voleva la cosa giusta ma forse ha scelto la maniera sbagliata per ottenerla. Era la spiegazione che mi davo per quello che aveva fatto» racconta in un'intervista Bettina.

Spesso ci autoaffermiamo per contrasto da chi ci ha messo al mondo. Così Bettina e Regine hanno disinnescato una maledizione da cui non sarebbero uscite intere proprio con l'arma più tagliente che Ulrike ha mai posseduto, e che in qualche modo ha tramandato loro: la parola. Ma l'hanno utilizzata per far germogliare una storia dal finale diverso.

Bettina è giornalista e con il suo lavoro critica aspramente il radicalismo violento degli anni Sessanta. Eppure, nei libri che scrive, spesso torna indietro nel tempo, a quando era bambina e il suo mondo non era ancora deflagrato. In *La RAF ti ama*, per esempio, ci sono lettere, documenti e foto inedite: c'è soprattutto questa madre così sconosciuta e così dolorosamente amata. Regine, con le sue parole, cura le sofferenze che spesso non si vedono: è una psichiatra e sa che siamo tutti barche controcorrente e continuiamo a remare, risospinti senza posa nel passato. Ma immaginare una vita diversa può salvarci il futuro.

Il 19 dicembre 2002 il cervello di Ulrike è stato ricongiunto con i suoi resti, sepolti nel cimitero evangelico di Mariendorf.

ELENA FERRANTE

In tanti siamo affezionati all'immagine romantica dello scrittore pensoso chiuso nel suo studio o della scrittrice silente concentrata sulle sue carte, figure fatte tutte di profonde riflessioni, amiche della solitudine e distaccate dai rumori distraenti del mondo. Non sappiamo se questa immagine sia stata realistica in passato, ma nella contemporaneità le cose sono piuttosto diverse. In media, la vita professionale degli scrittori e delle scrittrici odierni è fatta solo per il trenta per cento di creatività solitaria. Il restante settanta è costituito dall'esposizione pubblica, dove i firmacopie, gli incontri con i lettori e le lettrici, i festival tematici, le fiere e i passaggi radiotelevisivi sono impegni ben più dominanti della scrittura. Sottrarsi a questa ostensione comporta una penalizzazione professionale innegabile, al punto che ormai molti editori, per essere sicuri che gli autori collaborino, fanno inserire l'impegno di presentazione anche nei contratti editoriali. Circondati da fotocamere che ci riprendono da ogni angolazione e con ogni filtro, tutti pensiamo che essere visibili sia un valore non solo imprescindibile, ma persino monetizzabile.

Se fate un lavoro creativo, vi sarà sicuramente capitato di incontrare prima o poi qualcuno che avrà cercato di pagarvi con la cosiddetta "visibilità"; speriamo non ci siate cascati e abbiate preteso i soldi, ma il punto della visibilità resta focale: niente sembra essere escluso dalla pista del circo sociale in cui ognuno guarda mentre viene guardato. Persino l'attività solitaria della lettura sembra non potersi più dire completa se non include periodicamente anche la vista del corpo fisico di chi scrive. Per questo c'è sempre la folla ai festival letterari, come se, senza la controprova della carne viva di chi li ha scritti, i libri perdessero consistenza.

Ma che succederebbe se qualcuno decidesse di esistere solo con la sua scrittura? Cosa avverrebbe se quella persona, rompendo il dogma dell'apparire a tutti i costi, si arrogasse il diritto di stabilire che l'unico corpo che vuole esporre è quello del suo testo e basta?

Elena Ferrante, la scrittrice di cui tutti conoscono i libri e nessuno la faccia, ha fatto e continua a fare proprio questo: sparire, un gesto imperdonabile nell'era in cui le uniche persone a volersi eclissare sono quelle con cattive intenzioni.

Con le sue storie lette in cinquanta lingue e superata

ampiamente la soglia dei dieci milioni di copie dei suoi romanzi vendute a livello globale, Elena Ferrante è la scrittrice italiana vivente più tradotta al mondo. Adorata soprattutto negli Stati Uniti, dove la sua popolarità ha preso il nome di "Ferrante Fever", è un fenomeno editoriale quale non se ne vedevano da anni. In Italia, che è un paese dove si legge così poco che sei persone su dieci aprono appena un libro all'anno, è altamente probabile che quel libro sia di Elena Ferrante. La tetralogia che l'ha resa celebre – *L'amica geniale, Storia del nuovo cognome, Storia di chi fugge e di chi resta* e *Storia della bambina perduta* – non è però l'inizio della sua vicenda editoriale, che comincia invece vent'anni prima, nel 1992. Prima di diventare una scrittrice di fama internazionale, l'autrice partenopea aveva infatti già alle spalle tre romanzi di notevole successo sia di critica che di pubblico, tutti in seguito diventati pellicole cinematografiche.

Se fossimo interessate a un racconto biografico potremmo anche interromperci qui, perché queste poche parole sono tutto quello che sappiamo della persona di Elena Ferrante. Non sappiamo dirvi la sua età, né descrivervi il colore dei suoi occhi. Se ha un altro nome, non lo conosciamo. Se abbia fratelli o sorelle, un compagno o una compagna, dei figli e delle figlie, o che rapporto con i genitori abbia vissuto per sviluppare quella squisita patologia che è l'inclinazione alla letteratura, dobbiamo fidarci di quello che lei dichiara, ma senza mai poterne verificare la fondatezza, perché su di lei non esistono altre fonti che lei.

Elena Ferrante, come ci siamo abituate a pensare in questi trent'anni di lettura dei suoi libri, è un mistero. Molte donne hanno messo in gioco i propri corpi in modo dominante per diventare quello che volevano, incuranti dei giudizi, dei canoni o dei limiti che questo poteva comportare. Abbiamo raccontato di Morgane con iper-corpi, corpi mistici, corpi mutanti, corpi accusati e condannati, venduti o santificati, amati o disprezzati, spezzati, ricostruiti oppure miracolosamente perfetti sin dall'origine, se la perfezione esiste, ma sono corpi visibili e tangibili, sempre tridimensionali. Elena Ferrante invece ha fatto la scelta opposta: ha portato via il suo corpo dal discorso pubblico e ha impedito in ogni modo, con costanza pluridecennale, che la sua realtà fisica diventasse una gabbia o una chiave univoca di lettura della sua esistenza. Scrivere è una faccenda privata, ma pubblicare è appunto un atto pubblico e fare un lavoro pubblico senza avere un corpo pubblico è qualcosa la cui portata rivoluzionaria non è ancora stata del tutto compresa.

Perché, in un mestiere in cui apparire sembra fondamentale per far conoscere la propria scrittura, qualcuno dovrebbe decidere di non farlo? E soprattutto perché a nascondersi dovrebbe essere proprio una donna, che già di suo deve fare i conti con la misoginia conclamata del mondo editoriale, che nei premi, nei compensi e nella promozione privilegia ancora oggi gli autori sulle autrici? La decisione di sparire mentre tutti cercano di farsi vedere è editorialmente suicida, ma per molti anni i maligni diranno l'opposto, cioè che sin dall'inizio si era trattato di un espediente di marketing, un trucco per generare interesse intorno all'identità misteriosa dell'autrice. L'accusano di esibire l'assenza alla maniera in cui lo faceva il personaggio di Nanni Moretti in *Ecce bombo*, quando si chiedeva: «Mi si nota di più se vengo e me ne sto in disparte, o se non vengo per niente?». È ovviamente una sciocchezza: se bastasse un nome fittizio per conquistare le classifiche, se lo metterebbero tutti.

La verità più prosaica è che quando Elena Ferrante decide di pubblicare il suo primo romanzo, chi ci sia dietro il testo non è ancora così rilevante. Gli esordienti sono degli sconosciuti per definizione, in fondo, e *L'amore molesto*, che esca sotto pseudonimo o meno, non ha più chance di essere notato di quante ne abbiano gli altri duecentotrenta titoli dati alle stampe ogni giorno in Italia. Elena però sin da allora aveva preso la decisione fondamentale della sua vita di autrice: quando nessuno poteva prevedere il successo mondiale che sarebbe arrivato, lei sapeva già di non voler essere vista, solo letta. Non chiarisce subito al pubblico le ragioni del suo gesto, perché un pubblico non lo ha ancora; si limita a scriverle alla sua editrice, anche con una certa durezza, in una lettera del 21 settembre 1991.

Cara Sandra,
    mi hai chiesto, durante l'ultimo gradevole incontro con te e con tuo marito, cosa intendo fare per la promozione dell'*Amore molesto* (è bene che mi abitui a chiamare il libro con il suo titolo definitivo). Hai posto la domanda in

modo ironico, accompagnandola con uno dei tuoi sguardi vivi di divertimento. Sul momento non ho avuto il coraggio di risponderti, mi sembrava di essere stata già abbastanza chiara con Sandro, lui si era detto assolutamente
d'accordo con le mie scelte, speravo che non si tornasse
sull'argomento nemmeno per scherzare. Ora ti rispondo
per iscritto, la scrittura mi cancella le pause lunghe, le in-
certezze, la cedevolezza.

Non intendo fare niente per *L'amore molesto*, niente che
comporti l'impegno pubblico della mia persona. Ho già fatto
abbastanza per questo lungo racconto: l'ho scritto; se il libro
vale qualcosa, dovrebbe essere sufficiente. Non parteciperò
a dibattiti e convegni, se mi inviteranno. Non andrò a riti-
rare premi, se me ne vorranno dare. Non promuoverò il libro mai, soprattutto in televisione, né in Italia né eventual-
mente all'estero. Interverrò solo attraverso la scrittura, ma
tenderei a limitare al minimo indispensabile anche questo.
Mi sono definitivamente impegnata in questo senso con me
stessa e con i miei familiari. Spero di non essere costretta a
cambiare idea. Capisco che ciò può causare qualche difficoltà alla casa editrice. Ho grande stima per il vostro lavoro, mi sono affezionata subito a voi, non vi voglio arrecare
danno. Se non intendete più assecondarmi, ditelo subito, ca-
pirò. Non è affatto necessario che io pubblichi questo libro.

Tutte le ragioni di questa mia decisione mi riesce difficile esporle, lo sai. Ti voglio solo confidare che la mia è una
piccola scommessa con me stessa, con le mie convinzioni.
Io credo che i libri non abbiano alcun bisogno degli autori,
una volta che siano stati scritti. Se hanno qualcosa da raccontare, troveranno presto o tardi lettori; se no, no. Esempi ce ne sono abbastanza. Amo molto quei misteriosissimi
volumi d'epoca antica e moderna che non hanno un autore certo ma hanno avuto e hanno una loro vita intensa. Mi
sembrano una sorta di portento notturno, come quando da
piccola aspettavo i doni della Befana, andavo a letto agita-
tissima e la mattina mi svegliavo e i doni c'erano, ma la Be-

fana nessuno l'aveva vista. I miracoli veri sono quelli che nessuno saprà mai chi li ha fatti, che siano i piccolissimi miracoli degli spiriti segreti della casa o i grandi miracoli che lasciano veramente a bocca aperta. Mi è rimasta questa voglia infantile di meraviglie piccole o grandi, ci credo ancora.

Perciò, cara Sandra, te lo dico con chiarezza: se *L'amore molesto* non ha di per sé filo da tessere, pazienza, vuol dire che tu e io ci siamo sbagliate; se invece ne ha, il filo si intreccerà fin dove sarà capace di intrecciarsi e non avremo che da ringraziare lettrici e lettori per come pazientemente l'avranno preso per un capo e tirato.

Del resto non è vero che le promozioni costano? Io sarò l'autrice meno costosa della casa editrice. Persino la mia presenza vi sarà risparmiata.

Un abbraccio forte,

Elena

Le ragioni di questa decisione così categorica in un primo tempo suonano quasi naïf e sembrano obbedire al pensiero magico che i libri siano oggetti con una vita propria, a dispetto del sistema editoriale e delle sue regole, che di magico non hanno nulla. Il richiamo all'infanzia e alle categorie del miracolo e della meraviglia potrebbe facilmente far giudicare come un capriccio infantile quel radicale desiderio di non apparire, ma quello che Elena fa con il semplice gesto di rifiutare la visibilità è invece una delle cose più rivoluzionarie che l'editoria abbia mai visto, sia per il tempo sia per il modo in cui avviene. Intendiamoci: Ferrante non è la prima a velare la sua identità per scrivere. Solo per nominare alcune delle autrici che nel tempo hanno usato alter ego letterari, prima di lei vengono tutte le sorelle Brontë, l'autrice di *Piccole donne* Louisa May Alcott (che si faceva chiamare A.M. Barnard), ma anche George Sand, Mary Shelley – che pubblicò *Frankenstein* in forma anonima – George Eliot e Karen Christentze Dinesen, baronessa von Blixen-Finecke, che pubblicò opere con molti pseudonimi di cui Karen Blixen è solo il più noto.

La cosa che accomuna la maggior parte di queste scrittrici però è che si sono date nomi maschili. Era una scelta quasi obbligata. Tenute analfabete dalle loro stesse famiglie, per secoli le donne sono state escluse anche dalla possibilità di leggere le storie altrui, figuriamoci scriverne di proprie. Solo le aristocratiche o le figlie della ricca borghesia potevano studiare un po', ma quelle che volevano diventare scrittrici si sono scontrate per decenni con la misoginia del mondo editoriale, che riteneva che le ragazze perbene non dovessero scrivere romanzi, al massimo leggerli, se proprio si era commessa l'imprudenza di farle studiare. Per questo motivo, pur di arrivare a pubblicare le loro storie e sperare di farsi leggere, molte di quelle donne sono ricorse all'espediente di nascondersi dietro a un nome maschile o di non firmare affatto. Questa pratica sarà talmente dura da sradicare dalla testa degli editori che ancora negli anni Novanta a J.K. Rowling veniva suggerito di puntarsi le iniziali per giocare sull'equivoco, nella convinzione che i lettori di fantasy non avrebbero comprato volentieri un libro scritto da una femmina.

Tra tutte queste donne costrette a fare il maschio

per scrivere, Elena Ferrante fa una cosa diversa: decide che sulla copertina dei suoi libri deve esserci un nome di femmina. Non è una differenza da poco, perché attraverso quel nome la persona che ha scritto *L'amica geniale* non sta fingendo di essere chi non è: ci sta invece dicendo chi altri è. Per questo motivo è sbagliato dire che Elena Ferrante è una scrittrice "anonima", come spesso capita di leggere negli articoli che investigano la sua possibile identità. Il nome e il cognome li ha e li usa pubblicamente. Il fatto che questa combinazione non corrisponda alle notazioni su un registro di un'anagrafe, non vuol dire che si tratti di un'identità falsa. È piuttosto un alter ego, cioè un altro sé, il modo in cui lei esiste e vuole essere chiamata quando agisce come autrice dei suoi romanzi.

Dichiarare moltitudini è un fenomeno che appartiene alle Morgane. Sasha Fierce – il poderoso alter ego scelto da Beyoncé – canta, balla e divora il mondo con occhi molto più selvaggi della cantante di *Halo* e di *If I Were a Boy*. Beyoncé ha sempre rivendicato di essere anche Sasha Fierce: l'unica differenza con il caso Ferrante è che questa seconda identità la cantante l'ha manifestata quando il suo nome anagrafico era già famoso, mentre la scrittrice napoletana lo ha deciso a monte, ma il risultato finale non cambia: la persona dietro Elena Ferrante non è altri che Elena Ferrante. Che poi all'anagrafe la scrittrice abbia un altro nome non cambia la verità di questa affermazione di sé. Se l'editoria fosse un gioco di ruolo dove si possono interpretare personaggi diversi, Ferrante sarebbe un personaggio giocante, con storia e carattere propri, e reazioni e relazioni che sono solo sue. Questo può sembrare una mistificazione, ma solo a chi pensa che ciascuno di noi abbia un unico modo di essere se stesso, che è un pensiero decisamente povero di fantasia.

Se stessimo parlando di una persona che ha affrontato una transizione di genere, sarebbe chiaro a chiunque che la scelta di un nuovo nome implica l'affermazione di un'identità più complessa di quella riportata all'anagrafe. Attribuendosi il nome di Elena Ferrante, l'autrice spinge il processo della transizione oltre il limite del genere sessuale e lo porta fino al nocciolo dell'identità, pretendendo di essere trattata come chi dice di essere. Sembra però che il mondo in cui viviamo non possa ancora accettare serenamente un atto di autodeterminazione di questa portata, anche quando non si tratta di farsi riconoscere il giusto sesso. Davanti a una donna che dice di avere un nome e un cognome e che per trent'anni non rivela altro che quelli, c'è un coro di voci intorno che continua a ripetere: «Non puoi essere tu a decidere chi sei».

Esisteva un'usanza tra i popoli celtici, ed era quella di avere un doppio nome. Uno era pubblico e poteva essere usato da tutti, amici e nemici; l'altro era privato, intimo, e poteva essere conosciuto solo dai familiari e da chi ti amava. Il primo nome funzionava come uno scudo e proteggeva l'essenza della persona, in modo da evitare che attraverso il secondo nome, quello segreto, potesse invece essere raggiunta e ferita in modo più profondo.

Anche tra i popoli mediorientali il nome ha una valenza evocativa, perché richiama la natura profonda dell'identità, e nel mondo delle religioni monoteiste il cambio o l'attribuzione del nome rappresentano un mutamento sostanziale della persona. Mi viene in mente Gesù che nel Vangelo, durante gli esorcismi, obbliga i demoni a rivelare il loro nome, per poterli poi cacciare con quello. Il demone più interessante che incontra, quello con cui ha il dialogo più lungo, gli dà però una risposta molto divertente: "Il mio nome è Legione, perché siamo in molti".

Avere più nomi, cioè sapere di essere Legione, a molti appare l'ammissione di una natura diabolica, qualcosa che non sai come chiamare, che muta forma e per questo è minaccioso e fuori controllo. La stessa espressione "se stesso" o "se stessa" contiene la possibilità della moltitudine: senza accento, la particella "se" è la porta per tutte le probabilità, tutti i miei se. Se fossi Elena, se fossi Michela, se fossi Grienne, se fossi Chiara, se fossi Catherine, se fossi Lula.

La domanda "chi è davvero Elena Ferrante?" ha dunque infiammato per anni il mondo giornalistico e letterario italiano, in modo particolare dopo il grande successo internazionale. Sulla sua identità si sono fatte le ipotesi più disparate, attribuendo di volta in volta le sue opere a questa o quella autrice e addirittura a degli uomini, scrittori o critici, che per ragioni incomprensibili avrebbero usato lo pseudonimo di una donna per non rivelare, caso più unico che raro di timidezza letteraria, di essere loro gli autori da milioni di copie vendute. C'è stata persino una task force di italianisti e statistici che, servendosi dell'analisi digitale dei testi, ha confrontato lo stile di tutti i possibili autori e autrici sospettati di essere Elena Ferrante – centocinquanta romanzi e quaranta autori – arrivando alla conclusione che dietro la scrittrice bestseller si nasconda in realtà un uomo, lo scrittore Domenico Starnone. Non ha importanza che lui abbia sempre detto di non essere Ferrante: nelle logiche complottiste, smentire è la migliore prova di colpevolezza.

Gli accademici non sono riusciti a dimostrare che Ferrante fosse Starnone, ma dove non si sono spinti i professori sono arrivati i giornalisti. Il 2 ottobre 2016 il giornalista Claudio Gatti pubblica in contemporanea su "Il Sole 24 Ore" e su diverse testate internazionali il presunto scoop della vera identità di Elena Ferrante: sarebbe Anita Raja, di professione traduttrice per la stessa casa editrice per cui pubblica Elena Ferrante e moglie di Domenico Starnone. Basandosi su indizi documentali come il reddito percepito dall'editore – a suo dire incongruente per il modesto lavoro di traduttrice – e su una visura catastale che rivela l'acquisto di una casa di pregio nel costoso mercato immobiliare romano, il giornalista ritiene di poter indicare con una buona approssimazione che sì, Elena Ferrante è proprio lei, Anita Raja. Dopo l'uscita dell'inchiesta, che nelle intenzioni del suo autore doveva essere detonante, arriva però la delusione: non solo la presunta autrice esposta non confessa, ma pure il mondo letterario italiano non fa una piega, continuando a discutere di Elena Ferrante in quanto tale. Nemmeno i lettori e le lettrici sembrano particolarmente scossi dal possibile mistero svelato, giacché seguitano a comprare i libri di Ferrante come prima e più di prima. Se davvero Elena Ferrante è anche Anita Raja, in realtà non importa a nessuno. È uno di quei casi in cui la risposta è molto meno interessante della domanda.

Qualche anno dopo Claudio Gatti, ancora incredulo per la freddezza di queste reazioni, in corrispondenza dell'uscita della terza stagione della serie televisiva tratta da *L'amica geniale*, scriverà un articolo intitolato *Elena Ferrante è Anita Raja. Ma i media fanno finta di niente e assecondano il gioco della casa editrice*, in cui si lamenta del fatto che le sue rivelazioni non abbiano fatto crollare quella che lui considera la maschera del falso nome. "In questi sei anni" lamenta il giornalista, "la scrittrice non ha smesso di scrivere, né di nascondersi dietro quel nome, ormai famoso in tutto il mondo. Non ha smesso neppure di fare cucù ai mass media da dietro il proprio pseudonimo, continuando a tirare il sasso (con dichiarazioni o interviste sui temi più vari) e nascondere la mano (dietro la palizzata della posta elettronica). Un gioco di stimolo alla visibilità mediatica più che legittimo in una società come la nostra, in cui si esiste solo se si appare; ma in aperta contraddizione con l'intenzione letteraria dichiarata:

quella di focalizzare l'attenzione dei lettori su opere e testi anziché sul profilo biografico dell'autrice."

In questa frase si capisce bene che cosa in realtà non
si perdoni a Elena Ferrante. Il primo dei suoi peccati è la
sottrazione del corpo, che il giornalista chiama "nascondersi". Nella società dell'immagine non ci si può rifiutare di averne una, bisogna "metterci la faccia". Questo
vale per tutti. In nome della sicurezza abbiamo accettato
che in luoghi pubblici come aeroporti e piazze affollate
i sistemi di riconoscimento facciale si facessero sempre
più sofisticati, ma ormai persino le tecnologie popolari
dei nostri cellulari autorizzano molte operazioni usan-
do come chiave univoca proprio il nostro viso. L'invisibilità è un superpotere che guardiamo con benevolenza
solo quando lo usano Harry Potter o gli Avengers. Chi
non ha una faccia identificabile è un individuo pericoloso e probabilmente ha qualcosa da nascondere. Elena
Ferrante, negando il corpo e il volto allo sguardo pubblico, rientra di diritto in questa categoria.

La seconda cosa che risulta intollerabile è l'idea che la
scrittrice stia mentendo sulla sua biografia, un'accusa un
po' buffa, se si considera che il mestiere di chi fa letteratura è proprio quello di elaborare finzione. Il giornalista fa
riferimento alle informazioni contenute nel libro *La frantumaglia*, una raccolta di lettere e interviste pubblicata nel
2003 dove Ferrante spiega la sua poetica e le ragioni della
scelta di usare un alter ego. *La frantumaglia*, accusa invece
Gatti, è una collezione di bugie, dove la vera autrice dei
romanzi firmati Ferrante, facendo finta di rivelarsi, rac-

conta cose che non corrispondono alla sua reale biografia, ingannando così due volte lettori e critici. Il giornalista cade nell'errore che fanno in molti quando leggono un testo scritto da chi di mestiere fa letteratura: dimenticare che le parole stese dagli scrittori e dalle scrittrici sono sempre atti finzionali. *La frantumaglia* non è un romanzo, ma resta comunque un prodotto letterario, perché una scrittrice e uno scrittore fanno fiction soprattutto quando scrivono cose autobiografiche. Elena Ferrante esplicita questo concetto in una lettera, quando il suo editore le chiede di rispondere a un'intervista e lei non vuole farlo, per non trovarsi a mentire per far bella figura. "Bada, io non odio affatto le bugie" specifica. "Nella vita le trovo salutari e vi ricorro quando capita per schermare la mia persona, i sentimenti, le pulsioni. Ma mentire sui libri mi fa soffrire molto, la finzione letteraria mi pare fatta apposta per dire sempre la verità. [...] Vediamo insomma di cosa sono capace, mi sento bene allenata, tendo a dire bugie vere anche se scrivo un biglietto di auguri." "Bugie vere" è una buona definizione di letteratura, ma di certo non è una categoria che può essere capita con i parametri giornalistici del vero e del falso.

In un'intervista, Ferrante spiega molto bene come funziona per lei il procedimento letterario, che è anzitutto violento, perché ruba le esperienze a tutti, e poi mistificatorio, perché le manipola. "Ciò che scrivo è pieno di riferimenti a situazioni ed eventi realmente verificatisi, ma riorganizzati e reinventati come non sono mai accaduti. Più resto lontana dalla mia scrittura, più essa di-

venta quello che vuole essere: un'invenzione romanze-
sca. Più mi avvicino, ci sono dentro, più il romanzesco
è sopraffatto dai dettagli reali e il libro rischia di ferire
come il resoconto malvagio di un'ingrata senza rispetto."

Ferrante ha il timore di fare e farsi del male permetten-
do ai mass media di associare quello che scrive a quello
che ha vissuto e che hanno vissuto le persone a cui lei si è
ispirata. "I media, specialmente quando connettono foto
dell'autore a libro, performance mediatica dello scrittore a copertina dell'opera, vanno proprio in direzione opposta. Aboliscono la distanza tra autore e libro, fanno in
modo che l'uno si spenda a favore dell'altro, impastano
il primo con i materiali del secondo e viceversa. [...] Perché dovrei affidarmi ai media? Ho il timore fondato che
essi, privi di un reale 'pubblico interesse', tenderebbero a
ridare privatezza a un oggetto che è nato proprio per dare
un significato meno circoscritto all'esperienza individuale." I mezzi di informazione di massa per Elena Ferrante
sono insomma un motore antiletterario, perché cercano
sempre di riportare alla biografia dell'autrice qualcosa
che la finzione artistica ha cercato di far diventare universale. Quando i media lo fanno, è facile accorgersene,
per esempio nelle interviste che cominciano con la domanda: "Quanto c'è di autobiografico in questo romanzo?", che non a caso sono sempre le più cretine. Nessuna
meraviglia che Elena Ferrante non voglia farle.

Un altro dei rimproveri che vengono fatti a Ferrante è che, avendo scelto di non apparire fisicamente, non
stia anche zitta. Se proprio deve sparire per far parlare i

libri, sembrano dire, allora che parlino solo quelli, e lei taccia. Niente interviste, niente editoriali, niente di niente: muta deve stare. "Ha scelto il silenzio mediatico, perché parla?" In realtà Ferrante non ha scelto il silenzio, ma solo l'invisibilità. Ha anzi sempre rivendicato la supremazia della parola pubblica sulla pubblica immagine, e quindi giustamente la usa. È però molto interessante che i suoi detrattori confondano il desiderio di non essere usata attraverso l'esposizione del corpo con una specie di timidezza comunicativa che dovrebbe risolversi nell'ammutolimento della persona che scrive. Secondo loro Ferrante, per essere credibile nella sua sottrazione, non dovrebbe esprimere opinioni politiche, non dovrebbe intervenire su questioni contingenti e non dovrebbe nemmeno partecipare ai premi coi suoi libri, come fece nel 2015, quando Serena Dandini e Roberto Saviano candidarono *Storia della bambina perduta* al Premio Strega, suscitando lo sconcerto di tutti gli addetti ai lavori. Ma come, non vuole apparire e poi va al premio più visibile che c'è? Ferrante era l'unica donna in cinquina, e aveva già partecipato al Premio Strega ventitré anni prima con *L'amore molesto*, ma in quella circostanza, con milioni di copie nel frattempo vendute, la sua presenza ricordò a tutti una cosa elementare e volentieri dimenticata: che i premi letterari sono fatti per i libri, non per gli autori e le autrici, e i libri di corpo hanno già il proprio.

Gatti annota stizzito che Ferrante continua a "tirare il sasso (con dichiarazioni o interviste sui temi più vari) e nascondere la mano (dietro la palizzata della posta elettronica)". Non è l'unico a pensare che avere un'opinione sulle cose e volerla dire sia un atto imperdonabile, se poi ti rifiuti di passare per la mediazione delle domande di qualcun altro.

In merito a questo atteggiamento Michela Murgia ricordava un'esperienza del suo ultimo anno di liceo, quando accumulava una grande quantità di assenze perché la sera faceva tardi nella pizzeria in cui lavorava e il lunedì mattina spesso non andava a scuola: «Per dimostrare che studiavo comunque, cercavo però di rimediare andando poi volontaria nelle materie più penalizzate da quell'assenza, ma il professore di tecnica bancaria si rifiutava di accettare questa verifica spontanea. "Non mi interessa se sai le cose" mi diceva. "Mi interessa che tu accetti che sia io a dovertele chiedere. Altrimenti cosa ci vieni a fare a scuola? Qui non si viene solo per imparare, ma anche per essere socializzati"».

L'impressione è che a Elena Ferrante venga rimproverato proprio questo: rifiutarsi di essere socializzata, cioè messa sotto il controllo di un sistema, nel corpo o nella parola. Essere lei a decidere quando e come parlare ai lettori e alle lettrici, senza passare per il filtro sacerdotale di chi per anni è stato il solo amministratore della visibilità altrui. Se non accetti la mediazione, allora il medium farà di tutto per distruggerti. Se non hai una faccia, la vorrà svelare. Se parli, vorrà che tu taccia o metterà in discussione tutto quello che dici. "Se ti rifiuti di essere piegata subentra la violenza" dirà Elena in un'intervista parlando del suo personaggio Lila, e quindi anche di sé, "la violenza ha un suo linguaggio, almeno in italiano: spaccare la faccia, cambiare i connotati. Vedi? Sono espressioni che rimandano alla manipolazione forzata dell'identità, alla sua cancellazione. O sei come dico io, o ti cambio a suon di botte fino a ucciderti."

Una delle cose più interessanti intorno al cosiddetto mistero Ferrante è la continua attribuzione alla scrittrice di un'identità maschile. C'è un pensiero sottilmente misogino dietro questo sospetto. Le storie di Elena Ferrante hanno protagoniste femminili e raccontano di un mondo di relazioni intime e profonde che per tradizione nella storia della letteratura sono state il campo di investigazione delle autrici, non degli autori. È convinzione comune che gli scrittori abbiano fatto l'epica dei fatti e le scrittrici quella dei sentimenti. Statisticamente è pure vero, ma è un dato culturale: era difficile che le scrittrici potessero raccontare il mondo, dato che l'unico mondo che vedevano erano le quattro mura di casa propria e al massimo dei propri congiunti. Chi insiste a dire che Ferrante sia un uomo probabilmente pensa che per uno scrittore sarebbe stato imbarazzante assumere uno sguardo così tipicamente femminile senza compromettersi la carriera e perdere virilità autoriale.

Ferrante si è presa volentieri gioco anche di questo stereotipo, rifiutando la categoria di letteratura femminile o peggio, "al" femminile. Mentre confessa che il suo immaginario, come quello di tutte noi, si è formato soprattutto su libri scritti da uomini, Elena chiarisce però che per lei la scrittura delle donne non è co-

stituzionalmente più debole. Lo fa in una delle pagine
più belle della *Frantumaglia*:

> La scrittura femminile ha certo per ragioni storiche, una sua
> tradizione meno fitta e meno varia di quella maschile, ma
> con punte altissime e anche con uno straordinario valore
> fondativo, le opere di Jane Austen per esempio. Il Novecen-
> to inoltre è stato un secolo di svolta radicale per le donne.
> Il pensiero femminista, le pratiche femministe, hanno libe-
> rato energie, hanno messo in moto la trasformazione più
> radicale e più profonda tra quelle che hanno attraversato il
> secolo scorso. Sicché non saprei riconoscere me stessa sen-
> za lotte di donne, saggistica di donne, letteratura di donne:
> esse mi hanno reso adulta. La mia esperienza di narratrice,
> sia quella inedita che quella pubblicata, si è compiuta, dopo
> i vent'anni, totalmente nel tentativo di raccontare con una
> scrittura adeguata il mio sesso e la sua differenza. Ma pen-
> so da tempo che, se dobbiamo coltivare la *nostra* tradizione
> narrativa, non dobbiamo mai rinunciare all'intero bagaglio
> di tecniche che abbiamo alle spalle. Dobbiamo dimostrare,
> proprio perché femmine, di saper costruire mondi ampi e
> potenti e ricchi quanto e più di quelli disegnati dai narrato-
> ri. Quindi dobbiamo essere ben attrezzate, dobbiamo scava-
> re a fondo nella nostra differenza e con strumenti avanzati.
> Soprattutto non dobbiamo rinunciare alla massima libertà.
> Ogni narratrice, come in tanti altri campi, non deve punta-
> re solo ad essere la migliore tra le narratrici, ma la migliore
> tra chiunque coltivi la letteratura con grande abilità, fem-
> mina o maschio che sia. Per farlo dobbiamo sottrarci a ogni
> obbedienza ideologica, a ogni messa in scena di pensiero
> o linea giusta, a ogni canone. Chi scrive deve preoccuparsi
> solo di narrare al meglio ciò che sa e sente, il bello e il brut-
> to e il contraddittorio, senza obbedire a nessuna prescrizio-
> ne, nemmeno a quelle che vengono dal campo dentro cui
> ci si sente schierati. La scrittura ha bisogno della massima

ambizione, della massima spregiudicatezza e di una programmatica disobbedienza.

Il mistero di Elena Ferrante dunque rimane, e forse è bene così. Parlare di lei innesca un meccanismo che ha qualcosa di meraviglioso: non potendo dire niente di lei, sei costretta a dire sempre qualcosa di te, partendo dalla tua relazione con quello che lei scrive. L'assenza fisica di Ferrante apre uno spazio creativo tra lei e i suoi lettori e lettrici che non ci sarebbe se a occuparlo fossero stati un corpo, un volto e una storia fatta e finita, la sua. In lei la famosa frase "Lei non sa chi sono io" assume un significato più vero e profondo, che vale per chiunque: nessuno di noi sa mai davvero chi siamo, forse noi per prime, né quante persone possiamo essere se ce ne viene data la possibilità. Elena Ferrante ha dimostrato, pagando il prezzo di essere braccata per tutta la vita professionale, che pretendere di essere amministratrici uniche del proprio racconto è possibile e che in quella moltiplicazione si possono dire molte più verità su se stesse e sugli altri di quante non ne riveli la carta di identità.

SYLVIA PLATH

Ho sempre diffidato delle albe. Quella luce biancastra che graffia il cielo nell'ultima fase del crepuscolo mattutino, d'estate come d'inverno, mi fa sentire scomoda. È un chiarore sinistro per me, che mi muovo bene nel buio e non provo alcun entusiasmo per il nuovo giorno che arriva. Così, parecchi anni fa, quando sono incappata nel *Viaggio di Capitan Fracassa* – un film di Ettore Scola in cui una compagnia di commedianti si trascina in un girovagare malinconico finendo in castelli pieni solo di miseria – ho amato davvero Ornella Muti quando esce dalla carovana prima di tutti, si stringe in una coperta e dice: «L'alba... e tutto ricomincia a finire».

Non so se quella frase arrivi dal romanzo d'appendice di Théophile Gautier, da cui il film è tratto, ma sono piuttosto certa che Scola conoscesse lo scoramento che certe mattine ti incollano addosso, quando non hai un solo buon motivo per svegliarti.

Ed è in una gelida alba londinese – una delle tante di un inverno rigidissimo – che nel quartiere di Primrose Hill, letteralmente "la collina delle primule", vicino a Regent's Park, la luce è già accesa nella cucina di un appartamento al 23 di Fitzroy Road. È l'11 febbraio 1963 e, pochi mesi prima, la donna che ora armeggia ai fornelli scrive in una lettera alla madre: "La casa ha due piani, tre camere da letto di sopra, il soggiorno, la cucina e il bagno di sotto, e un balcone con giardino", poi le racconta di essere certa di aver trovato finalmente il posto giusto. Le dice che ha fatto bene a trasferirsi qui, dove un tempo aveva abitato anche il poeta irlandese William Butler Yeats, sua grande fonte di ispirazione. I gesti della donna contengono la precisione di chi li ha ripetuti milioni di volte, così è veloce nel tagliare il pane, prendere il burro e versare il latte nelle tazze per i figli che dormono ancora.

Dispone tutto sul vassoio e sale al piano di sopra, entra senza far rumore nella loro camera, appoggia la colazione sul comodino e poi spalanca la finestra, anche se fuori fa un freddo cane. Esce richiudendosi piano la porta alle spalle, sigilla con nastro isolante e asciugamani ogni fessura e torna in cucina, dove ripete l'operazione: con meticolosità sigilla la porta, apre il gas e lo sportello del forno in cui posiziona con cura un panno morbido, si china a terra e usa quel guanciale improvvisato per infilare dentro la testa e chiudere finalmente gli occhi.

Sa di poterselo permettere perché la sera prima ha organizzato scrupolosamente ogni cosa: dopo aver chiesto al vicino di casa a che ora sarebbe uscito l'indomani, ha lasciato sulla carrozzina del figlio piccolo, parcheggiata nell'androne, un foglio con parole scarne ma sufficienti per destare preoccupazione: "Per favore, chiamare il dottor Horder", appuntando di seguito il numero di telefono del medico.

Quando il dottore entra nell'appartamento, allertato dai vicini svegliati dal pianto dei bambini, la donna è già morta a causa di un avvelenamento da monossido di carbonio.

Il corpo, così stanco di tutte quelle albe faticose, appartiene alla scrittrice e poeta Sylvia Plath, che in *Lady Lazarus* – uno dei suoi componimenti più famosi – scriveva: "Morire / È un'arte, come ogni altra cosa. / Io lo faccio in un modo eccezionale / Io lo faccio che sembra come inferno / Io lo faccio che sembra reale. / Ammetterete che ho la vocazione".

Sylvia Plath nasce a Boston il 27 ottobre 1932, figlia primogenita del tedesco Otto Emil Plath – professore di entomologia noto soprattutto per i suoi studi sul mondo delle api – e Aurelia Frances Schober, anche lei professoressa universitaria, ma con minor fortuna perché dopo il matrimonio lascia il lavoro per occuparsi della casa e dei figli, proprio come le consiglia il marito. I due si sono conosciuti all'Università di Boston: Aurelia ci ha messo un attimo a innamorarsi di questo professore dagli occhi azzurri, le guance rasate di fresco e i capelli mossi, separati da una scriminatura centrale proprio come Francis Scott Fitzgerald. I ventun anni di differenza non le sono sembrati un problema, perché quando di anni ne hai ventitré, pensare al tempo che passa è francamente noioso. Otto decide che sposare questa giovane studentessa dalle gambe lunghissime è un'ottima idea, e due anni e sei mesi dopo la nascita di Sylvia arriva anche Warren, un bambino biondo come Sylvia ma assai più cagionevole, che verrà cresciuto dalla madre sotto una campana di vetro. Sylvia non tenta nemmeno di nascondere la sua gelosia, ma tutto sommato quelli che si spalancano davanti a lei sono anni sereni, forse gli unici della sua vita: la grande casa di Winthrop, affacciata sull'oceano Atlantico, è il suo regno e i giorni si sgranano lenti mentre lei setaccia la sabbia e il mare scovando conchiglie e tesori. Quando il padre le chiede cosa desidera, Sylvia risponde sicura: «Diventare una sirena», ignorando che fare la sirena è un lavoraccio, perché devi sempre rinunciare a qualcosa per qualcuno: via la coda, via la voce, finché ti dissolvi in spuma del mare.

Ma Sylvia è già abituata a cambiare il finale delle storie che non le piacciono o a inventarne di nuove; sono poesie e racconti con un intento preciso: quello di dimostrare al padre amatissimo il suo talento. Penso sia più forte di noi: da bambini avvertiamo senza possibilità d'errore quello che ci sfugge di mano, viaggiamo su frequenze spogliate da ogni sovrastruttura e semplicemente non capiamo perché chi ci ha messi al mondo non ci consideri il centro del suo, di mondo. Otto in realtà ricambia l'amore della figlia, ma non è avvezzo a manifestare i propri sentimenti. Abituato a comunicare con le api, fatica a regolare la temperatura emotiva del suo alveare familiare. Ma c'è un altro motivo per cui questo padre sembra sempre così distante: dal quarto compleanno di Sylvia, frammenti di frasi sinistre vengono infilati sotto ai tappeti dei corridoi di Winthrop, ma la bambina che con le parole se la cava bene incolla tutti quei sussurri e capisce che Otto è malato, sempre più malato.

Il padre si è autodiagnosticato un cancro che ritiene incurabile, così rifiuta di farsi visitare fino a quando una gamba entra in cancrena e deve necessariamente essere amputata. Sylvia, spaventata e al tempo stesso incuriosita, domanda alla madre: «Papà dovrà comunque comprare due scarpe, anche con una gamba sola?».

Quando sei piccolo devi credere a quel che ti si dice, dunque Sylvia crede al padre che – il giorno del ricovero – le giura di tornare prestissimo, ma le promesse lanciate sulla soglia sono spesso ingannevoli e Otto muore poco dopo l'intervento, nel novembre del 1940. Il padre non aveva il cancro, ma un banalissimo diabete perfettamente curabile se diagnosticato per tempo: la moglie Aurelia, e inconsciamente anche Sylvia, non perdoneranno a Otto di essersi voluto distruggere, abbandonando il suo alveare. Molti anni dopo, nei suoi diari, Sylvia ricostruirà così la morte di Otto: "Una mattina lei è entrata con gli occhi pieni di lacrime e mi ha detto che se n'era andato per sempre. La odio per questo... Era un orco. Ma mi manca. Era vecchio, ma era stata lei a sposare un vecchio perché diventasse mio padre. Tutta colpa sua... Odiavo gli uomini perché non stavano lì ad amarmi come padri: avrei potuto bucarli e dimostrare che non avevano la stoffa del padre. Li costringevo a dichiararsi per mostrargli che non avevano speranze. Odiavo gli uomini perché non dovevano soffrire come le donne. Potevano morire o andare in Spagna. Potevano spassarsela mentre le donne avevano le doglie".

Sono spesso le cose fatte per il nostro bene quelle che ci fanno più male: Aurelia non vuole Sylvia al capezzale del padre e nemmeno al funerale, ma l'intenzione di proteggere una bambina di otto anni dal dolore scava nella figlia una trincea di solitudine e rabbia. Non esistono reazioni giuste alla morte: ciascuno fa quel che può per tenere insieme i pezzi, e la madre sceglie di seppellire ciò che prova sotto a una fredda imperturbabilità. È proprio questo atteggiamento a creare un pericoloso cortocircuito in Sylvia, che trasforma la disapprovazione per il cuore apparentemente inscalfibile di Aurelia in grande fascinazione: forse quella calma distaccata funzionerà anche con lei. Ma stare bene è un lavoro. Fingere di stare bene è molto peggio. Truffare il mondo costa una fatica inaudita. E Sylvia lo sa bene, tanto che scriverà nei diari: "Portare la maschera è d'obbligo, e il minimo che io possa fare è coltivare l'illusione di essere allegra e serena, non vuota e impaurita".

Sarà sempre un rapporto ambivalente e violento quello con Aurelia: più Sylvia tenterà di allontanarsi da lei e più la cercherà, eternamente sirena che torna a infrangersi contro l'onda madre. A cosa serve se poi non parlano, non si curano veramente l'una dell'altra? Eppure le scriverà moltissime lettere ricche di dettagli ma povere nei contenuti. Non lo facciamo forse tutti? Parliamo di gatti, di cibo e del tempo, ci rintaniamo nei rivoli della superficie perché l'unica cosa profonda che proviamo è rabbia, ma non possiamo permetterci di manifestarla. Così desiderare di essere qualcun altro ci concede di sperare, anche solo per un istante, che la nostra storia sia diversa: ecco dunque che Sylvia si costruisce la storia della figlia modello, smaniosa di compiacere quella madre così amata e odiata, ma di cui ha un bisogno disperato.

Nel 1942 Aurelia si trasferisce con Sylvia e Warren a sudovest di Boston, per essere più vicina all'università dove ha ripreso a insegnare principalmente per far quadrare i conti di un bilancio familiare sempre in rosso. Ad aiutarla ci sono i suoi genitori, a cui i bambini sono affezionati; Aurelia si divide fra i corsi, la casa e le bollette da pagare, e tutta la frustrazione per la vita in cui si trova incastrata la riversa su Sylvia: dove non è riuscita lei, ci penserà la figlia. Ma crescere sentendoti dire che dovrai essere la più brava è il modo migliore per farti andare in poltiglia e finire a competere soprattutto con te stessa, per scoprire presto che non basta mai ciò che sei o che fai.

A Sylvia manca tutto: il padre, la casa di Winthrop, il mare. Ora è sirena di ombre che si allungano sulla sua vita e sul mondo, ma il conflitto mondiale rimane sullo sfondo: l'esterno sarà spesso un riverbero lontano per Sylvia, per cui l'unico tempo degno di essere vissuto, nei suoi scritti così come nella vita, sarà quello del desiderio. Tutto si consuma all'interno del suo corpo che trova pace solo nella scrittura, come farà dire al suo alter ego Esther Greenwood nella *Campana di vetro* – una semi-autobiografia che uscirà sotto lo pseudonimo di Victoria Lucas un mese prima della morte, nel gennaio del 1963: "La scrittura è necessaria alla sopravvivenza del mio spocchioso equilibrio come il pane per il corpo [...] Ho bisogno di scrivere [...] far uscire le parole che, esaminandosi, diranno tutto...".

A otto anni una sua poesia viene pubblicata sul "Boston Herald", nella pagina dedicata ai bambini, a dodici inizia a scrivere quasi quotidianamente il suo diario, a diciassette la rivista "Seventeen" pubblica il suo racconto *E non tornerà l'estate*.

Intanto Sylvia divora *Via col vento* per tre volte di seguito e strappa le radici con Rossella O'Hara, a teatro vede *La tempesta* di Shakespeare e come Ariel aspetta di essere liberata dall'incantesimo della Strega: dov'è il suo Prospero? Ma l'incantesimo più difficile da spezzare è quello che Sylvia ingaggia sempre con se stessa: essere la più brillante, la più adorabile, la più amata.

A settembre del 1950 Sylvia è ancora abbronzata quando indossa la divisa dello Smith, e le sue gambe levigate si muovono sicure nel campus del college femminile in cui è una celebrità: è la ragazza luminosa che ha già pubblicato i suoi lavori e che è entrata aggiudicandosi una borsa di studio.

Appena sistemata nella stanza in condivisione, scrive la prima delle oltre settecento lettere che invierà alla madre nel corso della sua vita: "Mammina carissima, mancano solo cinque minuti a mezzanotte e ho pensato di impiegarli per scrivere la mia prima lettera alla persona che mi è più cara", anticipando di quasi un trentennio il memoir devastante con cui Christina Crawford ci ha messo in guardia da tutte le "mammine care" che popolano le nostre vite.

La sua compagna di stanza, Ann Davidow, diventa la sorella che Sylvia tanto desiderava: le notti hanno quell'odore dolciastro che impregna l'aria quando le fantasie sessuali si mescolano alle idee suicidarie, perché è eccitante pensare all'amore ed è eccitante pensare alla morte, a diciotto anni sono in fondo la stessa cosa.

Le cose iniziano a creparsi quando Ann decide di lasciare gli studi: Sylvia pensa che finisce sempre così, la abbandonano tutti e nonostante i ragazzi, le pubblicazioni, le borse di studio annota nel diario: "Ora sì che

so cos'è la solitudine, credo [...] Parte da un punto indefinito dell'io: come una malattia del sangue che si
diffonde in tutto il corpo sicché non si può localizzar-
ne il focolaio, l'origine del contagio. [...] Dio, la vita
non è proprio altro che solitudine, malgrado tutti gli
oppiacei, malgrado la stridula, posticcia allegria delle
'feste' senza scopo, malgrado il sorriso falso che tutti
indossiamo, [...] e la solitudine dell'anima, nella sua
spaventosa autoconsapevolezza, è insopportabile". Si
manifestano in Sylvia i primi sintomi della depressione che la accompagnerà per tutta la vita: sin da piccola soffre di una forma acuta di sinusite, anche allo
Smith ha continui episodi, e più sta male fisicamente più si ammala nell'anima. Quando, nell'estate del
1952, è costretta a lasciare il lavoro estivo come cameriera in un albergo sul mare per uno di questi attacchi, Sylvia "si spegne": tornata a casa dalla madre
trascorre il tempo a letto, un rumore sordo la inquina
da dentro e fa scricchiolare l'impalcatura.

A settembre si sforza di tornare al college, ma anche
lì è tutto un frantumarsi di amori e gambe: Sylvia se
ne rompe una scivolando sulla neve. Nel diario scrive: "Il mio mondo cade a pezzi, si sbriciola, il centro
non regge più... Ho paura. Non ho consistenza, sono
vuota. Dietro gli occhi sento una caverna pietrificata,
inerte, un abisso infernale, un nulla che scimmiotta.
Non ho mai pensato. Non ho mai scritto, mai soffer-
to. Voglio uccidermi, sfuggire alle mie responsabilità, strisciare di nuovo nell'utero. Non so chi sono, né

dove sto andando – e proprio a me tocca rispondere a queste terrificanti domande. Anelo a una nobile scappatoia dalla libertà – sono debole e stanca [...], non c'è posto dove andare".

Un posto in realtà c'è, ed è New York, perché Sylvia ha vinto uno stage di un mese alla rivista di moda "Mademoiselle". Parte a maggio del 1953 e New York è il sogno, le sue strade sono perfette per le scarpe in vernice bianca che ha comprato da Bloomingdale's, le calze di nylon e i lunghi guanti che sfila quando la notte evapora nell'alba.

Ma basta un attimo e New York è lo schifo. I vestiti sono scomodi e costosi e pendono flosci nell'armadio come pesci perché ora le strade le fanno paura, tutto è troppo furioso e lei che dovrebbe sentirsi elettrizzata è solo disperata. Non sente niente.

Torna a casa per l'estate, e il 14 luglio annota nel diario: "Va bene, hai raggiunto il limite. Oggi, dopo due ore di sonno in due notti, hai provato a sfuggire del tutto alle responsabilità: ti sei guardata intorno e hai visto che tutti erano sposati o indaffarati, felici, ragionevoli e creativi e hai avuto paura, ti sei sentita male, apatica e, peggio ancora, incapace di reagire. Hai avuto la visione di te con la camicia di forza, un bel salasso per la famiglia, che davi il colpo di grazia a tua madre e abbattevi l'edificio di amore e rispetto costruito anno dopo anno nei cuori degli altri".

C'è una foto di Sylvia scattata in questo periodo, nel

giardino di casa: è molto bella e molto triste con la sua gonna morbida, la macchina da scrivere e nella testa pensieri suicidari. Quando arriva a chiedere alla madre di uccidersi insieme, Aurelia decide finalmente di affidarla alle cure di uno psichiatra. Oltre alla terapia farmacologica è previsto l'elettroshock, che le viene praticato a fine luglio, senza anestesia. Le convulsioni indotte dalle scariche di corrente elettrica nel cervello di Sylvia sono così forti da farle perdere conoscenza; spesso i pazienti sottoposti a questa "cura" si ritrovano anche le vertebre fratturate per via delle contrazioni. L'effetto è devastante, Sylvia non parla, non mangia, non dorme. Nel diario annota: "Mattina... Senti male alla testa... Povera scema – hai paura di restare sola con la tua mente. Faresti meglio a imparare a conoscerti prima che sia troppo tardi... Smettila di pensare egoisticamente a rasoi e autolesioni e a uscire e farla finita. Non è la tua stanza la prigione. Sei tu. E lo Smith non ti curerà; nessuno ha il potere di curarti tranne te stessa... Ah, queste donne nevrotiche. Vergogna. Trovati un lavoro. Impara a stenografare di notte. Niente resta uguale".

Il 24 agosto Sylvia si alza dal letto e dice alla madre e ai nonni di sentirsi finalmente meglio. Rimasta sola in casa, scrive su un biglietto: "Sono andata a fare un lungo giro. Ritorno domani". In realtà si chiude nella legnaia con la scorta di sonniferi rubati alla madre. Quando Aurelia torna a casa e non vede la figlia allerta subito la polizia, che la cerca per tre giorni fino a quando il fratello Warren sente degli strani mugolii provenire dalla legnaia. Sylvia viene ritrovata in stato semicomatoso – l'occhio destro è tumefatto, probabilmente a causa di una caduta dovuta allo stordimento per i medicinali ingeriti – e portata all'ospedale psichiatrico McLean. È qui che avviene l'incontro con la psichiatra Ruth Barnhouse, che diverrà per lei un riferimento importantissimo: la dottoressa crede soprattutto nella terapia dell'ascolto e Sylvia sta davvero meglio, tanto che a febbraio del 1954 torna allo Smith College, appuntando nei diari: "Grazie ai miei colloqui con la dottoressa B. [...] la mia esistenza poggia ora su basi solide; posso essere depressa di tanto in tanto, ma mai disperata. Ho imparato ad aspettare".

L'esperienza newyorkese, l'elettroshock, il tentato suicidio e l'ospedale psichiatrico verranno raccontati da Plath nella *Campana di vetro* – il suo unico romanzo – ma per il momento Sylvia torna a essere sirena: sa che quando arriva, il buio è come un'onda, ma lei ha la coda nascosta da qualche parte, e ha imparato a riemergere. Si è tagliata i capelli e la frangetta bionda nasconde la cicatrice sull'occhio (segno indelebile di quello che la madre archivierà come "l'incidente"), e come una sirena incanta i ragazzi senza nemmeno bisogno di cantare, così ne sceglie uno e fa l'amore con lui nella sua decappottabile gialla.

In una foto ha un soffione in mano e una gerbera infilata nel reggiseno del costume, lo smalto e la bocca rossi, un'espressione che sembra pronta a mangiare il soffione come adesso mangia la vita: a settembre del 1955 vince un'altra borsa di studio per Cambridge, saluta la famiglia e l'America, e sbarca in Inghilterra. Nelle lettere alla madre tutto vibra, anche se qualche crepa esce persino da quelle righe scintillanti: si rammarica perché non si sente più "the girl who wanted to be God", la ragazza che voleva essere Dio, come desiderava da bambina. S'innamora di un ragazzo, ma quando lei gli parla di progetti a lungo termine lui la scarica dicendole che in realtà sta con un'altra. La sirena s'inabissa nuovamente, ma Plath sa che con le parole risali anche dai fondali più oscuri, così chiede aiuto allo psichiatra del college e una sera in cui la spinta vitale vince su quella mortifera, decide di andare all'inaugurazione della "St Botolph's Review", su cui scrivono diversi poeti che lei apprezza. È il 25 febbraio 1956, Sylvia ha ventitré anni e delle ballerine rosse: appena entra in una stanza c'è sempre qualcuno che vuole fermarsi a parlare con lei, e baciarla. Poi, però, in quella stessa stanza, entra Ted Hughes, che ricorderà così la prima volta che si sono visti: "Non ci eravamo abbracciati, ma saltati addosso".

Lei per quel primo incontro spende molte più parole: "Poi è successo il peggio: quell'atletico ragazzone bruno, l'unico enorme abbastanza per me, che andava in giro a piegarsi in avanti sulle ragazze e il cui nome avevo chiesto appena messo piede nella stanza, ma nessuno me lo aveva detto, si è avvicinato e mi ha guardato fisso negli occhi ed era Ted Hughes. Ho ricominciato a strillare delle sue poesie e a citare 'carissimo diamante inscalfibile' e lui ha strillato di rimando, colossale, con una voce che doveva arrivare dagli antipodi: 'Piace?' e mi ha chiesto se volevo del brandy e io a strillare sì e a indietreggiare verso la stanza accanto... e bang la porta si è chiusa e lui versava brandy in un bicchiere e io lo versavo nel posto in cui si trovava la mia bocca l'ultima volta che ne avevo avuto notizie... E poi è uscito fuori che io ero tutta lì, non è vero, e io a battere i piedi e a gridare sì e lui aveva un impegno nell'altra stanza e che aveva un lavoro a Londra, guadagnava dieci sterline a settimana così in un secondo tempo ne avrebbe guadagnate dodici, e io battevo i piedi e lui batteva i piedi e poi bang mi ha sparato un bacio in bocca... E quando mi ha baciato il collo l'ho morso forte e a lungo sulla guancia e quando siamo usciti dalla stanza gli colava il sangue dalla faccia... E io ho gridato tra me e me, pensando: oh, darmi a te nello scontro, nella lotta". I baci diventano all'istante colluttazione, e il combattimento resterà la loro dichiarazione d'intenti.

Entrambi scrivono poesie, Sylvia è già stata pubblicata, Ted non ancora. Lui ha venticinque anni, è affascinante, colto, geniale; è il "Colosso" che lei descrive nelle sue poesie. Hughes è anche appassionato di divinazione, oroscopo e ipnosi che spesso pratica su Sylvia e lei sembra davvero ipnotizzata da questo uomo il cui nome – scriverà – "significa *dono di Dio*, io non credevo in Dio, ma credevo in Ted".

Dopo poco più di tre mesi, il 16 giugno, si sposano nella chiesa di St George the Martyr a Londra. L'unica invitata è la madre di Sylvia, accorsa dall'America per l'occasione: preferiscono tenere il matrimonio segreto perché Plath è ancora una studentessa. Nelle settimane seguenti Aurelia riceve cartoline dalla Francia e dalla Spagna: Sylvia le scrive di aver trovato il paradiso a Benidorm, un paesino di pescatori della Spagna orientale che si affaccia sul Mediterraneo. Plath ricomincia a scrivere e diventa anche l'agente di Ted: copia in bella le sue poesie e le invia agli editori in cerca di una pubblicazione.

Nel suo diario appunta: "Vivere con lui è come sentirsi raccontare una favola eterna: la sua è la mente più grande e piena di immaginazione che abbia mai incontrato. Potrei vivere per sempre nei suoi mondi cangianti". Ma sono mondi pericolosi, quelli di Ted. Un pomeriggio, mentre sono sdraiati in un prato, Ted si gira di scatto, afferra il collo di Sylvia e stringe le mani, come in trance. L'episodio dura pochi secondi e nessuno dei due ne parlerà mai, nei diari lei accennerà a un "equivoco con lui che mi ha fatta soffrire". Ma Sylvia è abituata fin da bambina a cambiare le storie che non le piacciono, e ora che ha sostituito la dipendenza dalla madre con quella per Ted, ha deciso che le cose devono andare bene. Così la narrazione del matrimonio perfetto che fa a se stessa è talmente convincente da persuadere anche gli amici e i parenti, che s'innamorano di Ted quando lo porta a Boston per conoscere la famiglia. Ma nei mesi trascorsi a Cape Cod Sylvia è inquieta: non riesce a scrivere quanto e come vorrebbe ed è gelosa del marito che invece è prolifico, un Colosso cullato dall'oceano a cui riesce tutto facile. Per Plath tutto è difficile, e scalpita quando si trasferiscono a Northampton perché lo Smith College l'ha chiamata a insegnare: non è fatta per questo lavoro, non si sente apprezzata dalle allieve che invece apprezzano molto Ted, e lui è gentile, troppo gentile con loro. Plath sputa invettive sulle favole eterne e Hughes racconta agli amici di sentirsi imprigionato, lei lascia la cattedra allo Smith e insieme tornano a Boston: vivranno entrambi della loro scrittura. Le liti con Ted ora si sovrappongono a quelle con Aurelia, che predice un futuro molto prossimo di mestizia e povertà per i due, e in una manciata di mesi la profezia si avvera. Plath è costretta ad accettare un impiego da receptionist part-time al reparto psichiatrico del Massachusetts General Hospital e riallaccia i rapporti con la dottoressa Barnhouse, raccontando nel diario: "Sono arrabbiata con tutte le madri che ho conosciuto e volevano che fossi come io nel profondo non volevo essere e con la società che sembra volerci come noi nel profondo non vogliamo essere. Esprimere la mia ostilità per mia madre mi fa stare bene da matti e mi libera dall'Uccello del Panico che mi sta sul cuore e sulla macchina da scrivere. [...] Mi sembra di essere una persona nuova. Meglio dell'elettroshock: è come se la dottoressa Barnhouse, dicendo *ti autorizzo a odiare tua madre*, avesse detto *ti autorizzo a essere felice*".

È proprio a Boston che Sylvia incontra Anne Sexton al corso di scrittura creativa di Robert Lowell. Anne è la più grande del seminario e la più "ingombrante": quando arriva – le labbra color fuoco, i gioielli, le pellicce e la gola secca nonostante i Martini già scolati – muove l'aria e il desiderio.

Dopo ogni lezione, carica Sylvia sulla sua vecchia Ford per andare a bere altri Martini al Ritz. È Anne a raccontare che "spesso, molto spesso, Sylvia e io parlavamo a lungo dei nostri primi tentativi di suicidio, nel dettaglio, in profondità, tra una nocciolina e l'altra... Discutevamo della morte, e questo per noi rappresentava la vita". In due hanno già collezionato almeno quattro tentativi falliti, senza contare i ben più numerosi ricoveri psichiatrici. Alla morte di Plath, Sexton scriverà che Sylvia è riuscita a precederla persino in quella circostanza e in effetti, undici anni dopo, Anne afferrerà la pelliccia e un bicchiere di vodka con ghiaccio per chiudersi nel garage di casa, scegliendo il monossido di carbonio.

Personalmente, penso ad Anne Sexton ogni volta che compro i broccoli: non mi piacciono nemmeno tanto ma li mangio per gratitudine nei suoi confronti, perché in una lettera a un amico è riuscita a esprimere come ci sentiamo in fondo tutti parlando di un broccolo: "Mi dicono che sono forte. Forse perché sono sopravvissuta a così tanto. Dentro mi sento come un broccolo cotto, non come un gambo, che di solito è croccante e saporito. Ma come la testa che si sgretola quando la tagli".

Ma torniamo a Sylvia e Ted, perché anche loro si stanno sgretolando senza nemmeno bisogno di tagliarsi: le invidie reciproche e l'insofferenza sono la lama più fatale per loro. Hughes – che non sopporta più il sorriso esagerato di lei – le dice che le si pietrificherà il viso: ha già le zampe di gallina attorno agli occhi. E Sylvia continua a cucinare bugie e sorrisi, allegra come una boy-scout, perché vuole risultare comunque impeccabile. Nessuno meglio di lei sa che la perfezione è una maledizione, eppure non riesce a smettere di essere perfetta anche se i suoi diari esondano parole al veleno:

25 febbraio 1957: Cavolo, mi sono detta. Troverai rifugio nella vita domestica e soffocherai cadendo a testa in giù nella terrina con l'impasto per i biscotti.

9 agosto 1957: Il terrore di essere incinta che, ora lo so, avrebbe distrutto me, forse Ted, e la nostra scrittura, la nostra possibile unione inespugnabile... Il nostro futuro, Ted senza lavoro, io senza lavoro, la valanga di conti che ci precipita nei debiti e, ancora peggio, nell'odio sempre più forte per l'intruso quando, diciamo tra quattro anni, potremmo essere i migliori genitori del mondo. E poi, l'idea di 20 anni di disgrazia con un figlio non amato perché inavvertitamente per colpa nostra ha ucciso il nostro io spirituale e mentale congelandolo in una stasi da necessità di sacrificio assoluto per far soldi.

Giovedì 13 marzo: Lite su chi attacca i bottoni alle giacche (cosa che dovrei fare io), sul fatto che gli serve il completo grigio e altre sciocchezze; lui emerge dal malanno, io ci precipito. Ho ingollato un'ala di pollo e un intruglio di spinaci e pancetta e tutto, tutto si è trasformato in veleno.

17 aprile: Quando mi sveglio è come se stessi sollevandomi da una bara, raccogliendo le estremità ammuffite, sforacchiate dai vermi, in uno sforzo estremo.

7 novembre 1959: Pericolosa questa vicinanza con Ted tutto il giorno. Non ho una vita separata dalla sua, rischio di diventare un semplice accessorio. Fondamentale prendere lezioni di tedesco, uscire per conto mio, pensare, lavorare da sola. Questo posto è una specie di orribile convento per me... Non dovrò mai trasformarmi in una semplice madre e donna di casa. Il bambino è una minaccia quando come scrittrice sono così amorfa e improduttiva. Odierei un figlio che si sostituisse ai miei scopi: quindi devo darmi una mossa.

Odiare un figlio che ci mangia le energie è un sentimento umano, ma ci vuole coraggio per dargli voce. Sylvia quel coraggio lo ha: un figlio non cambierà la gestione del tempo e la vita di Ted, ma di certo modificherà la sua.

Se durante la residenza per artisti di Yaddo – dove entrambi sono stati invitati – Plath scrive alcune poesie di cui va fiera, che verranno poi raccolte nel *Colosso*, non è certa di poter avere la stessa concentrazione con un figlio.

Nel 1959 i coniugi Hughes lasciano l'America per tornare a Londra: si trasferiscono in un piccolo appartamento di Chalcot Square con una bella cucina, un tavolo di legno grezzo e un grande letto matrimoniale. Ed è proprio in questa casa che Sylvia, il primo aprile 1960, dà alla luce Frieda Rebecca. Il parto è relativamente rapido e indolore anche grazie all'ipnosi a cui, ancora una volta, il marito la sottopone. I dubbi e le paure si sono spenti. Sylvia scrive ad Aurelia: "Mi sento leggera e sottile come una piuma. La bimba, come ti ho detto, pesa 3 chili e 3 etti, è lunga 53 centimetri e ahimè ha il mio naso! Su di lei però sembra quasi bello. Non sono mai stata così felice in vita mia".

All'inizio del 1961 Sylvia viene ricoverata in ospedale per un forte attacco di appendicite e scopre di essere nuovamente incinta, ma la felicità dura un attimo perché, poco dopo, perde il bambino a causa di un aborto spontaneo, almeno questo è il motivo che Plath ripete a tutti. Nel 2017 sono state però ritrovate alcune sue lettere inedite, indirizzate alla psichiatra Barnhouse tra il 1960 e il 1963, in cui racconta delle aggressioni, degli abusi e delle minacce di morte subiti da Ted nel corso degli anni.

Eppure Sylvia prova a restare nuovamente incinta, perché ha deciso che deve essere una moglie e una madre felice anche a costo dell'infelicità. Nel suo diario annota: "Sabato, 20 giugno. Tutto è sterile. Io sono parte delle ceneri del mondo, qualcosa da cui niente può germogliare, niente può fiorire né portare frutto. Per esprimermi nello squisito gergo medico del Ventesimo secolo, non riesco a ovulare. O non ovulo e basta. Niente questo mese, né quello passato. Per dieci anni ho avuto i crampi inutilmente. Ho lavorato, versato sangue, sbattuto la testa contro il muro per arrivare dove sono adesso. Con l'unico uomo al mondo che mi va a pennello, l'unico che potessi amare [...]. Voglio una casa piena di bambini nostri, animali, fiori, verdura e frutti. Voglio essere una Madre Terra nel senso più ricco e profondo. Ho smesso di fare l'intellettuale, la donna in carriera: è tutta cenere per me. E cosa mi ritrovo dentro? Cenere su cenere".

Sylvia e Ted si stanno costruendo un inferno lastricato di case luminose, figli e feste di Natale con addobbi rosso sangue. Anche Sylvia si veste di rosso a Natale, mentre il resto dell'anno sceglie principalmente abiti bianchi, di mussolina di cotone, e nastri azzurri di seta per i capelli. È la messinscena dell'inganno: se ci credono gli altri, poi ci credo anche io.

Quando le cose non vanno, si radicano nell'illusione che cambiare posto permetta loro di trovare un nuovo modo per funzionare. Lo cercano a Court Green, nelle campagne del Devon, trasferendosi verso la fine dell'estate del 1961 in una grande casa: il pavimento di linoleum verde chiaro e i muri color rosa acquerello, una grossa stufa a carbone accanto a un tavolo da pranzo dove Sylvia scrive, il giardino fiorito di gladioli, zinnie e petunie; Sylvia ha ricostruito l'inganno della perfezione e racconta alla madre: "È la completa pace, qui". Lo è così tanto che ogni mattina si svegliano guardando letteralmente la morte: la dimora presa in affitto affaccia su un piccolo cimitero, e mentre Sylvia apre le persiane salutando quei vicini addormentati che le stanno decisamente simpatici, fa più fatica con gli altri, quelli vivi, che deve frequentare per obbligo sociale. Per fortuna ogni tanto arrivano degli amici a trovarli, per esempio il poeta David Wevill e sua moglie Assia Gutmann, ai quali Ted e Sylvia hanno subaffittato l'appartamento di Londra. Lei, occhi verdi e capelli neri, è davvero attraente e regala a Sylvia un serpente di legno che ha portato dalla Birmania. Assia è gentile con Plath anche se, tornata dal weekend, riporta nel suo, di diario, parole sprezzanti su quella che considera una messinscena di felicità allestita in una "casa molto nascosta, con mobili per bambini, mobili ingenui".

Quello che è iniziato fra Assia Gutmann e Ted Hughes è già scritto, ma Sylvia non lo vede perché è felice: scopre di essere nuovamente incinta mentre sta ultimando le bozze della *Campana di vetro*. Ma più la pancia cresce, più è consapevole che la sua vita indietreggia, mentre quella degli altri corre in avanti. Però le piace partorire, perché significa trovarsi al centro delle cose che accadono. Il bambino che nasce il 17 gennaio 1962 si chiama Nicholas Farrar: Ted guarda la moglie sfinita e le dice "poverina". Lei è contenta perché è "la sua poverina", finalmente si preoccupa per lei. Ma subito dopo, Hughes sparisce nella mansarda a scrivere perché, in quanto uomo, è libero di fare ciò che vuole, mentre lei diventa proprietà di tutti, materiale raccontabile per il paese: "Io ero una donna, dovevo ballare e cucire e fare la maglia davanti a loro. Era me che volevano catturare". Così, Plath fa quello che il mondo si aspetta da lei: lascia perdere la scrittura, sta sveglia la notte per preparare torte, milioni di torte che poi congela, dice che si rallegra dei suoi lavori a maglia e dei successi di Ted. Eppure doveva essere lei la ragazza del futuro, ma adesso tutti vogliono le poesie del marito, e lei si ritrova retrocessa da promettente scrittrice a casalinga disperata.

Ted continua a partire, Londra lo reclama e lei lo saluta con baci e saliva, vuole imprimergli il suo odore come scudo magico contro le altre, perché sa che ci sono. Poi si morde un polso dalla rabbia: "Avrei potuto sparare a un'anatra e lasciarla sventrata in giardino come monito, oppure a un bambino, perché no. Ted doveva capire cosa mi faceva quando mi lasciava sola in quel modo... Non sono un'ombra, anche se un'ombra si diparte da me. Sono una moglie" sentenzia Plath che ci prova davvero a essere la figlia, la moglie e poi la madre sfavillante, ingaggiando guerre feroci soprattutto contro se stessa.

I coniugi Wevill tornano a trovarli e adesso Sylvia si accorge e sente tutto: i telefoni sussurrano e le porte si chiudono, Ted è tutto un "arrivi e partenze", e a fine giugno si trova a Londra quando lascia un biglietto alla reception dell'agenzia pubblicitaria dove Assia lavora, con scritto: "Sono venuto a trovarti, nonostante tutti i matrimoni". Pochi giorni dopo Ted se ne va di casa e Sylvia fa un gran falò in giardino in cui brucia i manoscritti e le lettere del marito. Poi chiede il divorzio: decide di lasciare Ted prima che lui la abbandoni, per una volta vuole essere lei quella che se ne va. Nel diario riporta: "Non posso continuare a condurre la vita degradante e agonizzante che ho condotto finora, che mi ha impedito di scrivere e mi ha quasi rovinato il sonno e la salute. [...] Io sono una persona troppo ricca dentro per vivere come una martire".

La fine del matrimonio la riduce in frantumi, si riaffacciano gli abissi e la fatica, ma Sylvia cerca di tenere tutto insieme: trova una baby-sitter che la aiuti, cambia taglio e colore di capelli (opta per un rosso Tiziano), compra nuovi gioielli e vestiti – "un golf nero, una gonna in tweed nera e celeste, un vestito color cammello da favola" –, che almeno l'esterno sfavilli quando dentro è tutta una caduta.

Decide di tornare a vivere in città e si trasferisce nell'appartamento di Fitzroy Road, a Londra: le stanze sono spoglie ma scrive ad Aurelia che è "felice come una Pasqua", in realtà si sveglia alle quattro e mezzo del mattino per rubare tempo prima che cominci l'accudimento dei figli. È in quelle ore rosicchiate alle lancette che scrive le sue poesie più belle: racconta che dovrebbe pettinarsi i capelli seduta su uno scoglio in Cornovaglia, e al posto della coda da sirena portare calzoni tigrati, avere un amante. Invece, quando i bambini si svegliano, prepara la colazione e poi passa l'aspirapolvere. Mentre pulisce, pensa a quanto sarebbe bello se riuscisse ad aspirare via dai suoi pensieri anche Ted, come fa con lo sporco: è certa che l'anima microscopica del marito entrerebbe nel sacchetto dell'elettrodomestico. Perde otto chili ed è così sottile che potrebbe dissolversi nel vento, si affida alle cure di uno psichiatra londinese che le prescrive immediatamente ansiolitici, sonniferi e antidepressivi. Lo specchio le fa dire: "Adesso come adesso sono un po' un rottame, con le ossa che spuntano letteralmente dappertutto e delle grosse chiazze nere sotto gli occhi per via dei sonniferi, e una tosse da fumatore".

È in questo periodo che scrive *Daddy*, una delle sue poesie più celebri, dove parla con Otto dicendogli: "Ti seppellirono che avevo dieci anni. / A venti cercai di morire / e tornare, tornare, tornare da te. / Anche le ossa potevano bastare. / Ma mi tirarono fuori dal sacco, / e mi rincollarono pezzo su pezzo. / E allora capii cosa fare".

Il 14 gennaio 1963 viene pubblicato *La campana di vetro*: le recensioni della critica sono ottime ma Sylvia, che ha vissuto per questo momento, non sente niente, nella testa ha l'ovatta e riemerge solo a tratti dalla distanza siderale in cui è affogata per sfogare la sua ira contro Ted. Il 4 febbraio invia l'ultima lettera alla madre: "Dopo la perdita del padre e il trasloco [...] io sono la loro unica sicurezza [...], adesso i bambini hanno più che mai bisogno di me".

Chiede aiuto all'amica Jillian Becker, che capendo la gravità della situazione si offre subito di ospitarla insieme ai bambini. Il 7 febbraio Jillian chiama lo psichiatra che mette Plath in lista per farla ricoverare. Lei, intanto, lascia i bambini a casa dell'amica e chiede a Ted di incontrarsi: quello che si dicono Sylvia lo annoterà probabilmente nel suo quaderno, ma non lo leggeremo mai perché i diari pubblicati si fermano al 1959. C'erano altri due taccuini (con appunti fino a tre giorni prima della morte), ma Hughes racconta di averne distrutto uno perché non voleva che i suoi figli lo leggessero. L'altro è scomparso.

Domenica 10 febbraio Sylvia è più serena: mangia e gioca con i bambini. Decide di tornare a casa nonostante Jillian provi in tutti i modi a convincerla a restare, ma lei assicura che presto starà bene. La stessa cosa dice anche al medico, il dottor Horder, che passa a trovarla la domenica sera a casa.

All'alba dell'11 febbraio Sylvia Plath allestisce la sua uscita di scena.

La depressione è qualcosa che ti mangia da dentro, ed è ancora uno stigma sociale. Spesso ti viene detto di non fare capricci, di tirarti su, c'è gente che muore davvero. Anche tu stai morendo davvero, solo che non si vede: non hai una pistola alla tempia, non salti su una mina. Sylvia Plath ha raccontato il tabù della malattia facendoci sentire compresi, donandoci la possibilità di levarci di dosso la vergogna se odiamo nostra madre, l'uomo che credevamo di amare e i nostri figli per il tempo che tolgono a noi. Ha detto l'indicibile, e l'ha fatto con parole folgoranti, diventando albero di fico nella *Campana di vetro*: "Vidi la mia vita diramarsi davanti a me come il verde albero di fico del racconto. Dalla punta di ciascun ramo occhieggiava e ammiccava, come un bel fico maturo, un futuro meraviglioso. Un fico rappresentava un marito e dei figli e una vita domestica felice, un altro fico rappresentava la famosa poetessa, un altro la brillante accademica, un altro ancora era Esther Greenwood, direttrice di una prestigiosa rivista, un altro era l'Europa e l'Africa e il Sudamerica, un altro fico era Costantin, Socrate, Attila e tutta una schiera di amanti dai nomi bizzarri e dai mestieri anticonvenzionali, un altro fico era la campionessa olimpionica di vela, e dietro e al di sopra di questi fichi ce n'erano molti altri che non riuscivo a distinguere. E vidi me stessa seduta alla biforcazione dell'albero, che morivo di fame per non saper decidere quale fico cogliere. Li desideravo tutti allo stesso modo, ma sceglierne uno significava rinunciare per sempre a tutti gli altri, e mentre me ne stavo lì, incapace di decidere, i fichi incominciarono ad avvizzire e annerire, finché uno dopo l'altro si spiaccicarono a terra ai miei piedi".

Dopo la morte di Sylvia, Hughes scrive ad Aurelia: "Ci siamo entrambi ridotti a vivere in uno stato in cui le nostre azioni e il nostro normale stato mentale era la follia [...] Non voglio il perdono. Non voglio diventare il sacrario pubblico del lutto e del rimorso – preferirei essere il contrario, piuttosto. Ma se esiste l'eternità, che io sia dannato in essa".

Ho sempre provato per Ted Hughes fastidio misto a

compassione. A tutti è capitato, almeno una volta, di essere il cattivo nella storia di un altro. Ma lui ha fatto strike: ci sono decine di libri in cui è ritratto come il sadico aguzzino, l'esecutore morale del suicidio di ben due compagne che hanno infilato la testa nel forno.

La relazione con Assia dura sei anni, lo stesso arco temporale del matrimonio con Sylvia: all'inizio la porta nella loro casa a Court Green, ma non la sposerà mai.

Quasi in contemporanea al suicidio di Sylvia, Assia perde il bambino che aspetta da Ted e inizia a sviluppare un'ossessione perversa nei confronti della rivale. Due anni dopo la morte di Sylvia, Assia partorisce una bambina: Alexandra Tatiana Elise, soprannominata Shura. Ma Hughes scivola via anche da loro, le allontana, preferisce che tornino a Londra. Assia scrive: "Sylvia sta crescendo su di lui, enorme e splendida. Mi rimpicciolisco ogni giorno, rosicchiata da entrambi. Mi mangiano".

Nel marzo del 1969 Assia prende Shura, che ha quattro anni, e prepara per entrambe molti sonniferi (i suoi li accompagna con sette bicchieri di whisky), infine si chiude in cucina con la bambina, la abbraccia e infila la testa nel forno Mayflower dopo aver aperto la valvola del gas. L'estrema punizione per Hughes, che d'altro canto non è avvezzo a frequentare da vicino sentimenti come il rimorso: ha già altre relazioni, si risposerà e morirà di arresto cardiaco, ma con calma, a sessantotto anni.

Ci sono relazioni in cui si resta principalmente per

apparecchiare con cura la dannazione per l'altro, non rendendosi conto che si sparge deflagrazione tutto attorno.

Nel 2009 Nicholas, il figlio di Sylvia e Ted, si suicida impiccandosi nella sua casa di Fairbanks, in Alaska, dopo una lunga battaglia contro la stessa malattia che ha portato via la madre.

L'unica a resistere a tutto questo frantumarsi è la sorella Frieda, che è diventata pittrice, scrittrice e illustratrice di libri per l'infanzia. Nei quadri di Frieda ci sono gufi, moltissimi gufi giganti. In una sua poesia, Plath scriveva che i gufi sanno esplorare il buio che abbiamo dentro. Forse, più li disegni grandi, più entrano dentro di te, e magari quel buio te lo tolgono.

Di Frieda è la prefazione ai racconti per l'infanzia che la madre aveva scritto per lei e il fratello quando erano molto piccoli, intitolati *A letto bambini! e altre storie*. Frieda ha scoperto l'esistenza di queste storie solo da adulta. "Mia madre, Sylvia Plath, voleva scrivere. Non c'è dubbio che per lei questa fosse la cosa più importante" scrive nella prefazione al libro. "Queste tre amabili storie fanno sentire il lettore al centro di un mondo felice, caldo, intimo, dove si è sempre al sicuro e dove tutto funziona per il verso giusto. C'è qualcosa di confortante nel pensiero che mia madre abbia scritto queste storie in un mondo dove la realtà poteva essere tanto diversa."

Sylvia aveva donato ai figli un universo che, almeno sulla carta, si concludeva con un lieto fine, popolato da folletti domestici, cucine fiammanti e il freezer che ronza tenendo in fresco il gelato al mirtillo. Nella realtà siamo spesso bagnati fradici dalla vita, tanto che – per trovare sollievo – c'è chi si rifugia in un'altra vita.

Sylvia Plath è sepolta a Heptonstall, nel West Yorkshire, il paese vicino a dove è nato Hughes. La lapide semplice, piantata nella terra, riporta il suo nome completo, accompagnato dal cognome di Ted, anche se le lettere che vanno a comporre "Hughes" si leggono male: sono molte le persone che hanno provato a graffiarle via negli anni, come a raschiare da Sylvia l'uomo che lei non è riuscita a cancellarsi di dosso da viva. Sotto il nome, si legge: "Anche tra le fiamme violente si può piantare il loto dorato". Sulla terra dove riposa Plath fioriscono papaveri, erba selvatica, qualcuno pianta spesso dei tulipani e delle penne per scrivere, e c'è chi ha prenotato il loculo nella terra a fianco, per essere seppellito vicino a lei. Perché a nessuno piace sentirsi solo.

JANET LEE BOUVIER

In *Grandi speranze* di Charles Dickens gli orologi di Satis House segnano tutti le nove meno venti del mattino. Miss Havisham, la proprietaria di quest'enorme villa fatiscente, ha deciso di fermare il mondo nel preciso istante in cui il suo, di mondo, si è spezzato. Molti anni prima proprio a quell'ora, mentre lei stava indossando l'abito da sposa, una lettera l'avvisava che quel giorno il futuro marito non sarebbe mai arrivato. Il fidanzato le scriveva che l'aveva tradita, e che i fiumi di denaro di lei – abbacinanti e irresistibili come lo è la luce per le falene – non erano in fin dei conti sufficienti per convincerlo a camminare verso l'altare.

Da allora, Miss Havisham non si è mai tolta l'abito da sposa: il banchetto e la torta nuziale rimasti a

marcire sulla tavola, gli avanzi del cibo mummifica-
ti come lei, che nei decenni si è sciolta dentro a quel
vestito trasformandosi in statua di cera, la pelle bian-
chissima come quella dei fantasmi che tornano a tro-
varci in sogno.

In quel tempo statico, bloccato come la porta della dimora che Miss Havisham decide di non varca-
re più, fermenta in lei un solo desiderio: vendicarsi dell'umiliazione subita. E per realizzarlo decide di
diventare madre.

Adotta un'orfana, una bambina bellissima che si
chiama Estella, e la addestra ad avere successo dove
lei ha fallito: gli uomini s'innameranno di lei, e lei
li rifiuterà denigrandoli. Anche il giovane Pip, protagonista del libro, viene assunto da Miss Havisham affinché Estella possa fare pratica.

"Spezza i loro cuori, mio orgoglio e speranza, spezza i loro cuori e non avere pietà!" dice a questa meravigliosa figlia che tutti disprezza, e che impara così
bene a non amare nessuno, da non provare nulla nemmeno per la madre adottiva.

"Le ho rubato il cuore e ho messo del ghiaccio al
suo posto" dice Miss Havisham di Estella, capendo
troppo tardi che il suo piano è diventato la sua rovi-
na. La creatura che ha educato a non provare sentimenti le ha restituito la mostruosità dei suoi. E quando in questo ragazzo con il cuore frantumato rivede
se stessa, capisce che è arrivata l'ora di sbarazzarsi di
tutto il dolore subito e provocato.

Ma avvicinandosi al camino per bruciare finalmente la lettera del fidanzato, un tizzone le morde il vestito da sposa, e lei muore per le ustioni riportate.

Ci sono madri che fanno così: depositano nel cuore dei figli un'eredità che sa di rivendicazione, ferocia e riscatto. È un patto di sangue, selvaggio e violento come sono tutte le cose che passano dal sangue.

Nei romanzi spesso quelle madri si pentono (o muoiono nel rimorso); nella vita non accade quasi mai.

Janet Norton Lee Bouvier per esempio, madre della futura Jackie Kennedy e della sorella Lee Radziwill, partorisce le sue figlie con uno scopo molto preciso: quello di raggiungere soldi e potere. E ci riesce.

Non finisce bruciata viva, almeno non in questa vita. Quello che sappiamo è che all'inferno ci finiscono le figlie, e lo arredano splendidamente.

Janet Norton Lee nasce il 3 dicembre 1907 a New York sotto la costellazione del Sagittario. Per chi si affida alle stelle, tra tutti i segni dello zodiaco, quello rappresentato dal centauro – l'essere mitologico metà uomo e metà cavallo che tende un arco – è perfetto per raccontarla. Se con le frecce l'equide scaglia lontano il suo destino, il suo corpo incarna il dualismo che sarà fondamentale per questa stratega in fasce per indossare le maschere necessarie a dragare le asperità della vita privata e le acque ancora più limacciose che si annidano nei cocktail dei salotti borghesi.

Sebbene Janet cresca in una New York resa soffice dai tappeti morbidi su cui muove i primi passi, il suo sangue ha la memoria del vento che sferza le frastagliate coste irlandesi. Alla metà del XIX secolo sono molte le navi che fuggono dalla grande carestia, responsabile della distruzione dei raccolti e della morte di più di un milione di persone in Irlanda. Su una di quelle navi c'è anche Thomas Lee, il bisnonno di Janet, che nel 1852 approda in America con la moglie Frances per dare vita a una nuova dinastia i cui figli avranno nomi così identici da ricordare i personaggi che si susseguono come un'onda in *Cent'anni di solitudine* di Gabriel García Márquez, e in quei battesimi sempre uguali i destini suoneranno come una profezia magnifica e spaventosa.

Proprio come Macondo, gli Stati Uniti sono il luogo dove tutto è possibile – e anche se ai Lee fortunatamente non nasce un figlio con la coda di maiale, le ragazze sapranno ascendere al cielo come Remedios La Bella nel libro di Márquez, ma sceglieranno un più comodo ascensore che garantirà loro gli attici lussuosi della Grande Mela.

Questo accadrà molto più avanti, perché al momento la vita dei Lee è caratterizzata dalle umiliazioni quotidiane riservate a ogni irlandese: gli americani sono infastiditi dall'invasione di questi cattolici che paragonano a scimmie e chiamano "bog-walkers", letteralmente "camminatori della palude".

Janet, che invece attraverserà i corridoi della Casa

Bianca, le paludi tenterà di scagliarle il più lontano possibile, e negli anni edulcorerà abilmente il suo passato – confondendo più volte le stesse figlie – con dichiarazioni contraddittorie sulle sue origini per sottrarsi a quel sangue irlandese così dozzinale. Si fingerà francese – grazie al cognome che erediterà dal suo primo marito Jack Bouvier – per cambiare versione durante un'intervista per "Good Housekeeping", in cui la suocera del presidente John Fitzgerald Kennedy affermerà: «Il mio background è completamente cattolico inglese».

Prima di Janet, i Lee suppliscono alla mancanza di avi blasonati con l'unico strumento più potente dei diritti araldici: il denaro. Ne iniziano a produrre a palate con il nonno di Janet, ma è l'ultimo dei suoi dieci figli, James Thomas, a garantire alla famiglia la scalata della piramide sociale. Questo giovane avvocato fiuta il futuro studiando il mondo degli investimenti immobiliari: analizza con meticolosità il progetto della metropolitana newyorkese e acquista molte proprietà lungo la Seventh Avenue, dove passeranno i treni sotterranei, per poi rivenderle a progetto finito al triplo del loro valore. Nel tempo costruirà oltre duecento edifici residenziali e commerciali – suo sarà anche il condominio al 740 di Park Avenue inaugurato nel 1929 che verrà descritto come "il più lussuoso e potente edificio residenziale a New York City" e dove Janet abiterà con le sue figlie.

I soldi aprono più porte delle chiavi, e James T. ha un vero passe-partout per spalancare anche quelle del potere: mentre siede nel consiglio d'amministrazione di grandi gruppi e diventa presidente di importanti banche, nel 1903 trova il tempo di sposarsi con Margaret Ann Merrit, irlandese anche lei, dalla quale avrà tre figlie: Marion, Janet e Margaret.

Fin da piccola Janet è vestita con abiti sartoriali e circondata da giochi che non deve imparare a condividere neanche con le sorelle – con le quali svilupperà da subito un rapporto conflittuale – ma questo lusso non è sufficiente a rendere meno indigesto un clima familiare sterile d'affetto e gravido di crudeltà. Margaret e James preferiscono non parlarsi, ma arriveranno a separarsi solo in tarda età, morendo in due case diverse senza mai divorziare per evitare lo scandalo pubblico.

Una volta, presa dallo sconforto, la madre dice a Janet: «L'unica cosa che so delle relazioni è che non funzionano». Il padre non si perde in sofismi, limitandosi a trattare lei e le sue sorelle più come un ingombro da sistemare che come una risorsa da crescere. In casa con loro vive anche la nonna materna che, per la sua cadenza irlandese, è obbligata a stare in silenzio davanti agli ospiti. James la tiene nascosta come si fa con le cose di cui ci si vergogna, oppure la presenta come la domestica di famiglia.

Janet è ancora troppo piccola per comprendere gli squilibri di potere che portano le donne a subire tutta questa violenza, e crescendo la giudicherà come arrendevolezza, confondendo le vittime con i carnefici, tanto da dichiarare in futuro: «Detesto la debolezza, ma non è qualcosa con cui si nasce. La impari. E io l'ho imparata da mia madre, che a sua volta l'ha presa dalla sua».

In una casa in cui le donne sono ridotte al mutismo o covano un silenzio carico d'odio, a Janet viene naturale ridurre il matrimonio a un'equazione utilitaristica: sposarsi serve solo ad assicurarsi denaro. E Janet ne vuole tantissimo.

Per ottenerlo fa tutto quello che ci si aspetta da una ragazza di buona famiglia: scuole private nell'Upper East Side di Manhattan, una disciplina ferrea e uno sport – l'equitazione – scontato per chi ha un centauro come simbolo astrologico e un conto in banca familiare che può permetterle qualsiasi cosa. Janet è l'amazzone che salta ogni ostacolo vincendo per tre volte il titolo di campionessa al National Horse Show, il più antico spettacolo per saltatori e cacciatori che si tiene ogni anno negli Stati Uniti. Il fisico sottile la aiuta a volare sul cavallo, rivendicando un modello di bellezza così lontano dalle curve di Mae West che fanno impazzire l'America, tanto che il giubbotto di salvataggio in dotazione ai piloti della Royal Air Force viene soprannominato come l'attrice.

Il viso di Janet – allungato, con la mascella spigolosa – somiglia al suo corpo, e il naso lungo e dritto le conferisce un'aria algida. Eppure in una foto del 1937,

Janet a trent'anni è di una bellezza travolgente mentre in sella al suo purosangue è impegnata a vincere tutto quello che può.

Ma torniamo indietro di dieci anni, e accomodiamoci al Maidstone Club di New York, dove una sera del 1927 un uomo bellissimo sorseggia un drink al bancone mentre con lo sguardo segue Janet nella sala da pranzo. Lui è il trentaseienne John Bouvier III, soprannominato "Black Jack" per via della sua pelle perennemente baciata dal sole e per l'amore sconfinato per il gioco d'azzardo. Gli occhi magnetici e una somiglianza impressionante con Clark Gable gli rendono semplicissimo passare dai tavoli in panno verde ai letti di tutte le donne che desidera, e che desiderano lui.

Janet, che racconterà in futuro: «Non riuscivo a smettere di guardarlo. È stato un vero colpo di fulmine», riconosce all'istante un altro profumo, se possibile ancora più intrigante di quello peraltro raffinatissimo che Jack indossa: il profumo dei soldi. Bouvier discende infatti da una famiglia di origini francesi che, da una piccola attività di falegnameria, è passata a investire grandi somme nel mercato immobiliare e finanziario. Lei, che è abituata a ragionare in numeri, trova quelli di Jack molto interessanti: due tenute negli Hamptons, uno stipendio annuo di circa centomila dollari e un conto in banca di oltre un milione e mezzo di dollari, che, con le dovute proporzioni, oggi ammonterebbe a quindici. Sulla carta il rampollo dei Bouvier sembra perfetto, ma il padre di Janet non ci casca. Scopre infatti che il ragazzo è avvezzo a investimenti scriteriati, che vengono ogni volta rappezzati dalla famiglia, e confida al suo avvocato: «Jack non solo non ha soldi sicuri. Ma non ha potere, ed è questo ciò che mi preoccupa di più. In questa vita non hai solo bisogno di soldi sicuri ma anche di potere. Quest'uomo non ha né l'uno né l'altro».

La madre rinuncia per una volta al silenzio dicendo al marito che almeno le loro figlie possono provare a essere felici, ma l'affermazione non sortisce alcun effetto su James T., dunque è Janet a decidere per sé e il 7 luglio 1928 sposa Jack nella chiesetta di St Philomena, a East Hampton, senza dire niente a nessuno.

Il primo anno di matrimonio è fatto di moltissimo alcol che innaffia feste infinite a cui Janet e Jack arrivano, sbadati e felici, destinati a essere gli ospiti d'onore perché quando sei il centro luminoso delle cose, tutti ti vogliono. E se Jack in quelle feste spesso si eclissa per ricomparire ore dopo al fianco di donne così belle da mozzare il fiato, Janet incassa con molta classe prendendo in prestito le parole di Zelda Fitzgerald: "Non ci annoiamo mai perché non siamo noiosi", e accetta un ménage matrimoniale piuttosto movimentato. D'altro canto la camera da letto è anche il posto in cui Jack riesce a farsi perdonare dalla moglie, perché come ha riassunto Oscar Wilde: "Tutto nel mondo riguarda il sesso tranne il sesso. Il sesso riguarda il potere", e questo è l'unico potere che Jack sa esercitare.

Nel 1929 nasce la loro prima figlia, Jacqueline Lee Bouvier, detta Jackie, e dopo pochi mesi crolla Wall Street insieme al conto in banca dei Bouvier. Se Janet è stata piuttosto zen con i tradimenti di Jack, non è altrettanto serafica con i suoi investimenti sbagliati che, aggravati dalla crisi, li mettono nei guai.

Quattro anni dopo, nel 1933, vede la luce anche Caroline Lee Bouvier, che da grande si strapperà di dosso quel mieloso Caroline e si terrà solo Lee principalmente per scipparlo alla sorella, indossando così per tutta la vita il cognome da nubile della madre. È buffo come a volte pensiamo di sbarazzarci di qualcosa che crediamo di odiare, ma che alla fine ci rappresenta, diventa noi.

Nel frattempo, il padre di Janet, in un raro momento di generosità, offre alla coppia di trasferirsi nel suo condominio al 740 di Park Avenue, in un appartamento su due piani con undici stanze, senza pagare l'affitto. Ma le mura spesse non sono sufficienti ad attutire i litigi che avvengono anche davanti alle figlie e alle governanti. È una di queste ultime a raccontare di una sera in cui l'ennesimo tradimento del marito porta Janet a rifilargli un manrovescio talmente forte da fargli sbattere la testa contro il pomello della porta. A placare le lacrime di Janet arriva la madre che le dice: «Gli uomini sono complicati. Ma sono le tue figlie ciò che conta davvero, e non devi mai permettere loro di assistere a un altro litigio tra te e Jack».

Anche se in America è possibile divorziare, per Janet non è una soluzione praticabile: in quel periodo meno del due per cento delle donne statunitensi sono divorziate e sciogliere il sacramento comporta la scomunica da parte della Chiesa cattolica. Con un matrimonio che le si sta sgretolando tra le mani, la signora Bouvier decide di ascoltare le parole di quella madre così poco considerata, ma di interpretarle a suo modo, trasformandosi in una versione Upper East Side di Miss Havisham in *Grandi speranze*.

Riflettendo sulle possibilità che ha davanti a sé, Janet comprende infatti di aver partorito una miniera d'oro, e condanna così le figlie a essere bellissime ed elegantissime, addestrandole sin da piccole a fiutare i soldi come i cani fanno con i tartufi. Ogni sera le addormenta ripetendo loro: «Sapete qual è il segreto per essere felici e contenti? Ottenere denaro e potere».

L'educazione a cui la madre sottopone le ragazze è rigidissima: Jackie e Lee devono essere garbate, servizievoli e obbedire agli ordini. Se Janet non riesce a comandare il marito, può almeno manipolare le figlie. È lei a insegnare loro una dizione perfetta costringendole a pronunciare le parole lentamente, è sempre lei a scortarle tra musei e biblioteche per poi interrogarle a tavola.

Le nozioni di psicologia infantile non girano certo

per casa Bouvier, come racconta la stessa Lee: «Il fatto che Jackie fosse la preferita di mio padre mi è sempre stato chiaro, e non mi importava. Capisco che aveva una ragione... Non aveva solo il suo nome, ma gli assomigliava tantissimo e per lui era una fonte di grande orgoglio».

Tutte le attenzioni sono per Jackie, che prende lezioni di equitazione come la madre e più di lei vince gare e competizioni, mentre Lee dal cavallo ci è caduta e ne è terrorizzata. Se la prima eccelle anche nello sci nautico, nella danza e nell'economia domestica, la secondogenita racconterà in un'intervista: «Ero terribile negli sport e rimanevo sempre l'ultima da scegliere quando si trattava di formare le squadre, il che era piuttosto imbarazzante e patetico». In quella solitudine Lee si costruisce un mondo immaginario, popolato da amiche fantasma che descrive così: «Erano spiriti femminili che indossavano abiti fluttuanti ed eterei. Vivevano in casa con me, tranne quando facevamo i viaggi insieme. Dicevano: "Vieni, Lee. Ti porteremo via!"». E via Lee vuole proprio andarci, tanto che a sette anni indossa delle scarpe rosse con il tacco a spillo che ruba alla madre, e barcollando scappa di casa portandosi il cane: insieme attraversano il ponte di Brooklyn, poi si stanca e telefona ai domestici affinché la vengano a prendere: le scarpe sono troppo scomode per architettare un'evasione più strutturata.

Lee vuole in fondo solo essere vista, come pretendiamo tutti da chi si dovrebbe occupare e preoccupare per noi, e non limitarsi a inondarci di prescrizioni e regole. Per questo motivo entrambe le figlie ameranno quel padre presente a intermittenza, capace però di rendere speciali i giorni, come scriverà Lee: "Stare con lui quando eravamo piccole significava solo gioia, eccitazione e amore. Mio padre era speciale. Il Black Prince aveva stile e fascino... Ha portato felicità in ogni cosa che abbiamo fatto assieme".

Ma se Jack le ha distrutto il matrimonio, Janet non gli permetterà di far naufragare anche la sua nuova missione. Per recuperare il pieno controllo sulle figlie, nel 1936 – con buona pace per lo scandalo e la scomunica della Chiesa – chiede la separazione, che le frutta un assegno di mantenimento di circa mille dollari al mese (che oggi corrisponderebbero più o meno a diciassettemila), oltre alle spese mediche e a quelle per l'istruzione di Jackie e Lee, la cui custodia rimane ovviamente a lei. Black Jack si trasferisce in un appartamento buio, con una piccola camera da letto sulla settantaquattresima strada, e quando le figlie vanno a trovarlo, imbastisce la cena su un tavolo da gioco. Il divorzio definitivo arriva pochi anni dopo e Janet, uscita vittoriosa dall'aula del tribunale, dirà: «Non pensavo fosse possibile distruggere Satana, ma l'ho fatto dannatamente bene».

Ma la macchina del lusso ha un motore che va a denaro: quello di Jack non basta mai, e Janet paradossalmente non ne ha. Il padre non le ha mai aperto un fondo fiduciario: alle figlie ha già passato il suo istinto di sopravvivenza e, come dice sempre: «Non ci sono corse gratuite qui».

Se nel suo mondo Janet i soldi è abituata a spenderli, ora deve trovare un modo per guadagnarli. Così s'improvvisa modella ai grandi magazzini Macy's per pagare le lezioni private di equitazione di Jackie, ma la vera occupazione comincia al tramonto, quando Janet esce in ricognizione alla ricerca di ricchi corteggiatori che possano "salvarla". Perché se nessuno ti insegna che puoi salvarti da sola, continui ad attribuire a un uomo la facoltà di disporre del tuo futuro.

Intanto prosegue la guerra fredda con l'ex marito, che è bravissimo a farsi amare dalle figlie: noleggia un cane diverso per ogni domenica che trascorrono insieme, perché vuole che Jackie e Lee passeggino con stile a Central Park, e loro aspettano quelle visite concordate come il Natale. Ma quando rientrano, Janet non vuole sentirlo nominare: si accerta con la governante che le bambine non parlino di lui in casa, e se succede, scatta un primo avvertimento, poi vengono chiuse a chiave in camera senza possibilità di uscire.

In un pomeriggio d'estate del 1941 si consuma una scena che sembra uscita da *Mammina cara*, il film tratto dalla biografia di Christina Crawford, in cui la figlia adottiva di Joan Crawford ripercorre gli abusi fisici e le angherie che l'attrice le ha riservato, diseredandola alla sua morte. Le sorelle sono appena rientrate da un pranzo con il padre, in compagnia di un'amica. Janet, che ha sentito sussurrare il nome di Black Jack, come da prassi le rinchiude in camera da letto, amica compresa. A quel punto, Jackie dimentica di fare la bambina obbediente e finalmente riesce a urlare tutto il suo dolore: «Fammi uscire! Ti odio mamma! Io ti odio». Janet rientra in camera furiosa e le risponde minacciosa: «Cosa hai avuto il coraggio di dirmi?». Solo allora si ricorda che nella stanza c'è anche l'amica, a cui ordina di chiudersi nell'armadio e stare zitta. L'armadio non attutisce però lo schiocco di frusta che solo dei ceffoni ben assestati sanno riprodurre e le grida di Jackie, tanto che l'amica racconterà: «Ho aperto l'anta dell'armadio giusto in tempo per vedere la povera Lee correre sotto il letto come un coniglietto spaventato». Ma Janet è una furia e continua a urlare: «Per voi ho sacrificato tutto, ragazze, perché voi due non lo apprezzate mai?».

Quando la madre esce dalla stanza, Jackie abbraccia sua sorella dicendole che è tutto finito. Forse è questo il momento in cui la futura First Lady decide di indossare quella maschera imperscrutabile che, in futuro, renderà impossibile decifrare i pensieri nascosti dietro a quel sorriso educato. Ognuno si salva come può, e lei per salvarsi dirà: «Se mi accade qualcosa di brutto, lo blocco. È un mio meccanismo di difesa».

Intanto il vero lavoro di Janet dà i suoi frutti: nell'estate del 1941 una crociera nei Caraibi le porta Mr Hugh Auchincloss, un ricco banchiere di origini scozzesi. Come Janet, anche Hugh si porta addosso il dolore dei traditi: sta infatti scappando dal suo secondo divorzio dopo aver scoperto i numerosi amanti della moglie. Hugh è più giovane di Black Jack, ma è lontano anni luce dalla sua bellezza e non ha senso dell'umorismo, però dorme su una miniera d'oro nero alimentata dalla compagnia petrolifera Standard Oil. Quando le chiede di sposarlo, le confessa anche di essere cronicamente impotente e Janet – che improvvisamente solidarizza con le traditrici – accetta ugualmente. Le figlie, che stanno trascorrendo le vacanze dal nonno materno, apprendono la notizia da una telefonata. Lee racconta: «Mia madre ha chiamato per dire che aveva sposato Hugh Auchincloss. Ho sentito che il mio mondo era esploso». La famiglia allargata si trasferisce a Merrywood, la maestosa casa georgiana di Hugh con giardini terrazzati che si affacciano sul fiume Potomac, nel Nord della Virginia. Per le sorelle inizia la convivenza con i figli dei precedenti matrimoni del patrigno, e se per Jackie la nuova dimora è un posto felice, tanto da ricordare che: «Ogni giorno era straordinario. C'erano sempre i cavalli, altri animali e tantissimi ospiti che si fermavano», per Lee quello spazio immenso serve principalmente a farla sentire ancora più sola.

Così a undici anni fugge da Merrywood, ma questa volta è più organizzata. Afferra tutti i suoi risparmi, prende le Pagine gialle, cerca l'orfanotrofio più vicino e chiama un taxi. Si fa lasciare lì davanti, si presenta alla direttrice e chiede di poter scegliere un coetaneo da portare con lei, garantendo una casa molto grande, cani e cavalli.

«Ero così sola che chiesi alle suore di adottare qualcuno da tenere con me» racconterà in un'intervista, ma la direttrice si trova costretta a declinare la gentile offerta della ragazzina e ad avvisare i genitori. Janet, come sempre, è da qualche altra parte, forse in Cile su un motoscafo con Hugh, e quando torna a Merrywood è arrabbiatissima, non tanto per il gesto un po' folle della figlia, quanto per la certezza che con Lee c'è poco da fare: manderà all'aria ogni suo piano.

Se queste figlie ingrate non sono un buon affare, forse andrà meglio con un nuovo erede, possibilmente maschio.

Per sopperire all'impotenza del marito, Janet consulta due dottori dell'Università di New York che stanno sviluppando un programma di fertilità: sono i primi anni in cui in America si comincia a parlare di inseminazione artificiale in ambito scientifico. La procedura spiegata dai medici per Janet è troppo complessa, e in più esporrebbe Hugh all'imbarazzo di presentarsi in ospedale e dichiarare la sua impotenza. Le è chiaro però che anche senza un'erezione il marito può produrre sperma che, in sostanza, va solo messo nel posto giusto. Janet fa quindi quello che un numero crescente di donne inizia a sperimentare: un'inseminazione

artificiale *homemade*. Nonostante il medico le sugge-
risca di utilizzare una siringa, il metodo che sceglie è
più sbrigativo: va di cucchiaio per inserire lo sperma
nella vagina. A diffondere queste informazioni sarà
l'ex moglie di Hugh, che a sua volta ha fatto ricorso
al cassetto delle posate durante il matrimonio (uno
dei figli, lo scrittore Gore Vidal, lo racconterà nel suo
libro di memorie *Palinsesto*).

Janet riesce nel suo obiettivo, ma l'unica cosa fuori
dal suo controllo è il sesso del bambino: nel 1945 nasce la terza femmina, Janet Jr (ad aumentare la valanga di nomi ripetuti nelle generazioni come una dannazione). Per l'agognato maschio dovrà ripetere "il
cucchiaio" – nome con cui oggi, fortunatamente, ri-
cordiamo solo il rigore di Francesco Totti – che nel
1947 le porterà James Lee. Ma saranno sempre e solo
Jackie e Lee a esistere per Janet, e su di loro si allun-
gherà la sua ombra.

Se durante l'adolescenza la primogenita eccelle in
tutto per compiacere la madre, la seconda coltiva uno
spazio suo fatto di musica, cinema e moda, che per
Janet non servono certo a guadagnare un marito. È
come se Jackie fosse ancora chiusa a chiave in quella stanza dove Janet la metteva in punizione: per in-
tuire la sua rabbia devi grattare via i sorrisi impressi
sulle foto e girarle: a diciotto anni, dietro l'immagine
scelta per l'annuario scolastico scrive: "Voglio avere
successo nella vita e mi rifiuto di fare la casalinga".

I motivi per coltivare l'odio ci sono tutti: la madre è

un'insonne e solerte guardiana che ispeziona pensieri, parole, opere e omissioni delle figlie, subito pronte a battersi il petto ripetendo "per mia colpa, mia colpa, mia grandissima colpa". Anche i loro corpi vengono passati al microscopio da Janet, e se Wallis Simpson suggerisce che non si è "mai abbastanza ricche, mai abbastanza magre", lei centellina il cibo alle figlie, imprimendo per sempre su Lee una magrezza che ha tutto il sapore dell'anoressia. Per resistere alla fame dicono che la futura First Lady consiglierà alla sorella di iniziare a fumare e Lee arriverà anche a sessanta sigarette al giorno.

Più Lee tenta di scorticarsi di dosso Janet, e più si trasforma in lei: le sue forme sottili ed eleganti ricordano la cavallerizza che volava, mentre Jackie è decisamente più simile a Black Jack. Per una volta è la più piccola ad attirare le attenzioni degli uomini, ma questo non basta a infonderle fiducia, come racconterà il fratello Jamie: «Lee era una ragazza attraente che sembrava stesse lottando per tenere il passo. Ma Jackie era sempre sicura che la vita si sarebbe svolta per lei con molta fortuna. Lee aveva un atteggiamento più pessimista. Nonostante questa netta differenza nelle loro personalità, si amavano davvero. Sussurravano costantemente tra loro in modo cospiratorio come se fossero unite contro il mondo». Quello che il fratello omette è che Jackie e Lee saranno più spesso l'una contro l'altra, perché il feroce desiderio di primeggiare con cui Janet le ha cullate si è insinuato nel loro sangue.

Ma nell'estate del 1951 è ancora il momento dei sussurri e dei vestiti leggeri con cui, dopo un estenuante tira e molla con la madre, le sorelle sbarcano in Europa per la prima vacanza da sole. Quella concessione in realtà è un amaro premio di consolazione per Jackie, che ha vinto una borsa di studio per lavorare nella redazione di "Vogue" tra Parigi e New York, ma che la madre le fa rifiutare per cercare un buon partito dicendole: «Se accetti finirai come tuo padre».

Le sorelle tengono un diario illustrato con disegni e poesie in cui raccontano i balli sulle barche e i ricevimenti di gala. «È stata la prima volta che ci siamo sentite davvero vicine, piene della paura e della gioia di allontanarci da nostra madre» racconterà Jackie. Se a Janet mandano rassicuranti lettere scrivendole che "indossano i guanti", le fotografie le tradiscono mostrandole in piazza San Marco vestite come semplici turiste. «Guardaci. Come hanno fatto a farci entrare in quei paesi? Sembriamo due criminali scese dalla barca» racconterà Lee parlando di quelle foto in un'intervista.

Al loro ritorno, Janet le porta negli hotel di lusso esibendole come merce pronta per essere acquistata dietro lauto compenso. Quando scopre che la primogenita ha perso la verginità con il figlio di un celebre scrittore senza un quattrino, la schiaffeggia ordinandole di mirare meglio. Per evitare altri incidenti di percorso, sceglie direttamente lei il fidanzato perfetto pescando un ricco intermediario finanziario che a Jackie proprio non piace, ma questo è ininfluente.

Per non deludere le aspettative materne, la figlia s'impegna talmente tanto che alla fine s'innamora di lui, ed è a questo punto che Janet capisce di aver fatto male i calcoli: scopre che il futuro genero non è ricco come pensava, così manda tutto a monte delegando il lavoro sporco a Jackie, che gli restituisce l'anello e scappa via. «Era gelida. Come se non ci conoscessimo. Ho capito che la fine era arrivata. Non l'ho mai più sentita» racconterà lui.

Jackie, nel frattempo, inizia a scrivere una rubrica per il "Washington Times-Herald" percependo uno stipendio di 42,50 dollari a settimana, e anche Lee entra nel campo editoriale diventando l'assistente di Diana Vreeland per la rivista "Harper's Bazaar", innamorandosi, già che c'è, di Michael Temple Canfield, figlio adottivo del presidente di Harper & Brothers. Michael è molto bello e Lee lo presenta alla madre ventilando la fumosa possibilità che il pretendente sia il figlio illegittimo del duca di Kent: un principe insomma. Ma la madre ride: «Tesoro, è un omosessuale. Mio Dio, Lee, è una *fairy*. Davvero non riesci a vederlo?». E prosegue: «Jackie si vede con un senatore e adesso tu vuoi un principe? È così evidente, Lee!».

Jackie ha iniziato a frequentare il futuro senatore del Massachusetts John F. Kennedy, e Lee, che se ne frega di Janet (a essere poco amate a volte ci si salva, perché non si ha il timore di spaccare il cuore a chi lo ha già spaccato a noi), e certamente vuole battere sul tempo sua sorella, nel 1953 sposa Michael.

Per farlo, sceglie un vestito color avorio e un velo di pizzo irlandese tramandato dalla nonna, perché Lee quel sangue lo rivendica: è il più puro, perché è l'unico che Janet non ha voluto. A farle da damigella d'onore è sua sorella Jackie che dice commossa: «Spero che Lee sia veramente felice. Lei è mia sorella. Quello che accade a lei, accade a me».

Purtroppo per Lee, non è vero, e un attimo dopo, i riflettori dell'alta società sono tutti puntati su Jackie, perché Kennedy le fa la proposta di matrimonio. Janet studia tutto l'albero genealogico e i conti in banca: John appartiene a una delle famiglie più ricche degli Stati Uniti, con una fortuna stimata sui cinquecento milioni di dollari e un fondo fiduciario che genera quattrini con lo scorrere dei minuti. Se proprio deve trovargli un difetto, c'è questa cosa che è un democratico, ma per tutti quei soldi si può chiudere un occhio.

Visto che è lei a decidere, obbliga Jackie a tenerlo sulla graticola per qualche mese e la spedisce a Londra a seguire l'incoronazione della regina Elisabetta II per il "Washington Times-Herald". Al suo ritorno, Jackie può dire finalmente sì e la coppia si sposa il 12 settembre dello stesso anno. Nella tenuta di Hammersmith arrivano milleduecento invitati per il matrimonio dell'anno: la torta nuziale è perfetta così come l'abito di Jackie, disegnato dalla stilista afroamericana Ann Lowe, che verrà copiato dalle future spose di tutto il mondo. Solo una cosa non è perfetta: il padre della sposa. Janet ha intimato al signor Bouvier di non partecipare, ma Black Jack si presenta lo stesso, ed è completamente sbronzo. Janet gli impedisce di farsi vedere dagli invitati in questo stato ed è il nuovo marito Hugh ad attraversare la navata con Jackie.

Con entrambe le figlie sistemate, il lavoro di Janet potrebbe dirsi concluso, ma quei matrimoni nati più per vendetta, calcolo o competizione tra sorelle, in tipico stile Bouvier, traballano da subito. Il marito di Lee beve sempre di più e guadagna sempre meno, tanto che la cognata gli consiglierà di «procurarsi più soldi, ma di quelli veri!» per tenersi la sorella. In quelle notti tiepide e decisamente noiose Lee ammette che Janet – forse per la prima volta – ci aveva visto giusto, così cambia principe, ma questa volta lo sceglie polacco, con sangue blu certificato: Stanislaw Radziwill.

Il povero Michael si rifugia tra le braccia della suocera, ma Janet – che pure con Black Jack ha provato la mortificazione del tradimento – gli risponde secca: «Voglio che tu faccia le valigie e te ne vada. Non c'è più niente per te qui. Non appartieni più a questo posto». Non lo fa per difendere la figlia, ma l'upgrade finanziario.

Le notti hanno decisamente cambiato temperatura per Lee, che rimane incinta ancora prima di ottenere l'annullamento del matrimonio da parte del Vaticano, dunque si risposa con un rito civile ottenendo il titolo di "Sua altezza serenissima" e si trasferisce con Radziwill a Londra. Quando nasce il primo dei loro due figli, Anthony Stanislaw Albert, per mettere a tacere le voci sul "matrimonio riparatore", dirà che è prematuro.

«Essere sorelle vuol dire amarsi e non sopportarsi. Prendersi cura l'una dell'altra e non parlarsi» dice Lee, e a modo loro le due lo fanno. Lee è al fianco di Jackie per tirarla fuori da una depressione nera in seguito a un aborto spontaneo. E la prima figlia di Jackie si chiama Caroline Bouvier Kennedy, come omaggio a Lee.

Ma quando, nel 1961, J.F. Kennedy diventa il più giovane presidente degli Stati Uniti d'America e Jackie la First Lady, Lee rinuncia a tutte le frasi sulla sorellanza sputando la sua verità: «Come si può competere con questo? Adesso è tutto finito per me».

Chi fa scacco matto, come sempre, è Janet: per questa madre i soldi e il potere coincidono con la massima aspirazione personale, e ora è riuscita a piazzare la figlia non tra le braccia dell'uomo più ricco, ma tra quelle del più potente del mondo.

Eppure Lee un modo di vendicarsi sulla sorella l'ha già messo in atto: se mia nonna diceva "ti picchio per oggi e per domani", anche le ripicche di Lee sono preventive: sarà infatti il primo marito a spiattellare che, durante una vacanza a quattro in Francia, Lee aveva fatto sesso con Kennedy mentre Jackie era fuori casa, a passeggio con la figlia piccola.

Le sorelle hanno un'idea opposta dell'infedeltà coniugale, e se Jackie – proprio come ha fatto Janet – si limita a subirla in silenzio, Lee la mette in pratica e si libera dalla maledizione delle donne Bouvier. Nel 1962 in Pakistan, vestite di rosa – più tenue per Lee, più acceso per Jackie – salgono in groppa a un cammello. Si fanno fotografare insieme, perle al collo e tacchi ai piedi, aggraziate e leggere su quelle gobbe mentre simulano una padronanza che non hanno. È uno dei rari scatti in cui ridono per davvero, forse perché hanno la certezza di vivere la medesima scomodità. Il fatto di essere l'una accanto all'altra le tiene, per una volta, salde. Cascare insieme, si può tollerare. Crollare davanti all'altra, mai.

Nel frattempo, le voci che girano sui tradimenti di Kennedy (favoriti anche da un abbassamento delle protezioni che in futuro gli costerà caro) si moltiplicano, e il nome del Mayflower Hotel di Washington – luogo dove si dice che John incontri ogni sera una donna diversa – circola sulla bocca di tutti. Ma Jackie rimane stoica persino di fronte al "Buon compleanno Mr President" più famoso della storia, cantato da una Marilyn Monroe ricoperta solo di cristalli, e alla sorella dice: «La vita è troppo breve per preoccuparsi di Marilyn Monroe» (a pochi giorni dalla morte dell'attrice, va in vacanza a Ravello con Gianni Agnelli, facendo impazzire i tabloid su una possibile storia d'amore).

Se Jackie ha stravinto sul fronte del potere, Lee prova a superarla puntando ai soldi, e per farlo sceglie uno degli uomini più ricchi al mondo, amico del marito: l'armatore Aristotele Onassis. I Radziwill sono spesso ospiti del *Christina*, il lussuosissimo yacht su cui Aristotele veleggia insieme alla sua amante Maria Callas, mentre la moglie chissà dove si trova. Le conversazioni tra Onassis e Lee diventano sempre più intime, lui la definisce con gli amici una delle persone più interessanti che abbia mai conosciuto ma anche "una piccola e triste creatura, addolorata dall'attenzione tutta ricevuta da Jackie". Finire a letto insieme è un attimo, e se il principe approfitta dell'occasione per rinfrescare anche il proprio, di letto, Maria Callas non la prende benissimo, tanto che dirà: «Non mi è mai dispiaciuta Jackie, ma per quanto riguarda Lee... la odio. La odio!».

Gli amanti si divertono a bordo del *Christina*, viaggiano ovunque e organizzano party strepitosi dove spesso è presente anche il nuovo miglior amico di Lee, lo scrittore Truman Capote, che studia quel mondo con attenzione contornandosi di "un immenso stormo di cigni", così soprannomina Lee e le sue amiche dell'alta società con cui diventa intimo. Lei gli regala un portasigarette d'oro con una dedica: "A Truman, la mia preghiera esaudita", dimenticando ciò da cui santa Teresa d'Avila ci ha messo in guardia: "Si versano più lacrime per le preghiere esaudite che per quelle non accolte".

È infatti una preghiera esaudita di Janet a far piangere la secondogenita: grazie al nome dei Kennedy, la madre ottiene dal papa l'annullamento del primo matrimonio di Lee. E lei che vuole solo fuggire con Onassis, viene invece scortata da Janet fino all'altare di Westminster per sposarsi con Radziwill: «Devi farlo per tua sorella, la First Lady» le dice.

«I Kennedy potevano accettarmi come amante di Lee: questa sarebbe stata una questione privata. Ma l'idea che la sposassi era fuori discussione: questa sarebbe stata una questione politica» racconterà Onassis. Qualche anno prima, il principe Filippo aveva già dato a Lee un avvertimento su come sarebbe stato il suo futuro. Durante una visita ufficiale di John e Jackie alla Corte d'Inghilterra, in cui Lee li accompagnava, il marito della regina Elisabetta aveva misurato l'abisso che sempre l'avrebbe separata da Jackie, lasciando cadere tra i fiocchi dell'abito di lei la predizione dell'ombra: «Siamo uguali, restiamo sempre due passi indietro a loro».

A volte però rimanere indietro non è poi così male: ti tiene al riparo dal dolore. Nel 1963 Jackie dà alla luce il suo terzo figlio, che muore poche ore dopo a causa di una malformazione polmonare. Janet è con lei, e se fino a quel momento il suo sangue ha condannato la figlia a essere cera da plasmare, ora la salva letteralmente con una trasfusione. È un modo anche questo di passarsi le cose: il veleno può trasformarsi in vita. Lee intanto veleggia con Onassis a bordo del *Christina*: a un mese dal matrimonio con Radziwill ha tranquillamente ripreso la relazione con l'armatore, ma stranamente si sente in colpa verso la sorella commettendo così il più grosso errore di valutazione della sua vita: invitarla sulla barca. Quei giorni sono più che sufficienti a Onassis per innamorarsi di Jackie. Per una volta però l'armatore deve imparare la pazienza, perché il 22 novembre dello stesso anno l'America va in pezzi: sparano al presidente degli Stati Uniti mentre Jackie è al suo fianco, a bordo di una limousine presidenziale.

«Lasciate che tutti vedano cosa hanno fatto a John» risponde Jackie lapidaria a chi le suggerisce di togliersi il tailleur rosa confetto di Chanel indossato al momento dell'assassinio, e si arrabbia quando le lavano via il sangue dal viso e qualcuno le toglie dai capelli i frammenti di cervello del marito. Ma Lee anni dopo dirà: «Quando morì Kennedy, si preoccupava solo di se stessa».

Guardando il video amatoriale che ha ripreso l'assassinio, vedendo Jackie a quattro zampe che tenta una fuga disperata sgusciando verso il bagagliaio della limousine come un gatto dei cartoni animati, viene da pensare che forse Lee non aveva tutti i torti: Jackie fa quello che facciamo in molti davanti al mondo che ci crolla letteralmente addosso: si salva, o si fa salvare. L'architetto che ha progettato la tomba di J.F. Kennedy vorrebbe moltissimo salvarla, ma ormai la figlia della signora Bouvier ha capito di essere portata per i matrimoni dorati, e nell'estate del 1967 raggiunge Onassis a Skorpios, la sua isola privata. Cena dopo cena, lei srotola tovaglioli che contengono gioielli sempre più enormi e un accordo prematrimoniale di centosettanta clausole che si traducono in un'assicurazione sulla ricchezza a vita per Jackie. A fermarla dallo sposare Onassis non basteranno né l'amore per la famiglia dell'ex marito – persino dopo l'omicidio di Bobby Kennedy, fratello di John, lei andrà dritta per la sua strada – né l'opposizione di sua madre; impercettibile sarà anche il senso di sorellanza verso Lee, che incredula continuerà a ripetere al suo amico Truman Capote: «Come è potuto accadere? Come può farmi una cosa del genere?».

Lee si presenterà al matrimonio insieme a Truman, e sorriderà dichiarando pubblicamente la sua felicità per la sorella, ma il suo odio splenderà come il diamante da quaranta carati al dito di Jackie, che rimarrà formalmente sposata con Onassis fino alla morte di lui, anche se tutto fra loro evaporerà come una medusa pescata da un ragazzino e dimenticata sul bagnasciuga. Una volta che Onassis ti possiede, poi non gli importi più.

Lee decide intanto di farsi venerare da altri uomini, trasformandosi in musa per Giorgio Armani e Yves Saint Laurent mentre "Vanity Fair" la proclama una delle donne meglio vestite al mondo. Nel 1972 assume i fratelli Maysles per lavorare a un documentario sulla famiglia Bouvier e sulla sua infanzia, perché quando non capiamo dove si è guastato l'amore che ci aspettavamo arrivasse con la nostra nascita, proviamo a riannodare i fili mettendo insieme i pezzi per trovare la crepa in cui può essere scivolato. Ma le protagoniste indiscusse diventano Edith Bouvier Beale madre e Edith Bouvier Beale figlia (sempre per quel vizio di chiamarsi tutti con lo stesso nome), che da venticinque anni vivono intrappolate a Grey Gardens – una villa aristocratica e fatiscente negli Hamptons, che darà il titolo al documentario – senza acqua corrente e riscaldamento, le pareti rosicchiate da topi e procioni, il pavimento invaso da scatolette di cibo per gatti andato a male.

"Big Edie", così viene soprannominata la madre, è sorella di Black Jack, dunque le due sono rispettivamente la zia e la cugina di Lee e Jackie. Ma a differenza delle sorelle Bouvier con la loro madre, le due Edie sono unite dalla follia di un sangue forse guasto, ma capace d'amore. Sono donne che si sono stancate di appartenere prima ai padri e poi ai mariti o agli amanti, le eccentriche che non si adeguano alle regole della società e che per questo vengono dimenticate in mezzo al niente.

Anche Lee si stanca di adeguarsi a un matrimonio che esiste solo sulla carta, così di Radziwill tiene solo il cognome, e da qui in poi si sovrapporranno amanti, figli e guai fino a un nuovo marito, il regista Herbert Ross (tra i suoi film più conosciuti *Provaci ancora, Sam*), silenzioso e con il portafoglio sempre aperto. Nel 1975, quando su "Esquire" escono le prime pagine del nuovo romanzo che Truman Capote sta scrivendo, *Preghiere esaudite*, Lee chiude anche con lui.

Lo scrittore, oltre a scipparle la dedica sul portasigarette che è diventata il titolo del libro, ha soprattutto fatto razzia di confidenze e dettagli sulla vita privata delle sorelle Bouvier e di tutti i suoi cigni spiattellandoli in quelle pagine al vetriolo.

L'unica che stranamente sembra non preoccuparsi troppo di sussurri e pettegolezzi è Janet, che inizia a confondere i ricordi e a riscrivere la realtà: sono i primi segni dell'Alzheimer, che non le impediscono però di risposarsi dopo aver seppellito Hugh. Janet ha sessantanove anni, e l'unico modo che conosce per reagire al dolore è quello di pensare a un nuovo matrimonio, questa volta con un amico d'infanzia: un banchiere di Southampton rimasto anche lui vedovo. Con il peggiorare della malattia neurodegenerativa, anche la relazione con il nuovo marito si disfa, e a starle vicino in questi anni è sempre Jackie, mentre Lee si limita a sporadiche telefonate. La primogenita prova a trattenere la memoria della madre impigliandola in una ragnatela di fotografie di famiglia, pretendendo che delle immagini in bianco e nero la salvino dall'oblio, ma sfogliando con lei un album Janet le domanda: «Allora, mia cara. Dimmi un po' chi è questo presidente Kennedy». Con i ricordi polverizzati dall'Alzheimer, le figlie sono finalmente uguali per la signora Bouvier, che muore nel 1989 lasciando una sorpresa per Lee: il testamento prevede per la secondogenita settecentocinquantamila dollari, forse un'indennità per aver sempre favorito la sorella maggiore.

Quello che non ha fatto per la madre, Lee lo farà invece per Jackie: le starà accanto fino alla morte, avvenuta nel 1994 per un tumore. Ma all'apertura del testamento ci sarà un altro tipo di sorpresa per lei: "Non do niente a mia sorella Lee" lascerà scritto Jackie, "che ho tanto amato, perché per lei ho già fatto molto durante la mia vita". Come sempre, la più piccola delle Bouvier incasserà con eleganza commentando: «È vero. Ci siamo date e tolte già tutto nella vita», prendendosi l'ultimo lusso che le rimane: stravincere almeno sulla morte, seppellendo tutti, e andandosene con calma, a ottantacinque anni, nella sua casa di New York, venticinque anni dopo la sorella. Dimostrando che, forse, arrivare secondi non è poi così male.

La signora Bouvier ci ricorda che ci sono famiglie in cui l'eredità del sangue è una slavina che tutto travolge, ma noi continuiamo a credere che famiglia possa essere anche soglia, nel senso di spazio da cui è possibile entrare e uscire continuamente a seconda dei pericoli che corri e dei bisogni che hai. Per Michela Murgia questo concetto aveva un fondamento teologico, come ha dichiarato nell'ultima intervista apparsa su "Vanity Fair": "Gesù parla con gli apostoli e dice: per le pecore c'è uno spazio sicuro, l'ovile, dove stanno al riparo dai ladri e dai lupi. Però se le pecore vogliono mangiare, devono uscire dal recinto dell'ovile per andare dove c'è il prato e l'acqua. E lì si corrono i rischi del lupo e dei ladri. E lui dice: io sono la porta delle pecore. Non dice, io sono il pastore. Dice sono la porta, cioè sono entrambi i due spazi mortali e sicuri. Questo attraversamento permette che tu ti salvi sia dalla fame che dal cibo. Non è uno spazio, è un'attitudine essere soglia".

LOUISA MAY ALCOTT

La natura selvaggia e incontaminata mi ha sempre terrorizzata. Nutro una sfiducia assoluta nella mia capacità di sopravvivenza all'aperto: non ho mai dormito una notte in tenda, non mi sono mai azzardata a raccogliere una bacca, l'"andai nei boschi perché desideravo vivere con saggezza" mi ha commossa solo nell'*Attimo fuggente*. Accetto di buon grado la possibilità di scoprire, in punto di morte, di non essere mai vissuta, e forse proprio per questo ho un'adorazione sconfinata per le storie di naufraghi che devono sopravvivere in lagune blu, o per quei reality in cui ci si accapiglia per una noce di cocco. Mi piacciono anche i racconti della vita nelle comuni, soprattutto quelle dell'Ottocento, perché sono zeppi di ragazze con ghirlande di fiori nei capelli che sorridono anche se hanno i piedi scalzi, tagliati dal freddo.

Anche le quattro bambine che nel giugno del 1843 si muovono veloci tra i campi di Fruitlands sono piene di fiori, e il clima estivo concede una tregua all'assenza di scarpe. La comune si trova in America, tra i boschi e le colline del Massachusetts, alla periferia di Concord, ed è stata fondata dal loro padre, un filosofo di nome Bronson Alcott. Fruitlands è un esperimento sociale, un luogo dove vivere secondo i principi che lui stesso predica: antispecismo, antischiavismo e abolizione della proprietà privata.

Come suggerisce il nome, a Fruitlands ci si sfama esclusivamente con i frutti che la terra dona tramite l'agricoltura di sussistenza: l'alimentazione è vegana (o al limite vegetariana), e i membri rifiutano ogni tipo di sfruttamento animale. Per lo stesso motivo i vestiti che indossano non possono essere di pelle o di seta, anche il cotone è bandito perché ottenuto dallo sfruttamento degli schiavi neri nei campi, e per la medesima ragione è vietato l'uso di zucchero e di caffè. Dunque solo lino sulla pelle, non sono previsti abiti pesanti per combattere il freddo, non si può utilizzare l'olio derivante dal grasso animale per accendere le lampade. Adulti e bambini imparano presto a spostarsi come pipistrelli nel buio e a vivere seguendo regole ferree; anche i più piccoli danno il loro contributo attingendo l'acqua dal pozzo, zappando la terra, cucinando e ripetendo: «La dieta vegetariana assicura un dolce riposo, il cibo dato dagli animali procura incubi». Il riposo è in realtà morsicato dalla fame, e in molti baratterebbero un incubo come si deve con un pollo arrosto, ma una cosa buona c'è: boschi a non finire, una libertà ripartita in egual misura fra maschi e femmine, l'opportunità di un'indipendenza che sfugge alle maglie dell'educazione vittoriana.

Così non è strano che una bambina di dieci anni scriva nel suo diario: "Come vorrei essere ricca", oppure: "Mi sono seduta e ho sentito i pini cantare a lungo", perché questa ragazzina ha già deciso che da grande si manterrà con la scrittura. Le piacciono le storie gotiche, che lei definisce "piene di sangue e tuoni", eppure diventerà la scrittrice per fanciulle più famosa al mondo pubblicando uno dei bestseller assoluti del genere. Saranno sempre e solo le ragazze a correre e a far girare il mondo, nei suoi romanzi. Femminista e militante, affermerà: «Mi piace aiutare le donne ad aiutare se stesse, e questo è, a mio parere, il miglior modo per risolvere la questione femminile. Qualunque cosa siamo in grado di fare, e di fare bene, è nostro diritto farla e nessuno potrà negarcelo».

Louisa May Alcott nasce in Pennsylvania, a Germantown, nel 1832. Figlia di Abba May e Amos Bronson Alcott, è la seconda di quattro figlie che si fonderanno, una trentina d'anni dopo, con le sorelle March di *Piccole donne*: apre le danze Anna, che presterà la sua benevolenza al personaggio di Meg, Louisa si identificherà in Jo, Beth si chiama proprio come la terzogenita del romanzo (e con lei condividerà la ti-

midezza e la predestinazione a una finaccia), da ultimo c'è May, la più piccola, che nasconderà nel nome
l'anagramma di Amy e il medesimo desiderio di bellezza e ricchezza.

In *Piccole donne* ci saranno ovviamente anche la madre Abba e il padre Bronson, ma quest'ultimo verrà
mandato lontano: il signor March – cappellano volontario nell'esercito unionista – sarà una presenza quasi ectoplasmatica per buona parte del libro e i suoi
buoni consigli arriveranno sporadicamente dal fronte, centellinati in rare lettere. Rischierà di morire, tornerà a casa ferito ma occuperà in fondo poco spazio
nei nostri cuori e nelle pagine del romanzo. I confini
che nella finzione Alcott stabilisce con grande padronanza collassano rovinosamente nella realtà e la scrittrice non si separerà mai da questo padre così amato
e così ingombrante, con cui condivide lo stesso giorno di nascita (il 29 novembre), e persino la morte, che
avverrà quasi in sincrono.

Quando le viene chiesto chi è un filosofo, Louisa May
risponde: «Un uomo in un pallone, legato alla terra per
mezzo di grosse corde che la famiglia e gli amici tirano
invano nella speranza di riportarlo giù». Ecco suo padre
Bronson, contadino figlio di contadini, alto e pieno di
capelli, che non ama la scuola ma ama moltissimo leggere e girare per i paesi della zona come venditore ambulante. La sua mercanzia più preziosa è però l'affabu-
lazione: Bronson dissemina meraviglia al suo passaggio
e le sue parole sono un potente incantesimo. Tra le va-

rie imprese a cui dà vita e che regolarmente falliscono, c'è anche l'apertura di una scuola per bambini ispirata al metodo educativo ideato dal pedagogista Johann Heinrich Pestalozzi, filosofo svizzero che ha rivoluzionato il sistema scolastico europeo di fine Settecento con il motto: "Imparare con la testa, le mani e il cuore". È un'educazione ai sentimenti e agli affetti, quella profetizzata da Pestalozzi, e tanto più funziona quanto più è connessa con la natura. L'avanguardistica scuola aperta da Bronson Alcott non riscuote però molto successo tra le famiglie decisamente tradizionali del Connecticut, ma viene apprezzata da un pastore metodista di nome Samuel May, che invita Bronson a raggiungerlo a casa sua, a Brooklyn.

È Abigail May – la sorella di Samuel che tutti chiamano Abba – ad aprirgli la porta e a innamorarsi di questo ragazzo egocentrico e irresistibile senza sapere che, da quell'istante, toccherà a lei e alla sua famiglia porre rimedio ai disastri economici che le utopie di Bronson genereranno. Nel 1830, dopo il matrimonio, la coppia si trasferisce a Boston, dove lui apre un'altra scuola illuminata. Bronson appartiene alla corrente filosofica trascendentalista ed è amico di Henry David Thoreau (ancora lontano dal vivere nei boschi come un "gagliardo spartano"), Nathaniel Hawthorne e Ralph Waldo Emerson. Secondo i trascendentalisti, ogni individuo ha già in sé la "scintilla" che lo avvicina al divino tramite la sola intuizione: l'esperienza diretta e la connessione con la Natura aiutano ad accenderla.

Bronson invita i suoi studenti, e anche Abba, a inseguire questa scintilla: per la purezza del corpo e dello spirito si affidano all'alimentazione vegana, ma le sue idee illuminate – considerate da molti estreme e pericolose – non si limitano all'alimentazione. Gli Alcott sostengono infatti il suffragio femminile e lottano contro ogni tipo di schiavitù.

Nel frattempo la famiglia si è allargata: nel 1831, a poco meno di un anno dal matrimonio e dopo un nuovo trasferimento a Germantown, nasce la primogenita Anna, una bambina biondissima e molto dolce, e l'anno successivo arriva Louisa May, capelli scuri e un'inclinazione a scatenare tempeste. Il padre, instancabile grafomane (solo il suo diario sarà composto da più di trentamila pagine), descriverà così i primi anni di vita della secondogenita: "Essa manifesta un'attività e una forza della mente fuori dal comune, ed è molto in anticipo sulla sorella alla sua stessa età [...] Non trova difficoltà nell'escogitare la sua strada e intende conseguire il suo intento".

Il 1834 è caratterizzato da un nuovo trasloco e dall'ennesima apertura di una scuola dove Bronson insegna disegno, teatro e scrittura libera, intrattenendo con i suoi piccoli allievi simposi filosofici e religiosi. Una settantina d'anni dopo, la pedagogista Maria Montessori applicherà un metodo non troppo diverso, basato – come il trascendentalismo americano – sull'importanza dell'autonomia del bambino, lasciato libero di esprimersi secondo il proprio

sé in quella che lei definirà "educazione cosmica".
Ma se il viso di Montessori è impresso nelle nostre
menti e ha viaggiato per molti anni sulle banconote
da mille lire, nessuno ricorderà il volto di Bronson:
la sua didattica è troppo moderna e stravagante per
una piccola e bigotta provincia americana dell'Ottocento. La scuola viene chiusa per mancanza di allievi e per lo scandalo scoppiato con la decisione di
Alcott di accogliere una ragazzina nera tra i banchi.
Anche se Bronson è senza lavoro e senza soldi, Abba
– più che per la loro indigenza – è preoccupata per
chi ha meno di loro, così è spesso lontana da casa,
impegnata ad aiutare le famiglie povere e i malati
dei sobborghi.

Anna e la sorella approfittano di questi varchi di libertà costruendosi un'infanzia decisamente avventurosa: senza le possibilità che offre il denaro, sono incli-
ni ad allenare desideri non acquistabili, così una sera
Louisa May viene ritrovata da un venditore di giornali mentre dorme accoccolata sulla pancia di un ter-
ranova, e diventa la capa di un gruppetto di ragazzini che vive di elemosina.

Tra il 1835 e il 1840 arrivano le sorelle Beth e May, e
molti altri traslochi. Compiuti i ventisei anni, Louisa
May arriverà a contare ventinove abitazioni in cui ha
vissuto: saranno case povere di mobili ma ricche di
parole e di libri, e le sorelle cresceranno con una libertà di pensiero eccezionale per l'epoca che influen-
zerà molto la vita di Louisa May, portandola a lottare

contro ogni discriminazione, sostenendo in particolare la causa femminista.

Se il denaro importerà sempre poco ad Abba e Bronson, Louisa May ne sarà ossessionata: ne vorrà fare tanto, tantissimo, per provvedere alle necessità di tutti, saldare i debiti, diventare lei padre e madre di questi genitori che non si occupano, né preoccupano. Quasi a presagire questo destino di manutenzione e tenacia, ancora piccolissima scrive nel diario: "Non desidero essere cattiva, ma voglio essere felice", come se sentisse che la felicità è appannaggio di chi riesce a non crucciarsi troppo dei disastri che semina al suo passaggio, come Bronson.

Dopo aver trascinato l'intera famiglia nell'utopia di Fruitlands, franata repentinamente con l'arrivo dell'inverno, iniziano i pellegrinaggi degli Alcott in diversi paesini della zona. Trent'anni dopo, Louisa trasformerà quella fallimentare esperienza nel racconto *Transcendental Wild Oats* (che tradotto suona più o meno "Avena selvatica trascendentale"), confondendo il padre nel personaggio di Abel Lamb – pastore di anime, contadino e filosofo – mentre la madre è facilmente riconoscibile in Sister Hope Lamb quando sentenzia esacerbata: "In questa comune non ci sono bestie da soma, ma, al loro posto, solo una donna".

Eppure, di quei mesi assurdi Louisa May porta con sé la felicità sincopata di infinite corse che sempre torneranno nei suoi romanzi pieni di ragazze puledre, definite *wild*, "selvagge", e *queer*, "strambe", proprio come dicono di lei. Del resto la stranezza e il senso di non-ordinarietà accompagnano tutta la sua famiglia: nella casa di Hillside a Concord, dove si sono trasferiti, gli Alcott rischiano grosso ospitando di nascosto gruppi di schiavi in fuga attraverso la "Ferrovia sotterranea", una rete clandestina di passaggi sicuri utilizzati per inseguire la speranza della libertà.

Mentre i genitori sono impegnati a salvare tutto e tutti, Anna e Louisa May devono contribuire al bilancio familiare e sono costrette a cercarsi un lavoro: la secondogenita fa la domestica e la governante, lava i panni, cuce e rammenda, insegna ai bambini più piccoli, ma l'unica cosa che vuole davvero fare è scrivere.

Anni dopo dirà che per sentirsi contenta le basta "una crosta in una soffitta, con la mia libertà e una penna". È la sua penna a salvarla dal caos familiare e dall'angoscia che ogni adolescente conosce così bene, tanto che appunta nel diario: "Ogni giorno è una battaglia, e sono così stanca che non voglio vivere, ma è da vili morire senza aver fatto prima qualcosa d'importante".

E lei, come sappiamo, ha dei progetti: vuole diventare ricca e ci vuole riuscire scrivendo, anche se non è un "mestiere per donne", ma Louisa è caparbia e a diciassette anni una sua poesia viene pubblicata sul "Peterson's Magazine" fruttandole cinque dollari: si tratta di un'ode al sole tutta speranza e fiducia nel futuro, firmata con lo pseudonimo di Flora Fairfield. Il futuro della giovane Alcott è purtroppo meno lirico di quello prospettato dal suo *nom de plume*: finisce a fare la dama di compagnia di una vecchia signora in un piccolo paese, lontana da casa, ma si licenzia dopo un paio di mesi per le molestie subite da parte dell'anziano fratello della sua datrice di lavoro. Da questa vicenda – di cui scriverà parecchi anni più tardi – oltre a una crescente identità femminista si porta a casa un compenso di quattro dollari che restituisce al mittente perché, come insegna l'*Ecclesiaste*: "Un torto fatto non potrà essere raddrizzato. E ciò che manca non potrà essere contato". Nessun risarcimento (men che meno uno di quattro dollari) riscatta il male ricevuto.

Così la vita a casa Alcott procede, e sa di fame e fatica. In una lettera alla sorella Anna, Louisa May scrive: "Pensa a essere in ordine, e se poi ti avanza ancora qualcosa mandalo alla mamma, ché a casa c'è sempre bisogno di questo o di quello, anche se a noi non vogliono dirlo. Vorrei solo essere capace anch'io di guadagnare altrettanto, fosse pure a costo di infiniti pianti e nostalgia. Ma il mio modesto contributo male non può fare, e se le lacrime ne aumentano il valore, be', posso dire di aver dato".

Rosicchiando tutti gli scampoli di tempo che può dal suo nuovo lavoro di sarta, nel 1854 pubblica la raccolta di fiabe *Flower Fables,* firmate sempre con lo pseudonimo di Flora Fairfield. Dentro ci sono fate, alberi e animali selvatici a profusione: c'è soprattutto la natura così amata da Thoreau, l'amico del padre da lei prediletto che, nel 1845, ha costruito una capanna su una sponda del lago Walden vivendo in completa solitudine per due anni, due mesi e due giorni perché lui la vita nei boschi la ama eccome; un'esperienza che sfocia nella pubblicazione di *Walden ovvero Vita nei boschi*. Quando Thoreau, il suo fauno preferito – che le ha insegnato i fondamenti della botanica e suona per lei il flauto di Pan durante una gita in barca – morirà, Alcott annoterà: "C'era una giornata splendida, tersa, calma, primaverile [...] pareva quasi che la Natura stesse mostrando il suo volto più benigno per accogliere il lungo sonno del suo devoto e amorevole figlio".

In realtà Flora Fairfield non è l'unico pseudonimo dietro il quale Alcott nasconde il suo talento letterario: stufa di tutte queste fatine silvestri, pubblica come A.M. Barnard storie decisamente gotiche e molto cupe (proprio come farà Jo March in *Piccole donne*), popolate da fantasmi crudeli, suicidi e amanti terribili. Le iniziali puntate del nome (forse un omaggio alla madre, Abigail May) lasciano un alone di mistero sul genere dell'autore, che ovviamente viene percepito come uomo: d'altronde, quale donna potrebbe mai avventurarsi in luoghi così oscuri? Ma lei annota sul diario: "Penso di essere naturalmente portata per le storie lugubri [...] Le mie storie sono sciocche, però non brutte... sono drammatiche, vivide e piene di trama".

Le sue storie sono soprattutto ben pagate, tanto che afferma: "Spero che vada tutto bene e che possa dimostrare che, nonostante sia una Alcott, riesco a mantenermi da sola. Mi piace la sensazione di essere indipendente, e sebbene non sia una vita facile, è libera e a me piace... Userò la testa come un ariete da guerra, e a cornate mi farò strada nella mischia di questo pazzo mondo".

Mentre il sangue gronda dalle pagine firmate come A.M. Barnard, in una lettera alla sorella Anna del 1854 racconta di nastri e cappellini per May, intrecciando inconsapevolmente le sue parole con le frasi che pronuncerà Jo, in *Piccole donne*: "Quanto a me, sgobbo come al solito, cercando di mettere da parte abbastanza denaro per comprare alla Mamma un bello scialle caldo. Ho undici dollari, tutti i miei risparmi – cinque per una storia che ho venduto, e quattro per la montagna di lavori di cucito che ho fatto per le signore della chiesa. Ho confezionato un cappellino per May: ho recuperato un bel nastro rosso e della paglia e ho messo assieme il tutto con certi scampoli che avevo da parte. L'idea che il suo fosse così vecchio mi ha perseguitata per tutto l'inverno, non voglio che sembri in disordine. È talmente graziosa, delicata, e ama così tanto le cose belle che per lei è davvero difficile essere povera e indossare abiti gettati via perché nessuno li vuole più. Io e te abbiamo imparato a non darci troppo peso, ma quando penso a lei muoio dalla voglia di correre a comprarle il cappellino più incantevole che ci si possa procurare con una decina di dollari [...] Spero di vivere abbastanza da poter vedere quella cara bambina coperta di seta e merletti, circondata da disegni e bottiglie di crema, in giro per l'Europa, insomma veder realizzato ogni suo desiderio".

Non è ancora il tempo delle sete e dei merletti per gli Alcott, che si devono invece accontentare di malanni e disgrazie: nel marzo del 1858 la sorella Beth contrae la scarlattina aiutando una famiglia poverissima – esattamente come accadrà alla sua omonima Beth March in *Piccole donne* – e muore a soli ventidue anni. Louisa, rimasta al suo capezzale fino alla fine, annota nel diario: "So che cosa questa morte significa: una liberazione per lei, un insegnamento per noi. La morte non mi è mai sembrata terribile e ora la vedo bella. Non ne ho dunque paura. È per me un'amica, una meravigliosa amica".

In realtà Louisa lotterà contro questa meravigliosa amica per tutta la sua esistenza: con coriacea ostinazione tenterà di mettere al riparo gli altri componenti di Orchard House – la casa dove gli Alcott si sono trasferiti e che sarà, dopo infiniti traslochi, la loro dimora definitiva – dalle incursioni predatorie di questa visitatrice. Opporsi al destino è però, molto spesso, un atto di *hybris*: prendersi cura di tutto e di tutti non tiene lontana la morte, al contrario, è il miglior modo per andare in pezzi tu. Eppure Louisa May – come quei bambini che non staccano gli occhi dai genitori, certi che questo basti a garantire loro riparo dal perenne spavento che è ogni infanzia – pensa che vigilare costantemente sulla madre Abba (anche lei debilitata dal volontariato nei sobborghi) e sul padre, porterà quantomeno una tregua.

In questo autoinganno, diventa la figlia imprigionata: concentrata a cercare di riparare e accomodare la famiglia d'origine, è l'unica a rimanere a Orchard House, e dalla piccola scrivania a mezzaluna che Bronson ha costruito per lei tra le due finestre della camera, vede i meli e gli alberi da frutto tutto intorno, e vede anche le sorelle andare via. A dicembre del 1860 scrive: "Un Natale tranquillo, niente regali ma mele e fiori. Nessuna gioia perché Anna e May se ne sono andate, e Beth giace sotto la neve".

May si muove infatti tra le gallerie d'arte di Boston e New York, Anna si è invece sposata con John Pratt, e Louisa – proprio come accadrà a Jo in *Piccole donne*, inizialmente furiosa per il matrimonio di Meg con il quasi omonimo John Brooke – non è felice, e afferma lapidaria: «Preferisco essere una zitella libera e pagaiare sulla mia canoa».

Nel 1860 il direttore dell'"Atlantic Monthly" le pubblica il primo racconto lungo, firmato con il suo vero nome, Louisa May Alcott: *Love and Self-Love* ("Amore e amor proprio"). I cinquanta dollari intascati e il discreto riscontro che riscuote la spingono a dedicarsi a una nuova idea, un romanzo che intitolerà *Mutevoli umori*. In una lettera racconta: "Ci ho lavorato nel tempo libero lasciato a un'insegnante, poi domestica, poi infermiera, alle prese con morti, nascite e matrimoni. E per forza di cose è un libro diseguale e acerbo sotto ogni punto di vista, ma mentre lo scrivevo ero posseduta dal mio lavoro, ero perfettamente felice". Il manoscritto viene però rifiutato da diversi editori, e quando si rivolge nuovamente al direttore dell'"Atlantic", lui le intima di non insistere, le dice che non è tagliata per la scrittura e fa un *beau geste*: prende quaranta dollari dal portafoglio – una bella somma per l'epoca – e glieli dona per aprire una scuola e dedicarsi all'insegnamento, l'occupazione perfetta per una donna certamente destinata a rimanere sola. Salutandola, le dice di non preoccuparsi: li considera a fondo perduto e ridendo aggiunge che, se mai diventerà ricca sfondata, potrà sempre restituirglieli.

Dopo che *Piccole donne* sarà diventato un bestseller, Alcott infilerà in una busta quaranta dollari e li spedirà a quel direttore, con allegate queste righe: "Poiché inaspettatamente il miracolo è avvenuto, desidero tenere fede alla mia parte dell'impegno".

Alcott non apre nessuna scuola perché vorrebbe arruolarsi nell'esercito. Lo scrive nel 1861 nel suo diario, allo scoppio della Guerra civile americana: "Vorrei tanto essere un uomo, ma siccome non posso combattere mi accontenterò di lavorare per coloro che possono". Si offre dunque volontaria come infermiera in un ospedale da campo a Georgetown, nei pressi di Washington, prendendosi cura dei soldati feriti al fronte: Louisa si muove instancabile tra bende, amputazioni, sangue e infezioni cercando di dare conforto ai militari, scrivendo per loro le lettere alle famiglie. Dopo un paio di mesi, si ammala di polmonite tifoide e viene curata con un particolare sale di mercurio, il calomelano, che come effetto collaterale provoca un'intossicazione terribile e allucinazioni violente. Sta così male che viene riportata a casa: con ulcere alla bocca e la testa completamente calva, magrissima e in stato confusionale, Louisa si porterà addosso le conseguenze di questa terapia brutale che la debiliterà nel fisico, diventando probabilmente anche una concausa della morte precoce.

Lei però non si preoccupa troppo, i capelli ricresceranno e le forze torneranno, così in una lettera a Thomas Wentworth Higginson – colonnello dell'esercito unionista e capo del primo reggimento di soldati neri della Carolina del Sud – si mette a disposizione con queste parole: "Poiché non posso più servire da infermiera per i bianchi, andare a Sud e aiutare i neri mi piacerebbe più di ogni altra cosa al mondo. Mi pare un lavoro di importanza capitale, e per me sarebbe estremamente interessante. Mi sono offerta di andare su una delle isole come insegnante, ma non mi è stato possibile perché non avevo nessun congiunto che mi scortasse, così sono stata costretta a rinunciare... Non le serve una cuoca, un'infermiera, o una 'veneranda figlia del reggimento'? Sono fermamente intenzionata a svolgere qualunque mansione per lei, non vedo l'ora di essere affaccendata in occupazioni più nobili di quelle che offre il focolare domestico, dove me ne sto seduta a imbastire romanzi mentre eventi così straordinari aspettano tutti noi, che dovremmo approfittarne e celebrarli".

Nel frattempo, le lettere che Louisa scrive alla famiglia in quei due mesi – e che Bronson ha raccolto e conservato – vengono pubblicate nel 1863 sul "Commonwealth" riscuotendo molto interesse, tanto che l'editore James Redpath le riunisce nel volume *Hospital Sketches* (*Racconti d'amore e di guerra*). Il libro frutta all'autrice duecento dollari e una percentuale di royalties, che lei ottiene dopo una richiesta che lascia stupefatti tutti in casa editrice: quando mai una donna si è interessata di numeri, percentuali e contratti? Forse nessuna l'ha fatto prima d'ora, ma Louisa May Alcott vuole essere pagata quanto è giusto per il suo lavoro, e lotta per difendere i suoi diritti scrivendo in una lettera all'editore: "Per ogni copia io ricevo cinque cent e lei dieci, con i quali è libero di fare ciò che più le aggrada e senza che io mi immischi". I suoi racconti d'amore e di guerra vanno così bene che arriva presto la ristampa, così decide di riprendere *Mutevoli umori* – il romanzo che aveva cominciato a scrivere alcuni anni prima e che ancora la ossessiona –; ci lavora e lo propone a Redpath, che accetta di pubblicarlo solo a patto che venga notevolmente accorciato. Louisa accetta a malincuore e scrive all'editore: "L'ispirazione dovuta alla necessità di guadagnare è tutto ciò che ho, ed è un aiutante più fidato di qualsiasi altro", aggiungendo poi un inequivocabile post scriptum: "Sia così gentile da inviarmi l'assegno sabato prossimo".

Mutevoli umori esce il giorno di Natale del 1864 e lei lo annuncia alla madre con questa lettera: "Spero che il successo mi addolcirà e farà di me ciò che ho desiderato di diventare: più che una grande scrittrice, una brava figlia".

Che prezzo siamo disposti a pagare per essere brave figlie, bravi figli? Quanto un padre e una madre ingombranti possono farci temere che diventare a nostra volta madri o padri sia un tradimento? Così sogniamo di rimanere piccoli per sempre, come se non crescere potesse impedire ai nostri genitori di morire, a chi amiamo di sparire.

Come Jo March che in *Piccole donne* dice alle sorelle: "Vorrei che portassimo ferri da stiro sulla testa per impedirci di crescere", allo stesso modo Louisa – tra le quattro figlie la più ribelle e indipendente – si ritrova a essere la più legata alle radici e alla casa, dove non smette mai di fare ritorno, come una benedizione, come una maledizione. La famiglia ha bisogno di lei, lei ha bisogno della famiglia.

Ogni tanto, però, Louisa May ci prova a scappare. L'anno successivo, per esempio, parte per il suo primo Grand Tour come dama di compagnia di Anna Weld, una ricca e malata signora, figlia di un armatore, che spera di trovare nel vecchio mondo la cura ai suoi malanni e alla malinconia di una vita che le scivola via. In Inghilterra Louisa May segue le tracce di Charles Dickens e delle sorelle Brontë, poi è il turno della Germania, della Svizzera e della Francia, ma dell'Europa così sognata riesce ad afferrare poco, sempre troppo poco per lei che vorrebbe divorare chiese, monumenti e musei, e invece transita mollemente dentro giornate infinite e noiose. I ritmi lenti e oziosi dettati dalla signora Weld la fanno scalpitare come una puledra, l'unico diversivo che la placa è l'incontro con Ladislas Wisniewski, un giovane e affascinante pianista polacco. Lei lo chiama Laddie, ma ciò che accade fra loro è protetto per sempre nelle pagine del diario che lei distruggerà, lasciando a noi solo quella del loro addio: "Ho abbassato la sua testa alta e l'ho baciato teneramente, sentendo che in questo mondo non ci sarebbero stati più altri incontri per noi. Poi sono scappata e mi sono rifugiata in una carrozza vuota, tenendo stretta la piccola bottiglia di acqua di colonia che mi aveva regalato".

Anche se non si vedranno più, Laddie non sparirà mai dalla vita di Louisa: diventerà di carta, trasformandosi in Laurie di *Piccole donne* che lei shakererà in un Frankenstein letterario, fondendolo anche con il suo giovane amico, l'attore Alfred Whitman. In una lettera del 1869 ad Alfred, scriverà infatti: "Ti ho messo nel mio romanzo come uno dei migliori e più cari amici che abbia mai avuto! Laurie sei tu e il mio polacco mescolati. Da te ho preso la metà responsabile, e dal mio Ladislas, un tipo davvero adorabile che ho conosciuto oltreoceano, quella gioiosamente irruenta. Tutte le mie giovani lettrici sono pazze d'amore per Laurie e insistono perché la storia abbia un seguito. Così ne ho scritto uno che ti farà ridere, specie quando leggerai con chi ti ho accasato... Non riesco a credere che il mio ragazzo si è sposato... Ho paura che il tuo bambino e il mio volto da veneranda distruggerebbero ogni illusione. Non importa, i cuori non invecchiano e noi saremmo *amiconi* proprio come una volta".

I cuori non invecchiano ma i corpi si deteriorano: al ritorno dall'Europa, Alcott ritrova la sua famiglia affettuosa, ammalata e indebitata più che mai. Riprende così a scrivere, ma le poesie, le storielle di fate e i racconti gotici non le rendono abbastanza: le storie per bambine invece sì. Louisa scrive per passione, ma anche – e soprattutto – per denaro: è lei che foraggia le cure per la madre malata, si occupa dell'amato padre e dell'istruzione di May; così diventa una delle firme della rivista per ragazzi "The Youth's Companion" e la direttrice di un'altra, "Merry's Museum".

Quando l'editore Thomas Niles, nell'autunno del 1867, le chiede di cimentarsi con un "romanzo edificante per giovinette" che possa replicare il successo di titoli come *Pattini d'argento* e *La capanna dello zio Tom*, Alcott è recalcitrante. Non sa da dove partire, lei non è stata una ragazzina dall'animo edificante, ma una che fin da piccola ha creduto più nella rabbia che nei buoni sentimenti come antidoto alle convenzioni sociali. Così decide di cominciare da ciò che conosce meglio, e più le somiglia. "I personaggi di *Piccole donne*" racconta in una lettera a un'amica "sono ispirati alla vita reale, alla quale si deve qualunque merito essi abbiano, poiché mi sarebbe del tutto impossibile inventare nulla di autentico o commovente anche solo la metà dei meri eventi che la vita mi mette davanti ogni giorno."

Di come Jo sia l'alter ego di Alcott si è detto e scritto moltissimo: il suo carattere indipendente e altruista la avvicina molto a Louisa anche se lei affermerà: «Io sono Jo nella maggior parte dei suoi tratti caratteriali, non quelli positivi». Come Louisa May, anche Jo vuole scrivere e bastare a se stessa, tanto che rifiuta la proposta di matrimonio di Laurie scatenando la delusione delle sue lettrici. «Le ragazze scrivono per chiedere chi sposeranno le piccole donne, come se quello fosse l'unico scopo e fine della vita di una donna: non farò sposare Jo per fare un piacere a nessuno» racconterà Alcott, che non vorrà mai far coincidere l'idea del matrimonio con l'unico e più alto scopo della vita di una donna. Nella rubrica di un giornale per fanciulle consiglia: "Per molte di noi la libertà è un marito migliore dell'amore", e afferma: "Non credo che mi sposerò mai. Sono felice così come sono, e amo così tanto la mia libertà da non avere alcuna fretta di rinunciarvi, per qualsiasi uomo mortale".

Eppure, almeno nella finzione, sarà costretta a cedere, spiegando il perché in una lettera all'amica e attivista Elizabeth Powell: "Il seguito di *Piccole donne* uscirà ad aprile, e come tutti i seguiti probabilmente deluderà o disgusterà buona parte del suo pubblico, perché gli editori non vogliono saperne di lasciare a chi scrive la libertà di decidere in autonomia il finale di una storia; al contrario insistono perché venga infarcito di matrimoni un tanto al chilo, e io ancora non so bene come darmi pace. Jo sarebbe dovuta rimanere una zitella devota alla letteratura, ma sono stata sommersa da talmente tante lettere di giovani lettrici che mi pregavano entusiaste di farle sposare Laurie, o comunque di farla maritare, che non ho avuto il coraggio di rifiutarmi. Alla fine, non senza una punta di perversione, le ho combinato un matrimonio assai bizzarro. Mi aspetto di essere coperta di insulti, ma devo ammettere che la prospettiva mi diverte abbastanza".

Nel luglio del 1868 invia una prima bozza della sua opera – di cui in realtà non è per nulla convinta – all'editore, che la fa leggere in anteprima alla sua nipotina. È spesso l'intuito dei bambini a scoprire libri che poi verranno amati da milioni di altri bambini: accadrà anche centoventinove anni dopo con Alice, la figlia di otto anni del presidente della Bloomsbury di Londra, che dopo aver letto i primi cinque capitoli di *Harry Potter* dirà al padre: «Voglio sapere come va avanti la storia», cambiando la vita di J.K. Rowling. E accade ad Alcott quando la nipote di Thomas Niles rimane incantata dal libro; così il 30 settembre dello stesso anno esce *Piccole donne: Meg, Jo, Beth e Amy*, illustrato dalla sorella May. Louisa, che ha trentacinque anni, ha incassato un anticipo di trecento dollari, ma ha rifiutato un forfait fisso di mille dollari, lottando invece per farsi alzare la percentuale delle royalties. E ha fatto bene: il libro che lei definirà "il primo uovo d'oro del brutto anatroccolo" va a ruba, in due anni supera le sessantamila copie vendute (a oggi siamo sui dieci milioni di copie) garantendole così una rendita a lungo termine. *Piccole donne* diventerà un bestseller mondiale: Meg, Jo, Beth e Amy invaderanno il teatro, la tv e il cinema, ed è proprio nell'ultima trasposizione di Greta Gerwig per il grande schermo che Amy, la mia sorella preferita, bistrattata da molti, finalmente giganteggia. Dimenticate la smorfiosa con la molletta al naso: Amy è progettuale quando, ancora ragazzina, capisce che la sua arma più affilata, la bellezza, le permetterà di ottenere un buon patrimonio attraverso un buon matrimonio, e rivendica questa possibilità in un monologo decisamente femminista con Laurie: «Ho sempre voluto sposare un uomo ricco, perché dovrei vergognarmene. Io penso che ognuno abbia il potere di scegliere di chi innamorarsi, non credo che capiti e basta. Sono solo una donna, e in quanto donna non posso guadagnarmi da vivere da sola, non abbastanza per mantenermi, o per sfamare la mia famiglia, e se avessi dei soldi miei (cosa che non ho), apparterrebbero a mio marito nel momento in cui mi sposasse, e i nostri figli sarebbero suoi, non miei, sarebbero una sua proprietà, quindi non startene lì a dirmi che il matrimonio non è una questione economica, perché lo è. Magari non lo sarà per te, ma di sicuro lo è per me».

Nella primavera dell'anno successivo esce il secondo volume della saga, intitolato *Good Wives*, "brave mogli" (non fatichiamo a immaginare che Alcott avrebbe preferito la nostra traduzione del titolo, *Pic-*

cole donne crescono, dove perlomeno non ci sono brave mogli, ma le sue ragazze che diventano grandi). Louisa l'ha scritto in pochissimo tempo lavorando anche quattordici ore al giorno: per la pressione esercitata sui fogli con la carta carbone, si è procurata la paralisi del pollice destro e ha dovuto imparare a scrivere con la mano sinistra.

Alcott viene definitivamente consacrata scrittrice per l'infanzia, continua a sfornare volumi in tempi record e a incassare grosse somme di denaro grazie a vendite da capogiro, e la spinta è sempre la stessa: "Anche se non mi diverte scrivere storie edificanti per la gioventù, continuo a farlo perché è assai remunerativo. Ma per me il vero successo è riuscire a dare serenità alla mia cara madre e potermi prendere cura della mia famiglia". Quella serenità di cui tutti godono grazie a lei, Louisa la paga a caro prezzo, profetizzando con amarezza in una lettera ciò che presto accadrà: "Quando avevo la gioventù non avevo soldi; ora ho i soldi e non ho tempo; e quando avrò il tempo, se mai ne avrò, non avrò salute per godermi la vita".

Il terzo volume della serie, *Piccoli uomini*, nasce durante un altro viaggio in Europa: questa volta Louisa non accompagna nessuna signora malata, ma ha portato con sé un'amica e la sorella May, che nel frattempo prende lezioni di disegno. Sono giorni pieni di sole, eppure a Roma Louisa avverte uno strano freddo: saranno gli schizzi della fontana del Tritone in piazza Barberini, ma lei riconosce in quel tremore lo stupore che precede di un attimo il collasso della quotidianità. Poco dopo, infatti, le ragazze vengono raggiunte dalla notizia della morte di John Pratt, il marito della sorella Anna, che ora si trova sola e senza denaro a occuparsi di due bambini. I *Piccoli uomini* di Louisa servono ad aiutare i piccoli uomini di Anna: con il ricavato, compra infatti una casa per la sorella e i figli John e Fred, mentre lei rimane a Orchard House insieme ai genitori. Quello che Alcott non ha preventivato sono i pellegrinaggi quotidiani dei lettori, che la venerano come una divinità e vogliono stringerle la mano, parlarle, chiederle un autografo o addirittura un consiglio, magari spiarla per afferrare qualcosa di questa donna così ispida e schiva. Louisa non reagisce bene a queste attenzioni, pensa che leggere un'autrice sia più che sufficiente per conoscerla, e per divincolarsi dall'equivoco di chi la immagina una gentile signora pronta a infarcire pagine con esortazioni esemplari, afferma: «Io sono arrabbiata quasi ogni giorno della mia vita, ma ho imparato a non mostrarlo, e cerco ancora di sperare di non sentire rabbia, sebbene mi ci potrebbero volere altri quarant'anni perché accada».

Louisa è arrabbiata perché sa di vivere in un mondo costruito su uno squilibrio di potere: quanti anni ci vorranno prima di vedere una donna libera di votare, di disporre del proprio denaro e della propria vita? Così decide di partecipare al Congresso delle donne di Syracuse nel 1875, collabora al "Woman's Journal" e lotta per il suffragio femminile (afferma convinta: «Questa battaglia la vinceremo, è solo questione di tempo»), e nel 1879 viene registrata come la prima donna a votare alle elezioni per il comitato scolastico della Concord School. Di questa esperienza racconterà ironicamente: «Nessun fulmine è caduto sulle nostre teste audaci, nessun terremoto ha scosso la città [...] Ma ormai abbiamo rotto il ghiaccio, e prevedo che l'anno prossimo i nostri ranghi saranno più nutriti, perché quel che conta è il primo passo, e quando anche le più timide o indifferenti – accorse numerose a guardarci – vedranno che siamo sopravvissute all'impresa, potranno azzardarsi a esprimere pubblicamente le loro opinioni, tanto quelle maturate da tempo quanto quelle che avranno imparato di recente a rispettare e sostenere».

Sostenendo poi la necessità della parità economica, in una lettera del 1874 afferma: "Sono convinta che per la stessa quantità di lavoro, svolta altrettanto bene, sia doveroso un uguale salario [...] In futuro auspico che le donne possano fare quel che vogliono, che gli uomini la piantino di mettere loro i bastoni tra le ruote, e soprattutto che la partita si giochi ad armi più pari – è una semplice questione di giustizia, e questo è quanto. Non ne posso più di sentir parlare di 'sfera femminile', né dai nostri illuminati (?) legislatori seduti sotto la cupola dell'assemblea di Stato, né tantomeno dai predicatori sui loro pulpiti. Sono stufa, dopo tutti questi anni, di sorbirmi fandonie su querce vigorose e fiorellini di campo, la cavalleria maschile e il dovere di proteggerci. Lasciamo la donna libera di scoprire i propri limiti [...] ma per la miseria, diamole una possibilità! Non precludiamole nessuna professione, facciamola accedere all'educazione universitaria per una cinquantina d'anni: soltanto allora sapremo davvero di che stiamo parlando. A quel punto, e non prima, saremo in grado di dimostrare cosa può e cosa non può fare una donna, e le generazioni a venire potranno comprendere e definire in che consista questa 'sfera femminile' molto meglio dei retrogradi figuri che vanno pontificando ai nostri giorni".

Centocinquant'anni dopo questa lettera, Michela Murgia ha faticato non poco discutendo della radice femminile con un noto psichiatra, a dimostrazione che, a volte, il tempo che passa (purtroppo) non scalfisce i "retrogradi figuri"...

Nel frattempo, anche se Louisa continua a pubblicare romanzi di successo definendosi "una vecchia ape operosa", resta il punto di riferimento di Orchard House e dei suoi stanchi abitanti: Anna ha i figli a cui badare, May si sta affermando come pittrice in Europa, così tocca a lei accompagnare la madre Abba al cimitero di Sleepy Hollow, in una fredda giornata di novembre del 1877. Dopo una lunga malattia, Abigail May può finalmente riposare accanto alla figlia Beth, e questa valle addormentata vicino a Concord uscirà dai sogni di Tim Burton, oltre un secolo dopo, per regalarci cavalieri senza testa, leggende inquietanti e storie feroci che certamente sarebbero piaciute ad

Alcott, e alla sua Jo March. Intanto la "meravigliosa amica" – come Louisa definisce la morte – non dà tregua e torna a bussare a casa Alcott due anni dopo, portandosi via anche May, che in Europa si è sposata con un giovane uomo d'affari e ha avuto una bambina chiamata proprio come la zia, Louisa May, abbreviato semplicemente in Lulu. Il desiderio espresso da May sul letto di morte è che la figlia venga allevata dall'amata sorella, e così avviene. Nel 1880 Lulu giunge a Boston, e Louisa – che nel corso della sua vita ha accudito bambini, adulti e anziani per lavoro, per affetto o per volontariato – ora diventa madre dimostrando che i figli sono di chi li cresce, con buona pace di tutti gli alberi genealogici del mondo. Per Lulu scrive tre raccolte di racconti, intitolate *Lulu's Library*, riuscendo nel frattempo anche a chiudere l'ultimo volume del ciclo di *Piccole donne*, che esce nel 1886 con il titolo *I ragazzi di Jo*. Louisa saluta i March con queste sacrosante parole: "Ho lavorato per vent'anni con compensi da fame, pressoché misconosciuta e senza altra ambizione che sbarcare il lunario, poiché ho scelto di mantenermi da sola e ho cominciato a farlo a sedici anni [...] Ho scritto *Piccole donne* mentre ero malata, con l'unico obiettivo di dimostrare che non ero in grado di scrivere un libro per ragazze. L'editore l'ha trovato scialbo, io altrettanto, e nessuno dei due sperava di ricavarci granché. È venuto fuori che ci eravamo sbagliati [...] Ora vorrei terminare con un terremoto che ingoi Plumfield e tutto il vicinato nelle profondità delle viscere della Terra, cosicché nessun giovane Schliemann riesca più a trovarne nemmeno le tracce".

Plumfield è la scuola aperta da Jo March, e il giovane Schliemann a cui fa riferimento è un famosissimo archeologo dell'epoca che ha scoperto i resti della Troia omerica riportando alla luce il tesoro di Priamo, per farvi capire quanto Louisa auspichi una pioggia di rane e locuste per radere al suolo il mondo da lei creato.

Alcott ha cinquantacinque anni, è spesso vestita in eleganti abiti di seta nera e l'ombrellino rosso che porta con sé è più un sostegno che un vezzo, perché è stanca morta: è tutta la vita che briga per gli altri, riparando e manutenendo, ma essere un pozzo di San Patrizio vivente è logorante. Ha garantito ai suoi tre nipotini Lulu, Fred e John la sicurezza e la stabilità che lei non ha mai avuto, ha legittimato le altre donne a firmare libri con il proprio nome e a esigere percentuali e royalties, a sposarsi o non sposarsi, fare figli o non farli, crescere quelli degli altri perché il sangue non conta niente, votare e girare il mondo con libertà e curiosità, senza chiedere il permesso o la compagnia degli uomini.

Eppure Louisa è infelice: anche se il mondo ama le sue storie, lei si definisce "una sorta di tata letteraria che produce pappetta morale per ragazzi, confinata alla letteratura per l'infanzia". I reumatismi non le danno tregua, fatica a scrivere e camminare: si spegne piano piano mentre la sua famiglia si assottiglia: due delle sorelle sono morte, la madre è morta, il padre – immobilizzato a letto dopo un ictus – è ormai vecchio e malato.

Nel 1887 decide di trasferirsi in una casa di cura poco fuori Boston, a Roxbury, ma quell'isolamento forzato peggiora le cose. Riprende la penna in mano perché, come lei stessa racconta: "Ho avuto molti guai, perciò scrivo storie allegre", così nasce la raccolta di sette novelle intitolata *A Garland for Girls* ("Una ghirlanda per ragazze").

All'inizio del marzo 1888, Louisa va a trovare il padre e lui le dice dolcemente: «Sto andando lassù, vieni con me». Louisa gli risponde all'istante: «Mi piacerebbe», e lui – pensando che avrà certamente bisogno della figlia anche nel nuovo mondo che si appresta a conoscere – aggiunge: «Vieni presto». Bronson spira il 4 marzo e Louisa non fa neanche in tempo a venire a conoscenza della sua morte, perché chiude gli occhi all'alba del 6 marzo, sfinita dalla cattiva alimentazione, dal troppo lavoro, forse da una malattia fulminante o, molto più probabilmente, dalle conseguenze mai del tutto risolte della polmonite tifoide contratta quando faceva l'infermiera nell'ospedale da campo.

Lei, nata all'ombra del padre nel suo stesso giorno, morta a due giorni di distanza, non può sopravvivere senza Bronson. Non importa che lui sia stato un egocentrico accentratore, che le sue utopie irraggiungibili abbiano prevaricato sui bisogni materiali delle figlie privandole di una casa stabile, del cibo in tavola, di vestiti caldi e scarpe ai piedi: era lui il centro del mondo, tutto il resto veniva dopo.

A volte amare troppo i genitori ci rende figli per sempre, e vivere nel desiderio di una famiglia felice ci porta a contraffare i ricordi, migliorandoli.

Così, nell'ultima pagina di *Piccole donne*, Laurie domanda a Jo: "Non ti piacerebbe fare un salto in avanti e sapere dove saremo tutti allora? A me tanto!".

E Jo risponde: "A me no, perché potrei vedere qualcosa di triste mentre sono tutti così felici. Come potremmo desiderare qualcosa di meglio?".

Eppure, Louisa May Alcott che voleva un ferro da stiro sulla testa per non crescere, e più di tutto temeva il futuro, è cresciuta così tanto da diventare madre e padre dei suoi genitori, delle sorelle, dei nipoti e di tutte le generazioni di lettori e lettrici che continuano a diventare grandi con le sue storie.

DAVID BOWIE

Il 22 gennaio 1972 sul settimanale inglese "Melody Maker" esce un'intervista a David Bowie dal titolo *Oh, You Pretty Thing*. L'occasione è l'uscita imminente del suo quinto album: *The Rise and Fall of Ziggy Stardust and the Spiders from Mars*, ma il giornalista sembra onestamente poco interessato alla musica e molto più incuriosito a indovinare (e giudicare) l'orientamento sessuale di chi ha davanti. Leggendo a caso tra quelle righe per niente gentili, lo troviamo così descritto: "Lo scandalo più frusciante del rock: un dichiarato amante dei vestiti effeminati", e ancora: "Una checca chic [...] gay dalla punta dei capelli ai piedi, con la mano floscia e un vocabolario sfacciatamente ammiccante". Ma il suo vocabolario David lo utilizza per fare ben più di qualche battuta sagace: in un paese in cui il Parlamento britannico ha depenalizzato l'omosessualità solo nel 1967, è il primo cantante della storia a dire: «Sono gay e lo sono sempre stato, anche quando ero David Jones».

Apriti cielo e benvenuta rivoluzione: nessuna rockstar ha mai ammesso pubblicamente la propria omosessualità, perché ciò che non è più reato resta comunque un marchio: la tua carriera implode, ti trasformi automaticamente in un reietto, e come tale vieni trattato dalla società.

Qualche mese dopo, a "Top of the Pops", David canta il suo nuovo singolo *Starman* presentandosi inguainato in una tutina technicolor di lurex: a un certo punto abbraccia languidamente il suo chitarrista Mick Ronson, una specie di arcangelo dorato dai capelli agli stivaletti. Si guardano per lunghissimi secondi negli occhi (cinquant'anni esatti prima dei *Brividi* di Mahmood e Blanco), mentre milioni di inglesi capiscono che questi alieni arrivati da un altro pianeta li hanno appena scagliati in un futuro che non sono certi di voler abitare.

Quel futuro è atteso però da altrettanti milioni di ragazzi del Regno Unito e non solo, costretti alla clandestinità da troppo tempo, che trovano finalmente il coraggio di uscire allo scoperto perché, se qualcuno chiama per nome quello che tu non osi nemmeno pronunciare, poi lo fa esistere, e lo rende possibile anche per te.

Il primo di luglio dello stesso anno, duemila persone si danno appuntamento allo Speakers' Corner di Hyde Park e camminano fino a Trafalgar Square: è il primo Gay Pride nel Regno Unito, e anche Bowie continua la sua marcia, intenzionato a fulminare ipocrisia e perbenismo a colpi di glam rock. Durante un concerto alla Oxford Town Hall si inginocchia infatti di fronte all'arcangelo Mick e inizia a pizzicare le corde della sua chitarra con i denti. È sufficiente una giusta prospettiva (e un fotografo avvezzo allo scoop) per trasformare David in una divinità sessuale libera di amare chi vuole: visto di spalle sembra sia impegnato in un pompino parecchio divertente con Mick.

Anni dopo ritratterà tutto: prima dirà di essere bisessuale, poi definirà quell'intervista un grosso errore, dichiarando di non essere mai stato gay. Eppure Bowie è stato etero, gay, bisessuale e transgender allo stesso tempo: non esistono etichette capaci di contenere un personaggio che i limiti li ha attraversati senza paura, facendo della sua inafferrabilità un potente detonatore capace di lenire all'istante la solitudine di chiunque sappia cosa significhi sentirsi un emarginato. Probabilmente è stato anche un comunicatore spregiudicato e uno stratega molto astuto, ma nessuno nel mondo dello spettacolo prima di lui ha saputo dare una forma alla diversità, narrandola come libertà d'espressione e rivendicandola con fierezza.

David Robert Jones nasce a Londra l'8 gennaio 1947, precisamente a Brixton, uno dei distretti municipali più fatiscenti della capitale, dove la polvere di stelle è seppellita da una fuliggine così nera che affanna il respiro e l'immaginazione. La Seconda guerra mondiale è finita da poco e i prefabbricati in cemento armato sorgono sui crateri lasciati dalle bombe naziste, restituendo uno scenario extraterrestre e desolante. Nella casetta a schiera al 40 di Stansfield Road c'è già un gran movimento, perché il padre Haywood Stenton Jones (per tutti John), e la madre Margaret Mary Burns (detta Peggy), hanno unito sotto allo stesso tetto i figli avuti dalle precedenti unioni. I due si sono conosciuti per caso al caffè del cinema dove lei lavorava come cameriera. Sono entrambi portatori di relazioni scalcagnate (lui è ancora sposato), e qualche guaio (il night club di John ha chiuso per fallimento, lasciando a spasso tutti i pugili e i gangster del quartiere). Accade sovente che da una somma di cose storte ne venga fuori una dritta, così Peggy e John si innamorano, lui divorzia e si sposano, e quando arriva David la prima ad accorgersi di cullare una creatura aliena al concetto del tempo è l'ostetrica, che dice: «Questo bambino ha la saggezza negli occhi ed è già stato qui prima d'ora».

Peggy è piuttosto fredda con il figlio appena nato. Non manca d'amore, ma sa che si passano molte cose attraverso il sangue, e forse lei ha paura di tramandare le sue: a tre delle sue sorelle viene infatti diagnosticato un disturbo schizofrenico della personalità, "curato" anche con la lobotomia. Per colpa di quei fori nel cranio, una delle sorelle non arriverà a compiere trent'anni, tanto che David – molti anni dopo – riassumerà così la sua famiglia: «Sono quasi tutti matti, appena usciti dal manicomio o in procinto di entrarci».

Il timore di essere predestinato alla pazzia lo perseguiterà per tutta la vita, e forse per questo, fin da piccolo, David decide di capovolgere il suo mondo mettendo in pratica inconsapevolmente l'avvertimento che Shirley Jackson dà all'inizio del suo romanzo *L'incubo di Hill House*: "Nessun organismo vivente può mantenersi a lungo sano di mente in condizioni di assoluta realtà". David boicotta la realtà allenando l'immaginifico, e a tre anni Peggy lo sorprende col viso truccato: rossetto, cipria e eyeliner. Quando lei lo redarguisce, lui le risponde serafico: «Mamma! Ma tu li usi...». Pat, una delle sorelle di Peggy, racconta: «Era un bimbo vanitoso e cercava di essere diverso dagli altri. Voleva sempre un ciuffo sull'orecchio. Se lo pettinavi in un altro modo, se lo rifaceva da solo. Si guardava tantissimo allo specchio». Se gli altri non ti guardano è bene che tu lo faccia da solo, e David lo apprende sin da piccolo.

Anche se i gesti d'affetto sono rari in famiglia, John lo cresce regalandogli infiniti mondi in cui lui può rifugiarsi grazie ai libri che popolano di storie la casa, e Peggy stempera la sua rigidità emotiva con la musica della radio, che spesso risuona nelle stanze. Gli ricorda anche che è nato lo stesso giorno di Elvis Presley, e che queste cose non accadono per caso. Così quando David vede una sua cugina ipnotizzata davanti alla tv, dove il ragazzo di Tupelo sta muovendo il bacino trasportando ondate di turbamento nelle case di tutto il mondo, decide che da grande diventerà l'Elvis britannico.

Prima, però, occorre transitare nella linea d'ombra che attraversa ogni famiglia, e non è mai facile. È sempre zia Pat a ricordare: «Una volta David tornò a casa da scuola – aveva quattordici anni – arrabbiatissimo per qualcosa che gli era successo. Corse di sopra e si buttò sul letto, piangendo a dirotto. Chiesi a Peggy perché non andasse a vedere quale fosse il problema. Ci andò, ma da persona anaffettiva qual era, non riuscì nemmeno ad abbracciarlo o a consolarlo un po', per farlo sentire meglio. David la guardò e le disse a bassa voce: "Sai, mamma, a volte penso che mi odi"».

Se tutti, almeno una volta nella vita, abbiamo avuto la certezza di essere odiati da chi ci ha messi al mondo, alcuni fortunati hanno potuto ripararsi dietro a qualche fratello o sorella, e nel caso di David c'è Terry, il figlio che Peggy ha avuto con il precedente compagno. Quel sangue guasto che lei teme di aver trasfuso a David ha invece contaminato Terry, ma la schizofrenia paranoide è ancora lontana dal manifestarsi e, per il momento, il fratello maggiore è un pifferaio di Hamelin eccezionale. Come David ricorderà: «Terry è stato l'inizio di tutto per me, leggeva un sacco di scrittori beat e ascoltava i jazzisti come John Coltrane... mentre io frequentavo ancora la scuola lui ogni sabato sera andava in centro a Londra a sentire la musica dal vivo... si faceva crescere i capelli e, a suo modo, era un ribelle». È Terry a far scoprire precocemente a David le strade che sta percorrendo Jack Kerouac, ma è il padre a spalancargli inaspettatamente il futuro nel 1956, con un regalo: una copia di *Tutti Frutti*, il singolo con cui Little Richard sta scalando le classifiche di tutto il mondo. «Mi è quasi scoppiato il cuore dall'emozione» ricorda Bowie. «*Tutti Frutti* ha riempito la stanza di colori, energia e di uno scandaloso senso di sfida. Avevo appena ascoltato Dio.»

Nello stesso anno in cui David sente per la prima volta la voce di Dio, il fratello Terry si arruola nell'aeronautica militare, così il più piccolo di casa Jones prosegue in solitaria la sua esplorazione del sogno a stelle e strisce, tenendo per sé proprio quello che l'America rifiuta: la musica nera e i poeti della Beat Generation.

Il progetto di diventare l'Elvis britannico prende vita intorno ai dodici anni, quando Peggy gli regala il suo primo sassofono: David afferra l'elenco telefonico e cerca il numero del baritono Ronnie Ross, celebrità del quartiere e grande jazzista. Quando Ross sente dall'altra parte della cornetta il figlio del vicino che con una voce sicura gli dice: «Ciao, mi chiamo David Jones, ho dodici anni e voglio suonare il sassofono. Mi dai lezioni?», non riesce a dirgli di no, perché è impossibile resistere a questo strano ragazzo.

In quell'età piuttosto terribile in cui il tuo corpo ti gioca brutti scherzi allungandosi o modificandosi senza il tuo permesso, David è già il più figo della scuola, protagonista assoluto del giornalino dell'istituto che, dopo una gita di classe in Spagna, riporterà un articolo intitolato: *Don Jones, l'amante, avvistato l'ultima volta mentre era inseguito da tredici señoritas.* Le señoritas sono in realtà molte più di tredici: David è affamato e non si fa scrupoli scegliendo dal mazzo chi gli piace, ragazze degli amici comprese.

È proprio per una di queste ragazze che, nel 1962, si prende quel pugno in pieno viso che cambierà per sempre i suoi occhi. George Underwood, suo compagno di classe, è così incazzato che ci va giù pesante e, senza rendersene conto, sferra un colpo che graffia la cornea sinistra di David, paralizzando un muscolo che contrae l'iride. Un disastro per ogni comune adolescente, ma non per questo conturbante quindicenne che, con un occhio di un colore diverso dall'altro, diventa ancora più irresistibile: è come se il suo sguardo corresse a una doppia velocità, la parte destra del suo viso trapassa il presente, mentre la sinistra ha una fissità inquietante, da gorgone. Molti anni dopo, la leggenda dell'alieno dallo sguardo ipnotico non vorrà arrendersi alla realtà dei fatti: una scazzottata tra amici che, peraltro, sono rimasti tali perdonandosi a vicenda e fondando anche la prima cover band di David, i Konrads, dove lui canta come seconda voce.

Si esibiscono principalmente nelle sale parrocchiali, ma sorprendentemente vengono intercettati dal manager dei Rolling Stones che procura loro un'audizione con una delle più importanti case discografiche. Ovviamente non vengono scritturati, così David fa quello che gli verrà sempre facile: cambia, entrando e uscendo dalle band come dalle porte girevoli di un hotel. I soldi non sono un problema, quando ha bisogno di un finanziatore scrive per esempio a uno degli industriali più ricchi d'Inghilterra, "il re delle lavatrici" John Bloom, suggerendogli: "Brian Epstein ha preso i Beatles, lei dovrebbe prendere noi. Se riuscirà a vendere il mio gruppo come vende lavatrici, avrà fatto centro". La sua faccia tosta fa colpo, Bloom ingaggia David e la band per suonare al suo anniversario di matrimonio, ma gli ospiti non apprezzano tutta questa avanguardia e li fanno scendere a forza dal palco dopo il primo pezzo.

Intanto Terry è tornato a casa, ma gli è successo qualcosa: è irascibile e diffidente, si guarda attorno come se fosse perennemente in preda allo spavento. Adesso è David a portarlo ai concerti, convinto che la musica possa riacciuffare una parte del fratello che sembra inghiottita chissà dove, ma tutto deflagra e

David racconta: «Mentre tornavamo a casa, Terry ha cominciato ad agitarsi, si è inginocchiato a terra e ha preso a colpire l'asfalto con le mani. Vedeva delle crepe che si aprivano e delle fiamme che venivano fuori, come se provenissero dall'inferno». L'inferno è nella testa di Terry, ed è forse per questo che il padre di David – per tenere ancorato almeno un figlio a quell'assoluta realtà da cui Shirley Jackson ci ha messo in guardia – gli impone di trovarsi un lavoro. I genitori hanno strani modi di proteggere dal male chi mettono al mondo e un talento assoluto per sfocarne i desideri, ma David stranamente obbedisce e trova un impiego come grafico in un'agenzia di pubblicità (dove apprenderà le regole del marketing che gli torneranno molto utili nel giro di pochi anni), e arrotonda facendo il commesso in un negozio di dischi, anche se viene licenziato perché – come nel film *Alta fedeltà* – non ha proprio un buon carattere e nemmeno tutta questa voglia di vendere dischi: lui i dischi li vuole fare.

Per riuscirci gli occorre un'occasione. A guadagnarsi la visibilità ci pensa da solo. Nel 1964 lo chiamano in tv per un'intervista in prima serata: si è autoproclamato fondatore della "Società per la prevenzione della crudeltà nei confronti degli uomini con i capelli lunghi" (i suoi, di capelli, lo sono parecchio). L'arringa è piuttosto ispirata, s'infervora mentre proclama: «Ci siamo sentiti rivolgere per strada commenti del tipo: "Tesoro, posso aiutarti a portare la borsetta?".

Non avete idea degli oltraggi che dobbiamo subire. È arrivato il momento di dire basta!». David Jones "lo strambo" ha messo a segno il suo primo colpo.

Nel frattempo John si è rassegnato alla volontà di questo figlio che vuole diventare Elvis e si è trasformato in un vero e proprio "papà da palco": lo segue nelle sue esibizioni, gli gestisce il conto corrente, tiene la corrispondenza; eppure il rapporto con i genitori viaggia su temperature siberiane, tanto che una delle fidanzate di David ricorderà così la prima visita a casa Jones: «I suoi genitori guardavano la televisione. Noi ci sedemmo e mangiammo un tramezzino al tonno. Era una stanza accogliente, ma in quella casa mancava l'amore. Mi resi conto che David non amava i suoi genitori come io amavo i miei. Fu un'esperienza deprimente. Quando loro uscirono dalla stanza, David mi disse: "Voglio andarmene di qui, a qualsiasi costo"». E David se ne va, arrivando a preferire a quella casa persino un'ambulanza: dentro però non ci sono feriti, ma ragazzi ricoperti di glitter che suonano con lui nei club londinesi. Spesso molla l'ambulanza per una più confortevole Jaguar, la macchina del nuovo manager Ralph Horton, gay dichiarato e completamente innamorato di David. I rapporti tra i due hanno poco di professionale (anche perché Ralph è un pessimo uomo d'affari) e molto di personale, e David non si scompone troppo quando Horton – per evitare la bancarotta – lo offre come merce di scambio a eventuali manager interessati. Tra i papabili clienti c'è anche Kenneth Pitt, promoter di uno dei tour di Bob Dylan in Inghilterra, che declina la generosa proposta regalando però un ottimo consiglio. Dice a Ralph: «David Jones non funziona, fagli cambiare nome, c'è già Davy Jones dei Monkees, meglio non creare confusione». Nasce così David *Bowie*: il ragazzo con gli occhi di due colori diversi sceglie il suo nome d'arte ispirandosi al famoso coltello americano utilizzato dai pionieri e dagli esploratori, detto appunto "Bowie". Essere affilato come una lama gli si addice: appena entra in scena è come se trafiggesse l'aria, provocando un desiderio così forte in chi lo guarda da far crollare all'istante ogni inibizione, soprattutto tra il pubblico gay. È durante uno di questi concerti con il testosterone alle stelle che Pitt lo vede esibirsi al Marquee Club, e ne rimane folgorato. «Indossava un maglione color biscotto, girocollo, con i bottoni su una spalla e molto attillato, che accentuava una corporatura esile» racconta. «Trasudava sicurezza e aveva il pieno controllo di se stesso, della band e del pubblico. Il suo carisma era innegabile.»

In dieci giorni David passa dalla Jaguar di Ralph Horton all'elegante appartamento di Pitt: ha trovato il suo pigmalione. È Pitt a farlo innamorare di Oscar Wilde e Egon Schiele, e soprattutto a fargli scoprire i Velvet Underground. Ricevuta la loro demo in regalo, Bowie li ascolta e rimane talmente incantato da quei pezzi così pieni di sincera disperazione che decide di suonarli. «Mi è piaciuto da matti, e ho iniziato a fare un paio di quelle canzoni nei miei concerti» ricorderà in futuro, «perciò facevo cover dei Velvet Underground prima ancora che i pezzi originali fossero stati pubblicati.» Anche Pitt, come Horton, s'invaghisce di David, e se per alcuni i due hanno avuto una relazione sessuale che combinava l'infatuazione del primo all'arrivismo del secondo, per altri invece non hanno mai consumato. Di certo Pitt ama guardarlo girare nudo per casa, come scrive nel suo libro: "David si sentiva a suo agio senza vestiti e a volte sedeva a gambe incrociate per terra, circondato dalle casse dello stereo acceso a tutto volume... Poi si spostava a grandi passi per l'appartamento, nudo, con il pene lungo e pesante che ondeggiava da una parte all'altra come un grosso pendolo". I pantaloni attillatissimi di David vengono osannati anche dai giornali musicali, che scrivono: "Più soprannaturale del suo viso è il pacco, che appare smisurato, quasi disumano". Il tutto verrà confermato anche da Angie Barnett, sua futura moglie, che metaforizzerà il "pacco" così magnificato dalla stampa inglese definendolo "la lancia dell'amore".

Per David il sesso non è solo un filtro per conoscere il mondo, ma anche uno strumento paragonabile alla DeLorean di *Ritorno al futuro*, una macchina che permette di viaggiare nel tempo portandolo rapidamente nel posto in cui vuole trovarsi. Per questo s'infila nel letto di donne che lo accudiscono e in quello di uomini potenti che lo supportano, conducendo relazioni sentimentali multistrato e facendo impazzire di gelosia Pitt che lo vorrebbe tutto per sé. «Non credo nell'amore nella sua forma possessiva» dichiarerà David, eppure quell'amore accentratore e totalizzante l'ha auspicato almeno in un'occasione, che è coincisa ovviamente anche con l'unica volta in cui ciò che voleva – una bellissima ballerina dai capelli rosso fuoco – è scivolato dalle sue mani facendo un'*arabesque*. David incontra Hermione Farthingale nel 1968, a lezione da Lindsay Kemp, il mimo e istruttore di danza che gli donerà trucchi e strumenti per muoversi sul palco e si taglierà le vene (senza morire) per lui. David ed Hermione finiscono sul "Times", nel reportage *La generazione inquieta*, a fianco di un'altra coppia da urlo: Mick Jagger e Marianne Faithfull. Dopo un anno, tra la possibilità di carriera e l'amore, Hermione sceglie la prima: si trasferisce in Scandinavia perché ottiene una parte nel musical *Song of Norway*. Lui le dedica una canzone da strapparsi il cuore, *Letter to Hermione,* in cui le dice che gli hanno raccontato di quanto la sua vita vada a gonfie vele, sa anche che brilla come se fosse diventata un'altra mentre lui è diventato, per la prima volta, umano. Lei non risponderà mai a questa lettera cantata e rimarrà in silenzio per i successivi quarantaquattro anni, fino al 2013, quando Bowie nel video della canzone *Where Are We Now?* indosserà una T-shirt blu con scritto *Song of Norway*, un messaggio in codice solo per lei. Perché tutti, quando sentiamo che il tempo ci morde le caviglie, vogliamo tornare a quando siamo stati felici e infelici insieme.

Ma nel 1969 Bowie è solo infelice, e per provare a ripararsi s'inventa l'avventura di Major Tom, un astronauta che uscito dalla sua navicella spaziale per una passeggiata "lontano, sopra il mondo", interrompe i contatti con la Torre di controllo e si perde nello spazio. Quando registra la versione definitiva di *Space Oddity*, la Storia gli viene incontro perché la BBC sceglie il brano per sonorizzare le immagini dello sbarco sulla Luna dell'Apollo 11, e come racconterà lo stesso Bowie «probabilmente senza neanche aver letto il testo», dato che si tratta di un sogno spaziale psichedelico che si dissolve con una passeggiata nell'infinito.

Mentre sta lavorando al suo primo successo, David si avvicina a un pezzo grosso della Mercury Records che lo aiuta nella promozione della sua musica e con cui condivide la stessa libertà sessuale. Una sera, il pezzo grosso porta un'amica, Mary Angela Barnett, detta Angie, a un concerto di David. Quello che accade subito dopo lo riassumerà Bowie in una frase: «Entrambi andavamo a letto con lo stesso uomo». Lui la avverte: «Non ti aspettare nulla di convenzionale da me... Io faccio cose che altri ritengono inammissibili e credo che sia giusto che tu lo sappia, prima che decidiamo di stare assieme». Angie – che a diciotto anni, al primo anno di college, è saltata in preda al panico dalla finestra della sua camera, dopo essere stata scoperta a letto con una compagna – non ha troppe remore a rompere le convenzioni, e inizia a condividere con David passioni ed eccessi. L'affollamento di donne nella vita di lui non sembra toccarla, e lo asseconda dicendogli: «Hai fatto quello che ti sentivi di fare. L'amore è così». Certo, ci sono giorni in cui perde il suo aplomb e reagisce in modo un filo plateale. Dopo una scenata di gelosia, per esempio, si lancia giù dalle scale; David si limita a scavalcarla mentre si dirige verso la porta, e la saluta con queste parole: «Be', quando te la senti, e se non sei morta, chiamami».

Angie in effetti lo chiama, e rimane al suo fianco anche quando il padre di David muore per una polmonite. Ora che si è spezzato l'unico filo che a stento lo legava alla madre, l'abisso è incolmabile: sono molte le cose che lui fatica a perdonare a Peggy, e l'ultima in ordine di tempo è il ricovero coatto di Terry nell'ospedale psichiatrico di Cane Hill: lei lo dimentica lì, come quelle cose che a furia di non voler vedere ti chiedi se siano mai realmente esistite.

Più le sue radici si sgretolano, più David costruisce un mondo che gli corrisponde: lui e Angie vanno a vivere a Haddon Hall, una casa vittoriana che è un tripudio d'atmosfera gotica avviluppata da tende di velluto scuro, messe a proteggere molte cose non convenzionali. Poi, però, nel 1970 una cosa convenzionale accade: indossando abiti vintage di seta comprati a Kensington e due braccialetti d'argento peruviani come fedi, David e Angie si sposano. Ma a fugare ogni traccia di romanticismo sarà Angie stessa, dicendo: «David non era stupido. Ci sposammo perché io ero un'americana che voleva stare a Londra e lui un inglese rammollito che aveva bisogno di me per sfondare e diventare una star. Io ero ribelle e a lui serviva che lo aiutassi a essere ribelle. Funzionò». Nel 1971 nasce il loro bambino, Zowie, e quella è la prima e unica volta in cui Angie vede suo marito piangere, ma se David scoppia in lacrime sopraffatto dall'emozione, lei scappa in Italia con un'amica. Angie è spaventata e sta male: quello che può apparire un comportamento folle ed egoista è in realtà un dolore profondo. Come fai a prenderti cura di qualcuno quando non riesci a prenderti cura di te stessa? Ricorderà quei primi giorni con Zowie bellissimi e terribili al tempo stesso, con queste parole: «Povero affarino, piangeva in continuazione. Faticavo a creare un legame con lui. Insomma, in quei momenti senti che ti è stata portata via la tua libertà, tutta, completamente».

E in effetti, quando Angie dopo qualche settimana fa ritorno, si accorge che lo spazio d'azione nella loro relazione è ridimensionato principalmente per lei: oltre a lavorare per David come assistente personale (gli porta la colazione a letto, sceglie per lui vestiti di chiffon o glieli cuce mettendo in scena in modo spettacolare la sua sessualità indefinibile), si occupa di Zowie e "rimane indietro", mentre il marito sfolgora nelle sue notti.

Con *Hunky Dory* Bowie si trasforma in Dorian Gray, o forse in Lauren Bacall: i capelli biondi e ondulati sono identici a quelli della diva degli anni Quaranta; d'altronde l'album si apre con *Changes*, dove David si domanda se il tempo lo potrà cambiare, ma è ovvio che è lui a decidere il tempo del cambiamento, tanto che dopo poco arrivano *Ziggy Stardust and the Spiders from Mars*. Ziggy è una creatura omnisessuale, multigender e un Messia delle stelle, il suo compito è quello di salvare la Terra allargando i confini del proibito e disintegrando ogni certezza... a partire dall'abbigliamento! Durante un'intervista il presentatore chiede alla regia un primo piano sui piedi di Bowie – calzini di lurex dorati infilati in zeppe rosa con tacco in legno – e gli domanda: «E queste scarpe? Sono da donna, da uomo o da bisessuale?». Bowie ride – ecco l'ennesimo pesce che ha abboccato all'amo – e liquida la questione con l'unica risposta possibile: «Sono semplicemente scarpe, sciocco».

In tutto il mondo eserciti di teenager vestiti come lui, con chiome arroganti e cuori coraggiosi, rivendicano il diritto di amare ciò che vogliono, di essere quello che vogliono. Sono gli emarginati a cui David tende la mano quando, in *Rock'n'Roll Suicide* canta che non sono soli: conosce bene tutti quei coltelli che sembrano lacerare il cervello, ci è passato anche lui, ma la sua mano è lì, basta afferrarla e il dolore passerà.

David è talmente concentrato a cantare il mondo dalla sua supernova che non si rende conto di chi, sulla Terra, è impegnato principalmente a truffarlo. Tony Defries – un giovanissimo squalo del settore che con un'abile mossa è riuscito a ottenere la gestione esclusiva di Bowie, scalzando tutti gli altri manager – lo tratta come il Delfino di Francia: guardie del corpo, limousine e campagne pubblicitarie con la sua faccia che giganteggia sui grattacieli degli Stati Uniti, dove David è finalmente sbarcato. Bowie firma contratti e non controlla mai nulla, non rendendosi conto che ha ceduto a Defries l'intera gestione del suo fatturato e sta finanziando con i suoi guadagni ogni spesa di produzione. Sarà John Lennon ad aprirgli gli occhi, e quando David convocherà i suoi amici per leggere con attenzione il contratto, gli diranno: «Stando al documento, hai diritto a percepire il cinquanta per cento dei profitti che hai generato tu e tu solo dopo che sono state detratte tutte le spese, sue e tue. Non possiedi nessuna percentuale della società».

Con il meraviglioso circo foraggiato senza saperlo dal suo portafoglio, Bowie conquista l'America in un tour grandioso, che fa impazzire pubblico e stampa.

Ma il 3 luglio 1973, durante lo spettacolo all'Hammersmith Odeon di Londra, David uccide letteralmente Ziggy Stardust, silurando in diretta la band di fronte a cinquemila spettatori con queste parole: «Di tutti gli spettacoli del tour, questo in particolare rimarrà dentro di noi più a lungo, perché è l'ultimo spettacolo che faremo, in assoluto». Gli ex membri della band non la prendono benissimo, tanto che uno di loro racconterà: «Prima era sempre stato disponibile, uno normalissimo, anzi, attento e premuroso, ma più diventava famoso, più si montava la testa e gli altri contavano sempre meno per lui». Anche Angie non si aspetta questa mossa, ma fiuta che l'addio è il prodromo di un tempo che sta per scadere anche per loro: la band non è l'unica cosa che il marito è pronto a scrollarsi di dosso, perché quando lui se ne va, lo fa per reinventarsi altro, scordandosi di ciò che lascia indietro.

Quando un'intervistatrice gli domanda: «Perché cambi così spesso? Cosa cerchi? Il tuo è un espediente?», lui risponde sorridendo: «Sono un Capricorno!», poi si fa serio e continua: «Non volevo espormi al pubblico, così ho sviluppato una serie di personaggi». Ma lei lo incalza: «Dunque dietro ad alcuni di loro, c'è il vero te?», e lui sembra colto in flagrante per la prima volta, trovandosi suo malgrado ad ammettere: «A volte sì, in un paio di occasioni ho perso il controllo».

Sicuramente liberarsi del suo alter ego alieno gli ha restituito parecchie ore di tempo: per creare Ziggy erano necessarie cinque ore di trucco e una per rimetterlo in valigia (persino l'imperatrice Sissi aveva una *beauty routine* meno complessa). Ma c'è dell'altro, tanto che anni dopo racconterà: «Non riuscivo a capire se fossi io a creare i miei personaggi o se fossero i miei personaggi a creare me, oppure se eravamo la stessa cosa». Ha, in fondo, paura di impazzire come le sorelle di sua madre o come Terry, sempre rinchiuso a Cane Hill: David ogni tanto lo va a trovare, gli porta le sigarette, i suoi dischi, ma specchiarsi in lui lo terrorizza. Se non riesce a salvare il fratello, con il glitter rock riesce però a liberare milioni di ragazzi che adesso usano trucchi, tacchi vertiginosi e vestiti come armi per urlare al mondo che non c'è niente di strano, e di male, nell'essere ciò che si vuole.

A uscire illeso dal repulisti generale messo in atto da Bowie è l'arcangelo Mick Ronson, ancora al suo fianco per *Aladdin Sane*: a torso nudo e con gli occhi chiusi, David è di un pallore spettrale sulla copertina dell'album, sembra che dorma un sonno da cui potrebbe non risvegliarsi, il suo volto è attraversato da una saetta e una lacrima ha creato una piccola pozzanghera nell'incavo della clavicola. Il fratello Terry sembra essere evocato anche da questa creatura fiammeggiante: giocando infatti con le lettere che vanno a comporre il titolo dell'album, prende forma la frase "A lad insane", cioè "Un ragazzo folle". Ma forse il folle è proprio David, perché la cocaina scorre a fiumi nel suo sangue. Come racconterà lui stesso: «Ziggy Stardust era assolutamente pulito, a parte qualche pasticca di tanto in tanto, anfetamine o speed... Poi andai in America, mi fecero provare le droghe vere e fu lì che tutto andò a rotoli». Angie e

David sono padroni di casa premurosi: garantisco-
no orge favolose a cui partecipa spesso e volentieri
anche Mick Jagger. In questa succursale metropolitana di Sodoma e Gomorra nessuno rischia di trasformarsi in statua di sale, ma c'è la concreta possibilità
di venire ricoperti di polvere bianca, come un pan-
doro. Pezzi come *Rebel Rebel* vengono scritti con così
tanta cocaina in corpo che – assicurano molti degli
ospiti che transitavano da quelle parti – avrebbe ste-
so anche un cavallo. Zowie è nelle mani sicure di una
tata scozzese, Marion Skene, che tiene la situazione
a bada. La stessa Angie un giorno dirà: «Marion di-
ventò la mamma di Zowie a tutti gli effetti, perché io
e David ci facevamo, all'inizio insieme, poi ognuno
per conto suo». L'isolamento in cui sono finiti allaga
anche la loro unione: quando, durante un concerto,
una fan su di giri riesce ad afferrare David sfilando-
gli il braccialetto peruviano con il quale aveva sposato Angie, lui lo prende come un segno: «Fu em-
blematico» racconterà. «Il nostro matrimonio ormai
esisteva praticamente solo sulla carta.»

La cocaina plasma anche il suo corpo: gli zigomi e
la mascella sono affilati come il coltello di cui porta il
nome, e con questa immagine David è pronto a indossare i panni del suo personaggio più tossico e istrio-
nico di sempre: il "Duca Bianco", una creatura algida
e aristocratica, a metà tra un attore degli anni Trenta e uno psicotico terrorizzato dalle streghe che vogliono rubare il suo sperma e dal diavolo che bivacca

nella sua piscina (chiamerà anche un esorcista). Ma le streghe e il diavolo sono decisamente meno pericolosi della mitologia nazista che, in questo periodo di visioni e follia, lo affascina.

Il Duca viaggia tra Europa e Stati Uniti, questa volta le scenografie della tournée sono eleganti, quasi scarne, lontane dagli sfarzi del glam rock più per necessità che per scelta stilistica: licenziato Tony Defries, David è rimasto senza un soldo. È durante la tappa londinese che accade il fattaccio, soprannominato dalla stampa "The Victoria Station Incident": David è a bordo di una Mercedes decappottabile guidata da uno chauffeur e viene fotografato mentre si rivolge ai fan facendo quello che molti scambiano per un saluto nazista. Lui negherà dicendo che il flash era così potente da aver cancellato la mano che si apriva e chiudeva in quel gesto innocente che fanno anche i bambini quando vogliono dire "ciao"; lo giurerà sul figlio. L'episodio gli fa capire che è ora di cambiare aria, perché la sua mente si sta sgretolando. Così, per disintossicarsi dalla cocaina, sceglie di andare a Berlino, commentando con un certo sarcasmo: «Bell'ironia: era la capitale europea dell'eroina».

Se l'anno prima David passava spesso a trovare l'amico Iggy Pop, ricoverato in una clinica psichiatrica per l'abuso di qualsiasi sostanza iniettabile, e gli portava di nascosto parecchia droga per consolarlo, adesso è Iggy a prendersi cura di lui: vivono insieme in un appartamento berlinese dove David viene raggiunto da Zowie. Il legame con il figlio è sempre più forte, mentre quello con Angie si chiude definitivamente: con un assegno di mantenimento da settecentocinquantamila dollari e un accordo in cui lei si impegna a non rilasciare dichiarazioni sul loro matrimonio per i successivi dieci anni, lui ottiene l'affidamento di Zowie e il divorzio.

Nel frattempo, più trascorre tempo in Germania, e più sviluppa un rifiuto totale per il nazismo. Mentre lavora alla *Trilogia di Berlino* (con gli album *Low*, *Heroes* e *Lodger*) compare sempre più spesso al cinema: negli anni Ottanta diventerà vampiro, re dei Goblin o extraterrestre, anche se personalmente non sono mai riuscita a vedere un suo film per intero. Non perché fossero brutti (oddio, qualcuno forse sì), ma perché è come chiedere alla Vergine di Guadalupe di apparire per più di due ore: mi piace l'idea che il miracolo duri quanto una canzone, così è potenza allo stato puro, oltre diventa quasi umano, ti abitui all'idea che sia reale, e io non voglio. Mi tengo stretto solo un suo film: *Christiane F. - Noi, i ragazzi dello zoo di Berlino*, in cui David compare per il tempo di una canzone, ma le sue, di canzoni, sono lo spirito guida di questi ragazzi soli, bellissimi e tragici. Fuori dallo schermo, un altro ragazzo solo fa una pessima fine: nell'estate del 1982 il fratello Terry tenta il suicidio lanciandosi dalla finestra di Cane Hill. Non ci riesce e si fa solo molto male, David va a trovarlo un paio di volte e Terry ogni giorno dice alle infermiere che suo fratello tornerà per salvarlo. Ma questo non accade. Quando qualcosa è troppo doloroso, scappare è spesso una soluzione, non ci fa onore ma è profondamente umano. Mentre il tempo scorre velocissimo per David, che intanto pubblica *Let's Dance* – l'album che decreterà il suo maggior successo –, Terry aspetta, finché il 16 gennaio 1985 capisce che non arriverà nessuno a prenderlo. Così fugge dalla clinica per sdraiarsi sui binari alla stazione ferroviaria di Coulsdon South.

David non va al funerale, ma manda delle rose con un biglietto, prendendo a prestito le parole del replicante interpretato da Rutger Hauer in *Blade Runner*: "Hai visto più cose di quelle che possiamo immaginare, ma tutti quei momenti andranno perduti nel tempo, come lacrime nella pioggia. Dio ti benedica. David".

Il dubbio che il replicante abbia più cuore di Bowie ci ha sfiorate, eppure persino il Duca Bianco, a un certo punto, si innamora. Lo fa cadendo secco come una pera appena incontra la supermodella Iman Abdulmajid, e diventa un monogamo convinto riconoscendo: «Siamo stati molto fortunati a incontrarci in quel preciso momento delle nostre vite, quando ciascuno di noi desiderava l'altro». Iman, a sua volta, racconta: «Mi sono innamorata di David Jones, non di David Bowie, un giorno in cui i lacci di una delle mie sneakers si erano sciolti e lui si è inginocchiato subito per riallacciarli. Ero lì, in strada, con tutti che mi guardavano mentre David Bowie mi allacciava le scarpe».

Lo stesso uomo gentile che si inginocchia per allacciare le scarpe della donna che ama, non ci pensa due volte a mandare a quel paese la regina. Nel 2000 rifiuta il titolo di Baronetto e nel 2003 quello di Cavaliere commentando: «La famiglia reale mi lascia indifferente. Non riesco a ricordare l'ultima volta in cui ho pensato a loro. Accettare quei titoli mi darebbe la sensazione di essere di loro proprietà, e io non voglio essere proprietà di nessuno. Neanche dell'industria della musica». E infatti, dopo il brutto affare Defries, Bowie è ormai da anni il primo artista della storia a essere quotato in Borsa. Nel 1997, dopo aver studiato la finanza almeno quanto ha studiato la musica, ha dato vita ai "Bowie Bonds", trasformando i diritti delle sue canzoni in obbligazioni, subito acquistate per cinquantacinque milioni di dollari dalla Prudential Insurance Company di New York (saranno in molti a seguire il suo esempio, da Elton John a Shakira).

Bowie ha caratterizzato un'era, dando a molte generazioni il coraggio di immaginarsi nella propria versione migliore. Con il suo corpo ha attraversato ogni tipologia di eccesso non perdendo mai di vista l'utilizzo del sé come strumento di espressione, e se per anni è stato inseguito dalla maledizione della follia, l'ha esorcizzata creando dei personaggi capaci di vivere la realtà al posto suo.

Con il tempismo straordinario di chi per tutta la vita ha praticato l'arte della performance, David Bowie muore per un tumore al fegato a sessantanove anni, il 10 gennaio 2016, due giorni dopo aver rilasciato il suo ultimo album *Blackstar*, che suona morte dalla prima all'ultima nota. Ovviamente ha lasciato indicazioni precise anche per lo spettacolo conclusivo di questo lungo tour che è stata la sua esistenza: essere cremato in una cerimonia privata con rito buddista per poi restituire la *stardust* di cui era fatto su una spiaggia di Bali.

NAN GOLDIN

Essere adolescenti è un casino. Lo insegnano le sorelle Lisbon di Jeffrey Eugenides che, a una a una, preferiscono andarsene lasciando ai ragazzi del vicinato solo la scia del loro shampoo alla camomilla che, stranamente, permane in quella casa piena di fantasmi biondi.

Il problema è di chi resta: le persone morte se ne vanno un poco alla volta, e noi neanche ci accorgiamo dei pezzi che perdiamo di loro, giorno dopo giorno, nei nostri ricordi. Barbara Goldin, per esempio, non è bionda e non sfila nella vita come una delle vergini suicide, ma partendo proprio dai frammenti lasciati da lei, sua sorella diventerà una delle fotografe più famose al mondo. Barbara ha mani prodigiose per il pianoforte che utilizza principalmente per spaccare finestre e lanciare sedie; tutto in lei trasuda violenza e incanto. Ha due fratelli più grandi e Nan, la sorella più piccola, che le vuole molto bene e si dispiace dei combattimenti feroci che ingaggia notte e giorno con la madre.

Le crisi depressive di Barbara si alternano a momenti di furia, è un geyser che non riesce a esplodere come vorrebbe perché – se cresci nell'America degli anni Cinquanta e ami le ragazze – sei costretta a desiderare di nascosto quello che vuoi, altrimenti rischi di essere internata dalla tua famiglia in qualche centro riabilitativo per "correggere insani appetiti sessuali". Barbara in clinica ci finisce comunque, perché gli sbalzi d'umore spaventano il padre e la madre, ma la medicina – come racconterà molto bene Sylvia Plath – non riconosce la giusta importanza al tema della salute mentale, e spesso le cure peggiorano la situazione.

Dunque accade che una sera di aprile del 1965 Barbara esce di casa e va a sdraiarsi sui binari della stazione locale, appena fuori Washington, aspettando che un treno tranci il suo corpo e spenga il dolore.

Sua sorella Nan, molti anni dopo, dirà: «Non credo che si possa mai venire a patti con un suicidio. È un atto che non distrugge mai una sola persona. Nella mia vita e nelle mie opere ricerco continuamente l'intimità che avevo con lei. Se penso alla morte dei miei amici, quella di mia sorella ha un significato più astratto, più simbolico. Ecco perché faccio fotografie, mi mancano tanto le persone».

A volte, scegliamo ciò che diventeremo per provare a tenere insieme i frammenti di chi non c'è più. Perderemo la voce, le forme esatte del corpo, l'odore, la risata, ma resterà almeno un'immagine. Per Nan Goldin è andata così.

Nancy Goldin nasce a Washington D.C. il 12 settembre 1953 in una famiglia ebraica della *middle class* americana. Sebbene la Seconda guerra mondiale si sia conclusa da pochi anni mostrando la verità e l'orrore dell'Olocausto, l'antisemitismo continua a bruciare silenzioso anche negli ambienti accademici. Il padre, Hyman Howard Goldin, è un ottimo studente che si laurea ad Harvard conseguendo un dottorato di ricerca in Storia dell'agricoltura, ma capisce presto che conquistare una cattedra come docente gli sarà quasi impossibile proprio per le resistenze razziali. Se la laurea non gli porta il riconoscimento agognato, i libri perlomeno gli assicurano l'amore: è tra gli scaffali della biblioteca di Boston che conosce Lillian Kantrovitz, sua compagna di corso e futura moglie. Come racconteranno le foto di Nan, che li ritrarrà anziani e stretti in un ballo, i due sono destinati a durare nel tempo: ingoiano il boccone amaro della discriminazione sorridendosi a vicenda e si trasferiscono a Silver Spring, un quartiere residenziale nel Maryland, vicino a Washington. Qui Hyman lavora per un'agenzia governativa mentre Lillian, a casa con quattro figli, nasconde i drammi e i veleni nel bucato, anticipando di circa cinquant'anni quello che faranno le sue future colleghe di Wisteria Lane.

Le casalinghe disperate sanno bene che i sobborghi americani sono cornici perfette per contenere disperazione e segreti di famiglia seguendo un unico mantra: "Non farlo sapere ai vicini". I Goldin si preoccupano principalmente di avere mura domestiche abbastanza spesse per attutire le urla di Barbara, che sputa fiele fino a quando si sdraia con i suoi lunghi capelli neri sui binari del treno.

La società americana non è ancora pronta ad affrontare il tema del suicidio adolescenziale e dell'omosessualità, e la famiglia Goldin non fa eccezione archiviando l'accaduto come "uno spiacevole incidente", per zittire i vicini e smorzare i pettegolezzi. L'effetto ottenuto, ovviamente, è opposto: non soltanto Nan non crede alla versione dell'incidente, ma sviluppa un desiderio ossessivo e imperituro nei confronti della verità. Quello che non le permettono di dire, lei lo scaraventa fuori riempiendo pagine e pagine di diari che non mostrerà mai a nessuno, e inizia a coltivare quella rabbia che, più avanti, la porterà ad abbattere i muri di ogni casa mostrando cosa avviene nella sua e, soprattutto, in quelle degli altri. «La mia fotografia arriva da un bisogno personale più che da un senso estetico. Ho la necessità di creare ricordi perché vengo da una famiglia e da una cultura basata sul "non farlo sapere ai vicini" e volevo che queste persone sapessero cosa stava accadendo nella mia di casa e nelle loro» racconterà infatti molti anni dopo.

Se in casa Goldin la tragedia della perdita di una figlia è di per sé scioccante, a renderla ancora più disumana è ciò che accade durante la Shiva, i sette giorni di lutto che seguono la sepoltura nella cultura ebraica, quando Nan – a soli undici anni – è abusata sessualmente da un parente che pare avesse una cotta per la sorella. Scegliere di violare la sorella viva perché non puoi più abusare della morta crea una slavina di cortocircuiti e traumi che fermentano in Nan trasformandola in un clone moderno della *Muta di Portici*, ma se Fenella si butta nel Vesuvio per la disperazione, Nan diventa violenta come la sorella che non c'è più. Lo psichiatra dal quale viene spedita a forza – lo stesso che aveva in cura Barbara – emette la sua profezia: per lei è già apparecchiato il medesimo futuro da vergine suicida. Ma Nan ha altri progetti per sé, e contemplano tutti la fuga: in quell'anno scappa di casa quattro volte ma viene sempre riacciuffata, fino a quando i genitori si stancano e decidono di darla in affidamento a un'altra famiglia, magari un'aria diversa la quieterà. «In pratica mi hanno data in appalto a gente ricca» spiega Nan, «ma alla fine anche loro mi hanno cacciata perché coltivavo marijuana nelle serre ed ero fidanzata con un ragazzo di colore.» Nel frattempo si fa cacciare da diverse scuole finché, a tredici anni, capisce di preferire ai banchi scolastici i parchi, dove può spacciare erba e tirar su qualche soldo.

Nel 1968 mamma e papà Goldin, pur di sbarazzarsi di lei, sono ben felici di assecondare il suo desiderio e iscriverla alla Satya Community di Lincoln, in Massachusetts, una scuola definita da Nan stessa "hippie free" per le idee liberali e i metodi d'insegnamento particolari. È un istituto paragonabile a una comune e modellato sull'esempio della Summerhill, la scuola pionieristica britannica fondata nel 1921, dove bambini e docenti hanno la stessa voce in capitolo su ciò che deve essere insegnato e sul come. Trascorrendo la maggior parte del tempo nei boschi, a cavallo o a guardare vecchi film di Hollywood, Nan ritrova la sua voce e impara a relazionarsi con gli altri. Il primo a tenderle la mano è David Armstrong, anche lui futuro fotografo di fama internazionale, un bellissimo e magrissimo ragazzo gay non ancora dichiarato. Lei lo aiuta a prendere consapevolezza di sé, mentre lui la introduce nel mondo della cultura *queer* dove, tra frivolezze ed eccessi, si sente finalmente parte di un gruppo. Nan ha quindici anni e pensa che «il mondo perfetto è un luogo di totale androginia, dove non conosci il sesso di una persona finché non sei a letto con lei».

David e Nan diventano inseparabili. Si nutrono principalmente di film: ogni giorno vanno al cinema dove divorano Andy Warhol, Truffaut, Godard e soprattutto Antonioni: Nan guarda *Blow-up* e, come David Hemmings, si domanda se ciò che vediamo corrisponde a ciò che è, e se l'obiettivo di una macchina fotografica può restituirci la realtà. Le domande filosofiche sono certamente favorite da moltissima marijuana, che i due rollano senza sosta o impastano nei brownies, finché un giorno uno degli insegnanti della Satya le mette tra le mani una Polaroid. Lei fa per la prima volta quello che le verrà poi naturale fare per tutta la vita: punta istintivamente l'obiettivo sui suoi amici trasformando quella macchina fotografica in un'estensione del proprio corpo, ritrovando in questo gesto la ritualità della salvezza. All'opposto di Funes il Memorioso – personaggio di Borges affetto dalla "patologia del ricordo" che immagazzina ogni frammento del tempo che scorre – Nan si rende conto che sta dimenticando fatti e volti, soprattutto quello di Barbara. Inizia così a utilizzare la Polaroid per registrare maniacalmente ogni momento e rompere la maledizione dello psichiatra, tanto che dirà: «A diciotto anni, al posto di morire ho iniziato a fare foto per via del suicidio di mia sorella. L'avevo persa ed era diventata un'ossessione, non volevo mai più perdere il ricordo di qualcuno».

Non si preoccupa troppo di regole e tecniche: impara l'indispensabile per far funzionare la macchina e per il resto va d'intuito ricordandosi il mantra di Warhol, secondo cui le persone sono talmente straordinarie che non si possono fare brutte foto. Lascia la scuola per frequentare un corso serale di fotografia per principianti, che abbandona immediatamente perché, dice: «Mi sentivo tecnicamente ritardata».

Nell'estate del 1972 si trasferisce in un appartamento nel centro di Boston insieme ad altre sette persone, ovviamente c'è David con lei e questa è la prima famiglia che Goldin sceglie per sé, senza una goccia di sangue in comune e tutta la libertà di amarsi per ciò che si è.

In casa sono tutti senza soldi e parecchio magri perché si nutrono principalmente di burro d'arachidi e Polaroid, intanto Nan continua a iscriversi a corsi e accademie di fotografia per il tempo di una sigaretta, ma è in una di queste scuole che incontra Henry Horenstein, un insegnante che, colpito dal suo lavoro, le mostra quello di Larry Clark. Un anno prima è infatti uscito *Tulsa*, il libro fotografico in cui Clark documenta la vita in bianco e nero dei ragazzi dimenticati in un Oklahoma in cui si inghiottono pistole, si fa sesso a casaccio e ci si inietta qualsiasi cosa per provare a essere felici.

Goldin sfoglia il diario sotto forma d'immagini del fotografo capendo che quel tipo di cronaca ridisegna i confini di ciò che è consentito raccontare, e visto che anche lei a eroina e sesso non si risparmia, decide di portare il lavoro di Clark a un livello superiore, iniziando a tessere quella che diventerà la sua opera più importante: *The Ballad of Sexual Dependency*.

Alla domanda di un giornalista che le chiede: «Che cosa fotografa?», risponde diretta: «David Armstrong, il mio migliore amico». È il suo soggetto preferito, soprattutto quando indossa abiti femminili perché si trasforma in una creatura nuova, che scavalca il sesso di appartenenza. Goldin lo definisce "il terzo genere, un'altra opzione sessuale, molto più rappresentativa e completa degli altri due". Insieme fanno fuori rullini alla velocità della luce, tanto che alla fine dell'estate le stampe finiscono dentro a grossi sacchi di plastica per mancanza di spazio. È con David che Nan ha accesso al night club The Other Side, personalissimo regno delle drag queen e delle persone transessuali di cui Goldin diventa fotografa ufficiale. Le regine impazziscono per i suoi scatti in bianco e nero, perché lei riesce a vedere tutto quello che nascondono dietro alle piume e ai lustrini. Uno dei più celebri, *Ivy wearing a fall*, ritrae una drag – sua compagna di stanza – con una cascata di capelli biondissimi che le inonda la schiena mentre ci guarda altera e il suo corpo si muove libero tra i generi, per essere finalmente ciò che vuole.

Dei soldi a Nan importa poco, fa piccoli lavoretti per mantenere lei e "la sua tribù" – come chiama la sua famiglia –; è l'amica con la macchina fotografica da cui andare il giorno dopo la festa per scegliere le foto, fumare qualche canna e ascoltare un disco dei New York Dolls. Così, dopo aver varcato tutte le porte dei club e raccolto innumerevoli frammenti di vita nella comunità *queer*, nel 1973 allestisce la sua prima mostra. Le diapositive scorrono accompagnate dalla musica scelta da Goldin, mentre lei, circondata dalla sua tribù, è la sacerdotessa che sta compiendo un rituale religioso: quello di mostrare con fierezza la vita di chi ama, sbattendola in faccia a chi si ostina a trovarla immorale.

«Il mio sogno era quello di diventare una fotografa di moda e avrei voluto mettere tutte le drag queen sulla copertina di "Vogue", perché ciò che sapevo sulla fotografia veniva da quelle riviste» racconterà, e in effetti sono quelle le riviste che Goldin sgraffigna con grande maestria dalle edicole, e su cui si forma.

Quando le dicono che il suo lavoro ricorda quello di un'altra fotografa, Diane Arbus, che negli anni Sessanta si era fatta un nome immortalando i cosiddetti *freak* o *outsider*, Goldin non ci sta e risponde: «Ricordo che tutte le regine odiavano il lavoro di Arbus. Nei suoi ritratti le spogliava e le mostrava come uomini. Per me non lo erano, e avevo un approccio molto più rispettoso nei loro confronti. Non ho mai pensato a una drag queen come a un uomo. Non erano nemmeno donne, erano un'altra specie». Dagli scatti di Nan si capisce subito che lei, di quei *freak*, fa assolutamente parte e più volte ribadirà: «Vivevo con alcune drag queen e dunque le fotografavo. Io stessa ero una drag queen. Non ho mai deciso che loro erano un soggetto che dovevo ritrarre: il lavoro nasceva direttamente dalla mia vita».

Se alla fine degli anni Settanta l'androginia e la *queerness* sono ancora in auge grazie a veterani del trasformismo come i New York Dolls e David Bowie, la vera tendenza diventa l'esaltazione del dolore, della rabbia e della disaffezione: tutti ingredienti che Nan mastica da un pezzo, ed è pronta a mescolare nel suo lavoro. Dopo essersi laureata nel 1978, passa un po' di tempo a Londra per fotografare gli skinhead e poi si trasferisce a New York, dove prende un piccolo studio che condivide con alcuni amici a Bowery, un quartiere di Manhattan. Per mantenersi lavora come barista in un night club, ma tutto il resto del tempo lo dedica a documentare la *new wave* alternandola alla vita della comunità *queer* post-Stonewall. Fluttua nei club più trasgressivi di Times Square con la stessa tranquillità di chi va a fare la spesa muovendosi sicuro tra gli scaffali del supermercato: Nan sa dove trovare quello che le serve per preparare le sue ricette, ovvero le sue foto più scellerate. Quando arriva la luce del giorno a spegnere quella dei locali, Goldin trasferisce le feste a casa sua dove le droghe pesanti, dal crack all'eroina – la prima, a suo dire, non la toccherà mai, mentre la seconda in vena solo fino ai diciannove anni –, vengono mescolate con moltissimo alcol. Ricordando questo periodo, racconta: «Si dice che il fotografo sia un voyeur, l'ultimo invitato a una festa. Questo non valeva per me, perché la festa era la mia».

La sua produzione combacia sempre più con la sua memoria, anche perché – sue testuali parole – «Sono diventata una fotografa seria quando ho iniziato a bere: la mattina dopo volevo ricordare ogni particolare delle esperienze che facevo».

Come per Guy Pearce in *Memento*, anche il mantra di Goldin sembra essere "Ricordati di non dimenticare": i suoi tatuaggi sono i flash della macchina fotografica che continua a scattare nel buio; dato che non può permettersi una camera oscura per stampare le foto in bianco e nero, passa al colore e all'uso costante di questi lampi di luce. Quando le chiedono il perché di questa scelta, Goldin risponde candidamente: «Ho usato la prima pellicola che avevo nella macchina, ed era una pellicola a colori», con buona pace di tutti i critici del mondo. La quantità di materiale che raccoglie è imponente: più di settecento fotografie che decide di proiettare costruendo uno *slideshow* accompagnato da una vera e propria colonna sonora che va dai Velvet Underground a Nina Simone, passando da James Brown e Charles Aznavour. Nasce così una prima versione di *The Ballad of Sexual Dependency*, dedicata alla sorella: sembra quasi un film, con un titolo che arriva dritto dall'omonimo brano contenuto nell'*Opera da tre soldi* di Bertolt Brecht, musicata da Kurt Weill. Per l'inaugurazione della sua ballata sceglie uno dei suoi club preferiti, il Mudd di New York, e la festa di compleanno di Frank Zappa, l'uomo più contrario al mondo all'uso di droga e allucinogeni vari (minaccia i suoi musicisti di cacciarli, se scopre che ne fanno uso).

La *Ballad* è una composizione aperta, una sorta d'installazione artistica in movimento perché Nan, con il tempo, aggiunge fotografie nuove e risistema costantemente la serie fino a quando, nel 1986, ha materiale sufficiente per allestire una mostra alla Burden Gallery di New York: le immagini scorrono con un ritmo sincopato alternando avanzamenti e arretramenti temporali, è una vera e propria autobiografia visuale, un diario di lei e dei suoi amici accomunati da un patto di sangue che riassumono così: «Un simile senso della morale, il bisogno di vivere ogni istante, la sfiducia verso il futuro, il rispetto per l'onestà e la necessità di spingersi oltre i limiti».

E, a proposito di dipendenze, Nan ritrae anche le violenze che subisce. Per circa tre anni porta avanti una relazione tossica con Brian, un uomo dallo sguardo feroce. Nonostante nei suoi scatti sia uno dei pochi visi che ha la capacità d'incutere timore, per un lungo periodo lui diventa il centro del suo mondo e del suo lavoro. «Per un po' Brian è stato davvero stupendo, e dal punto di vista emotivo ci combinavamo perfettamente» racconta Nan, «era un po' come trovarsi in un triangolo selvaggio: io, il mio amante e la droga. Avevo iniziato a bucarmi a diciotto anni ed ero riuscita a smettere, a fermarmi con grande facilità. Pensavo che nulla potesse incastrarmi, sai?» Ma non è mai così. «Nessuno riusciva a capire cosa vedesse in lui» racconta un amico. «Non facevano altro che litigare.» Una sera del 1984, a Berlino, lui ci va giù pesante e la massacra di botte, tumefacendole il viso. Per non dimenticare quello che Brian le ha fatto, «e non tornare mai più da lui», Goldin si scatta una serie di autoritratti: i suoi occhi sono ancora pieni di sangue e per il resto è una maschera rigonfia di lividi. Chissà se la polizia di Los Angeles, nel 2009, sapeva di citare Nan Goldin immortalando il volto devastato di Rihanna. Per chi non lo ricordasse, siamo alla notte prima dei Grammy quando, dentro a una Lamborghini, la cantante viene presa a cazzotti in faccia dall'allora fidanzato Chris Brown che, il giorno dopo, avrebbe dovuto dedicarle sul palco la canzone d'amore *Forever*. Per fortuna, l'unico "per sempre" che rimarrà sarà quello scatto, perché Rihanna – come Nan Goldin – farà le valigie e lo lascerà.

Per serendipità – dato che la sua motivazione non è mai stata esibire opere per il compiacimento altrui –, nel giro di poco tempo, *The Ballad of Sexual Dependency* comincia ad attirare l'interesse dentro e fuori il mondo dell'arte: alcuni critici paragonano l'opera ai primi film di Warhol e John Cassavetes, altri invece accusano Goldin di sfruttare la fotografia del dolore a scopo commerciale oltre a ritenerla incapace da un punto di vista tecnico, data l'ipersaturazione dei colori e l'uso del flash. Dicono che i suoi scatti sono crudi, volgari, che quei corpi nudi sono osceni e volutamente scabrosi. Anche il presidente Bill Clinton, nel 1997, attaccherà il suo lavoro incolpandola di promuovere il lato chic dell'eroina, ma Goldin – frequentatrice da sempre dei gorghi di silenzio in cui fermentano i veri mostri – risponderà serafica: «Non m'interessa davvero la buona fotografia, m'importa solo la completa onestà. David e io abbiamo chiamato il nostro lavoro "la scuola della polvere e dei graffi" perché tutto ciò che c'interessa è il contenuto».

E quel contenuto il pubblico lo ama così tanto che le proiezioni diventano veri e propri eventi catartici e Nan è richiestissima dai locali notturni (come il Plastic di Milano nel 1986) e dalle gallerie alternative, le prime ad accorgersi della rivoluzione fatta da questa ragazza dai capelli riccissimi e rossi.

I suoi scatti non innovano solo il linguaggio estetico ma anche quello politico, perché, come lei stessa dichiara: «Il mio lavoro riguarda i generi politici: cosa significa essere uomo o essere donna, qual è la natura dei generi sessuali. *Ballad* mostra come si può diventare sessualmente dipendenti da qualcuno senza che questo abbia niente a che vedere con l'amore. Parla di violenza tra i generi. È strutturato in modo da far vedere tutti i diversi ruoli che può assumere una donna e poi un uomo».

Con buona pace di Paris Hilton, che sostiene di avere inventato il selfie insieme a Britney Spears, è chiaro che ogni volta che scrolliamo il feed di una persona semisconosciuta su Instagram stiamo osservando una rivisitazione dello *slideshow* che Nan Goldin proiettò quarant'anni fa circondata dai suoi amici. L'abissale differenza, però, sta nel fatto che le

sue immagini non edulcorano una realtà dove sono
tutti belli e in pose che simulano una felicità spesso
inesistente, ma aprono una finestra feroce sulla vita,
che squarcia l'ipocrisia e crepa i sorrisi. A chi le fa
notare l'analogia, dice: «Molto prima dei social media, *Ballad* rivelò che documentare la propria personale esperienza di vita poteva essere valido quanto
documentare persone e culture che non si conoscono. Ma ora ho il terrore che tutto quello che credo
della fotografia e di questo lavoro non sia più valido, a causa del computer e del modo in cui facilita la
manipolazione delle immagini. Il mio è sempre stato
un lavoro sulla realtà, la dura verità, e non c'è mai
stato nessun artificio. Ho sempre creduto che le mie
fotografie catturino un momento che è reale, senza
nessuna organizzazione».

Purtroppo, come ricorda lo stesso Armstrong in
un'intervista: «Tutto quel glamour associato allo sbal-
lo era difficile da conservare», e il cast della *Ballad*,
come i ragazzi dello zoo di Berlino, galleggia in stanze
sempre più buie, dove l'impresa eccezionale è trovare delle vene ancora disponibili. Nan trascorre quasi
due anni nella sua stanza drogandosi a tempo pieno,
scambiando giusto qualche parola con gli spacciato-
ri. Quando le chiedono se utilizzava stupefacenti per
sopire il dolore di Barbara, risponde: «Assolutamente no, non posso usare quella scusa. Volevo sballar-
mi fin da ragazzina per allontanarmi il più possibile
da mia madre e dalla vita suburbana in cui sono cre-

sciuta». L'unico autoritratto di Goldin risalente a quel periodo è uno scatto mosso, apparentemente casuale: è seduta sul letto mentre parla al telefono circondata da un sacco di posacenere. È una fantasmessa con gli occhi sfocati che, forse per la prima volta, si rende conto di come sia terribile specchiarsi nel proprio abisso fotografico. Se da un lato la macchina fotografica l'ha liberata dalle costrizioni di una vita che la soffocava, dall'altro sequenziare i suoi eccessi e quelli dei suoi amici l'ha imprigionata nuovamente. Nel 1988 sceglie di entrare in comunità per disintossicarsi portando con sé una copia della *Ballad* e la sua macchina fotografica, che le vengono requisite all'istante. «Ero patetica» dice, «non facevo altro che restare sdraiata a letto a guardare *I Love Lucy*. Non esistevano né il giorno né la notte. Nessuno si curava di me. Immagino sia stata la solitudine a darmi la motivazione, ma a parte questo ho deciso di entrare in una comunità non per disintossicarmi, ma per avere il metadone. Quando sono arrivata lì ero talmente smarrita che mi sono resa conto di non poter andare avanti, e ho ceduto.»

Nan a poco a poco migliora e può trasferirsi in un centro di riabilitazione dove le consentono di utilizzare la sua macchina fotografica, così – scattando semplici autoritratti – scopre qualcosa che nei club notturni le era impossibile notare: la luce del giorno e i suoi riflessi sulla pelle. Nelle foto la vediamo vicino a una finestra, sopra il letto o sotto un albero, racconta che in questo modo impara a riscoprire la sua faccia e colori diversi. I nuovi scatti sono uno studio sulla vulnerabilità perché, come racconta: «Appena uscita dalla riabilitazione non riuscivo neanche a prendere un pullman. Quando dico che la macchina fotografica mi ha tenuta in vita, lo dico letteralmente. Il mio lavoro è quello che sono».

Quando finalmente sta meglio, torna a New York dove la aspetta la sua tribù insieme a un ospite non gradito: l'incubo dell'HIV che si è diffuso strisciando nel sangue dei suoi cari. La prima volta che ne sente parlare si trova a Fire Island con tutta la sua famiglia allargata: stanno leggendo un articolo del "New York Times" che definisce l'AIDS "il cancro gay"; la sua amica Cookie ride e dice che quella cosa non li riguarda, ma presto uno degli amanti di David muore per le complicanze legate al virus.

Se negli anni della festa Nan fotografava i suoi amici per tenerli in vita e impedire loro di abbandonarla, ora li cristallizza nelle sue immagini per rubare gli ultimi frammenti alla morte. Una delle prime a contrarre il virus è proprio Cookie, che si sposa con Vittorio Scarpati, anche lui sieropositivo. Nan fotograferà il deperimento del suo corpo fino alla morte, che avverrà il giorno della caduta del Mdiuro di Berlino. Crolleranno all'unisono barriere e il cuore di Goldin che, dopo il funerale, continuerà a immortalare per mesi solo stanze vuote, dedicando all'amica la famosa serie *The Cookie Portfolio*, il suo tributo più intimo. Ma le immagini più celebri e potenti sono quelle di Gilles e Gotscho, ritratti prima in un abbraccio, poi mentre uno dei due bacia l'altro sulla fronte, lasciando lo spazio conclusivo a un primo piano di un braccio scheletrico privo di vita. Nan viene accusata di diffondere una narrazione negativa dell'epidemia, ma lei che da sempre trasforma il suo lavoro nella sua militanza, si scaglia contro chi davvero sta facendo una pessima propaganda, e cioè il presidente Ronald Reagan: «Lui va negli ospedali come un reporter a fotografare persone con l'AIDS. Io voglio mostrare il senso di perdita in cui cadono le persone con tutta la loro complessità, non solo il virus».

Per scrollarsi di dosso quel senso di morte, torna a fotografare le drag queen: c'è una nuova vita notturna che fiorisce attorno ai locali come lo Squeezebox. L'aria che si respira è inebriante e invade le strade: il lavoro di sensibilizzazione portato avanti dai movimenti LGBT ha permesso di far affiorare in superficie quello che negli anni Settanta doveva essere relegato nelle ballroom, e Goldin nel 1993 presenta un nuovo lavoro, che chiama *The Other Side,* e lo racconta così: «La mia relazione con queste nuove queen è diversa, ora sono io la più vecchia. Anche il contesto sociale è cambiato, non sono più marginalizzate come lo erano negli anni Settanta ma sono più integrate anche nella comunità gay. Molte di loro lavorano come truccatrici o parrucchiere mentre altre sono modelle per "Vogue"».

Ora che le queen si sono guadagnate le copertine che Nan sognava per loro, lei può dedicarsi ad altri progetti, come la collaborazione con Nobuyoshi Araki, il fotografo più controverso di tutto il Giappone che ha sfidato la censura del suo paese per procurarsi una copia della *Ballad*, rimanendone folgorato. I due lavorano insieme a *Tokyo Love*, in cui documentano la vita clandestina degli adolescenti della metropoli. «Nella primavera del 1994» spiega Nan «sono tornata a Tokyo e ho ritrovato la mia stessa tribù: una famiglia di ragazzi che vivono secondo le convinzioni che avevo io da adolescente e che trascendono da qualsiasi definizione di etero o omosessuale. Ho visto il Giappone come un paese dove si simula la trasgressione senza ricorrere alla droga e senza AIDS, lì non sono gravi emergenze sociali.»

Dalla fine degli anni Novanta Goldin amplia il suo spazio di racconto senza rinunciare alla fotografia, ma unendola a installazioni con immagini in movimento. Al Whitney Museum di New York allestisce la sua retrospettiva dal titolo *I'll Be Your Mirror*, e se per molti è una citazione riferita alla canzone dei Velvet Underground & Nico, Goldin chiarisce: «Il nome viene da una lettera che ho ricevuto, dove una persona sosteneva che le mie foto fossero come uno specchio per la sua anima». Per la copertina del catalogo sceglie un proprio autoritratto: c'è lei di profilo, su un treno, che guarda fuori dal finestrino il paesaggio sfocato in direzione, forse, di un futuro più sereno. Con la

BBC dirige anche un documentario che prende il nome dalla retrospettiva: dentro ci sono i volti e le voci degli amici della *Ballad* sopravvissuti, che si mettono in ghingheri per l'evento, come racconta Nan: «Eravamo tutti elettrizzati. David aveva perso tredici chili ritrovando un aspetto magnifico e anche Sharon era dimagrita. Bruce invece aveva ricominciato a drogarsi, ma adesso è di nuovo pulito».

Restare dritti è la cosa più faticosa che tutti proviamo a fare nella vita, per riuscirci indossiamo travestimenti, amuleti, e ci aggrappiamo a quello che conosciamo, anche se spesso coincide con quanto ci distrugge. Nan Goldin ricade in pozzi che sono fatti di alcol e droga ma si salva più volte, fino al 2017 quando confessa pubblicamente di essere dipendente dagli oppiacei a causa delle cure che le hanno prescritto. A partire dagli anni Duemila, mentre si trova a Berlino, inizia a soffrire di una forte tendinite al braccio che le viene curata con l'OxyContin, un farmaco che contiene oppioidi. Quando torna a New York e i medici si rifiutano di prescriverglielo, ci mette poco a rivolgersi al mercato nero entrando in una nuova dipendenza per la quale viene ricoverata in una clinica del Massachusetts. In via di guarigione, Goldin crea la campagna "Prescription Addiction Intervention Now", riassunta nell'acronimo PAIN: dolore. Usa i social per iniziare la sua battaglia contro la famiglia Sackler, proprietaria dell'azienda che produce il farmaco, organizza anche una manifestazione al MoMA contro la famiglia che, sue parole: «Si è ripulita il sangue comprando arte e allestendo i muri di tutti i musei più importanti del mondo» e chiede alle istituzioni culturali di rifiutare i finanziamenti e le loro donazioni.

Nel 2021 il giudice Robert Drain di New York, oltre ad aprire la procedura per bancarotta della casa produttrice del farmaco, condanna i Sackler a pagare 4,5 miliardi di dollari che andranno a finanziare programmi di prevenzione e trattamento delle dipendenze.

Tra i suoi ultimi lavori, oltre a una raccolta di foto intitolata *Fata Morgana* (il caso non è mai per caso), Nan è tornata al suo primissimo amore: la moda. Ora che l'opera di Goldin è considerata una pietra miliare della fotografia (nel 2007 ha ricevuto anche l'Hasselblad Award, uno dei più importanti riconoscimenti per un fotografo), le case di moda fanno a gara per lavorare con lei: da Jimmy Choo a Dior, passando per Bottega Veneta e Supreme, Nan racconta di come la bellezza, in fondo, può salvarci la vita.

E mentre continua a collaborare con i più importanti musei del mondo, trova anche il tempo di insegnare in prestigiose università come Harvard e Yale. Il primo argomento che tratta durante il suo corso di fotografia è sempre l'educazione sessuale perché, come cantava Madonna nel 1990: "Don't be silly, put a rubber on your willy!".

Spesso, bisogna attraversare tutto il buio che conteniamo per lasciarcelo alle spalle. Raccontando i corpi imperfetti, partendo proprio dal suo, Nan ha narrato soprattutto il coraggio di mostrare in piena luce tutte le nostre magagne, che è anche il modo migliore per fare pace con i mostri che ci portiamo dentro.

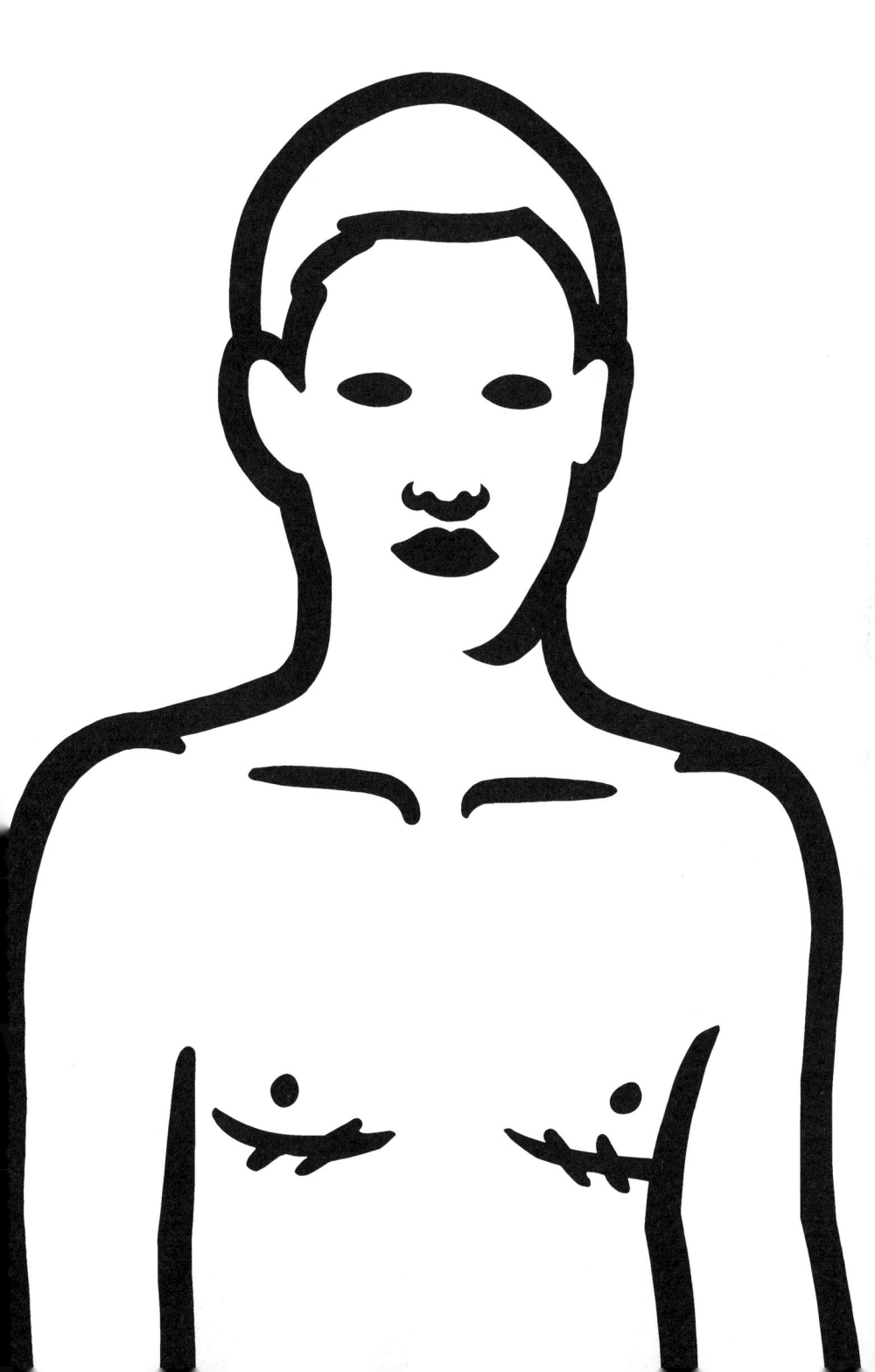

SUZANNE NOËL

"È tutta rifatta." Quante volte avete sentito questa frase, o magari l'avete anche pronunciata, rivolgendovi con disprezzo a una donna in tv o a una festa? "Quando muore bisognerà smaltirla nella differenziata", e giù risate matte di uomini e di donne. La ferocia di battute come questa è pari solo all'ipocrisia che spesso ci si nasconde dietro. Il mondo che giudica le donne che si rivolgono alla chirurgia estetica è infatti lo stesso mondo che appende alle vetrine annunci di lavoro con scritto: CERCASI COMMESSA BELLA PRESENZA, quello che solleva il sopracciglio se non hai avuto il tempo di coprirti la ricrescita dei capelli bianchi o quello dove l'industria del cosiddetto wellness accumula ogni anno miliardi di fatturato sfruttando il senso di inadeguatezza delle donne, vendendo loro diete, palestre e prodotti cosmetici per sembrare più magre, più giovani e più aderenti possibile ai canoni estetici prestabiliti.

Ogni donna, ma soprattutto le donne che hanno intrapreso consapevolmente un percorso di emancipazione, vive dentro questa contraddizione e si trova divisa tra due spinte opposte: da un lato vuole infrangere i canoni che le dicono come dovrebbe essere, dall'altro è consapevole che da sola non può abbattere nell'arco della vita i pregiudizi che si sono stratificati in secoli di cultura patriarcale. Farà tutte le rivoluzioni che vorrà, ma in molti casi potrebbe anche decidere di non infrangere i limiti che trova, provando invece a dar loro una forma meno vincolante, alle sue condizioni. La chirurgia estetica è forse uno dei campi in cui questa contraddizione è più evidente e di sicuro quello che pone più domande, ma in poche sanno che a renderla quello che è oggi – se non proprio a inventarla –, non fu un uomo innamorato della bellezza delle donne, ma una donna innamorata della propria libertà, una pioniera del femminismo e della chirurgia che si chiamava Suzanne Noël.

Suzanne Blanche Marguerite Gros nasce il 19 gennaio 1878, in una cittadina d'origine medievale chiamata Laon, a un centinaio di chilometri da Parigi, mentre la Francia cerca di rimarginare le devastanti ferite della guerra franco-prussiana e la Terza Repubblica si è ormai consolidata. È un buon momento per nascere, perché dopo decenni di sangue è iniziato un periodo di pace e prosperità che prenderà il nome di "Belle Époque", forse il più azzeccato per colei che utilizzerà la bellezza come strumento di affermazione del sé e di giustizia sociale. Il padre di Suzanne, Victor Antoine Gros, è un sellaio che gestisce un negozio molto frequentato, mentre la madre, Arthémise Marie, si prende cura della casa. La coppia ha cercato invano di avere altri figli, ma la mortalità infantile è la norma in quel periodo e Suzanne è l'unica che sopravvive di tre fratelli. Anche gli adulti non sono immuni alle intemperie della vita, e la tubercolosi si porta via suo padre Victor all'età di soli quarant'anni. Per fortuna il commercio del padre è fiorente e non le lascia povere, così l'esistenza di Suzanne va nella stessa direzione in cui sarebbe andata comunque: viene educata dalla madre vedova con attenzione e severità perché cresca cattolica e adatta a un buon partito. Nella pratica significa imparare a fare i lavori domestici e a leggere l'essenziale per non sembrare ignorante, ma essere figlia unica in una famiglia borghese le dà accesso a studi più complessi, dove insieme al cucito imparerà anche le materie classiche, per essere adeguata in ogni circostanza sociale. È una studentessa prodigio che assimila tutto, sviluppando un grande interesse per l'arte, la pittura di ceramiche e la composizione di miniature, hobby che l'accompagnerà per tutta la vita. Il futuro da chirurga in quel momento non sembra però minimamente prevedibile.

Nel 1897, a diciannove anni, fa quello che viene chiamato un "buon matrimonio", sposando un promettente dottore specializzato in dermatologia: Henry Pertat, di nove anni più grande di lei. Sebbene entrambe le famiglie siano benestanti, è la madre di Suzanne a finanziare l'apertura dello studio di Henry che, oltre a contare sulla preziosa dote del matrimonio, riceve anche un'ulteriore donazione. Non sembri strano: la Belle Époque è un periodo di prosperità dove chi ha un'istruzione non fatica a realizzarsi, ma nella Francia di fine Ottocento, specialmente negli ambienti cattolici, quella del medico è una professione solo parzialmente remunerativa ed è svolta dai ricchi borghesi più per vocazione e prestigio che per bramosia di denaro. Nonostante questo, la vita dei neosposi comincia negli agi. Si trasferiscono a Parigi nel XVII arrondissement, più precisamente nel quartiere di Monceau, famoso per attirare molti scrittori e artisti come Alexandre Dumas Jr o l'attrice Sarah Bernhardt. Vivono in un appartamento super chic in mezzo a oggetti bellissimi, dove gli arredi sono stati scelti con cura secondo le ultime mode parigine. Come Madame Bovary, inizialmente Suzanne sembra soddisfatta della sua posizione ancillare e nella casa del medico è felice di istruire la servitù, giocare a bridge, ricevere i sarti per farsi confezionare vestiti alla moda e frequentare ristoranti. Ma è troppo curiosa, e ben presto la vicinanza con Henry la porta a interessarsi sempre di più alla medicina, e soprattutto alla dermatologia. Proprio in questi anni emerge il concetto di *beauty culture* e il canone femminile, cioè l'immagine di come il corpo delle donne dovrebbe essere, diventa un parametro di massa, non più solo degli artisti. Fioriscono il cinema e la moda, la raffigurazione del corpo femminile diventa comune grazie alla stampa popolare e le pubblicità sempre più aggressive rinchiudono le moltitudini dei corpi delle donne dentro a misure precise. Non solo riviste femminili o réclame, ma anche la scienza inizia a studiare i volti e i corpi delle donne rispetto a parametri aurei diabolicamente definiti "perfetti".

In quel clima culturale, dalla dermatologia alla chirurgia plastica il passo è piccolissimo. All'inizio del Novecento però i chirurghi plastici si contano sulle dita di una mano e non sono ancora rappresentati da una vera specializzazione. La Société Française de Chirurgie Plastique è istituita solo nel 1930 e prima di questa data gli interventi che modificano l'aspetto del corpo pertengono alla chirurgia riparativa, nata per risolvere malformazioni o ferite di guerra. Ad andare sotto i ferri per ragioni puramente estetiche non ci pensa ancora nessuno. Ma a mano a mano che il corpo, e il modo in cui appare, diventa sempre più rilevante anche sul mercato del lavoro, questa attitudine cambierà. Nel passaggio al XX secolo le donne smetteranno di competere per i lavori all'interno delle fabbriche, perché si sviluppa il mercato dei servizi e dei pubblici impieghi, quello dove la "bella presenza" diventa una voce del curriculum. Suzanne intuisce che le cose stanno cambiando e capisce che non basta più guardare. Di quel cambiamento lei vuole fare parte, così si arma di coraggio e dice a Henry: «Non posso più resistere in questa vita, voglio studiare anche io medicina, è l'unica cosa che davvero mi interessa».

Le serve il permesso, perché sotto il Codice napoleonico le donne sposate sono completamente subordinate all'autorità del marito (devono seguirlo ovunque, se non vogliono essere accusate di abbandono; mantengono una proprietà puramente teorica sui propri beni, perché solo il marito ha il diritto di amministrarli e non possono venderli) e otterranno il diritto di lavorare senza il previo consenso di quest'ultimo solo a partire dal 1965. Per fortuna Henry è un uomo troppo concentrato sul suo lavoro per esercitare quel tipo di autorità su Suzanne, ed è anche abbastanza aperto da riconoscerne le capacità intellettuali. La incoraggia quindi a iscriversi all'università, con l'idea di farla collaborare nel suo studio. Col suo consenso lei può finalmente frequentare i corsi. È una mosca bianca, perché evidentemente i mariti illuminati tanto da lasciar studiare le mogli non sono molti al tempo: nel 1900, su 3925 studenti di medicina, solo 176 sono donne, di cui 98 provenienti da atenei stranieri. Suzanne sfrutta il suo privilegio e nel 1903 ottiene il diploma con cui due anni dopo s'iscriverà a medicina. I voti sul libretto sono tutti alti, ma i più brillanti sono quelli che ottiene nelle materie dove sono richieste fermezza e destrezza di mano, rivelando da subito uno straordinario talento per la chirurgia, cosa che suscita interesse nei professori e fastidio negli altri studenti. Saranno i suoi compagni di corso a provare a ricordarle che per una donna avere un diritto e poterlo esercitare sono due concetti ancora molto lontani dal coincidere.

Così quando nel 1908 comincia il tirocinio presso l'ospedale Val-de-Grâce al servizio di uno dei suoi mentori, il dottor Hippolyte Morestin, un gruppo di giovani medici presenta al tribunale di Parigi la richiesta di esclusione e interdizione delle donne dalla facoltà di medicina per inibirne la frequenza e il futuro esercizio della professione. Fortunatamente la richiesta viene respinta.

Tra i banchi dell'università Suzanne stringe una profonda amicizia con un giovane studente, André Noël, e i due passano assieme infinite ore di lezione, studio e divertimento, diventando pericolosamente inseparabili. Lui ha sette anni meno di lei e certamente meno voglia di applicarsi, ma la segue ovunque e apprende per osmosi parassitaria tutto quello che Suzanne gli ripete. André viene da una famiglia borghese e, oltre a frequentare la facoltà di medicina, il pomeriggio lavora nell'ufficio statale del padre mentre Suzanne assiste i pazienti del marito. Il percorso universitario che seguono è lo stesso e quando nel 1908 lei è nominata tirocinante presso il dipartimento del professor Morestin, André è al suo fianco. Hippolyte Morestin non è un medico qualunque,

ma un pioniere della chirurgia ricostruttiva ed estetica maxillo-facciale a cui Suzanne guarda con grande ammirazione. Rimane estasiata dalla sua capacità
di ridurre al minimo e, nei casi più gravi, di nascondere le cicatrici degli interventi. E dopo che Morestin
opera la guancia di una bambina deturpata da una
brutta ustione, Suzanne cede completamente al fascino e al potere della chirurgia trasformandola nella sua ragione di vita. La vita universitaria e la pratica nello studio del marito non la esimono dai doveri
di moglie e così, nello stesso anno in cui si specializ-
za, dopo undici anni di matrimonio, Suzanne dà alla
luce una bambina, Jacqueline. I maligni dicono che
non sia figlia del marito, ma del giovane compagno
di studi André – pettegolezzo che si rivelerà fondato,
anticipando di un secolo gli intrecci sentimentali delle serie tv ospedaliere; ma in quel momento è il suo
segreto e lo tiene ben custodito. Il suo primario interesse non è infatti crescere bambini e non intende farsi arrestare la carriera dalla gravidanza. Dopo alcuni
mesi di congedo ritorna in ospedale sotto la guida di
un altro mentore, il professor Jean-Louis Brocq, pur
continuando ad assistere i pazienti privati del marito. Nel reparto di dermatologia il dottor Brocq, ammi-
rato dalle sue capacità, la fa esercitare su diversi casi
permettendole di sviluppare una grande precisione
di mano. Sarà con lui che nel 1910 compirà una delle prime operazioni di ricostruzione del volto su un
paziente volontario sfregiato dall'acido solforico. La

vita professionale appagante chiede però un prezzo alto a quella matrimoniale: il rapporto con Henry si incrina e i coniugi Pertat entrano in crisi.

Ad aumentare le tensioni ci si mette anche la salute della figlia, che sembra aver preso i geni cagionevoli della famiglia materna e si ammala di continuo, sviluppando una grave infezione all'orecchio. Per Suzanne è un momento difficile: può riuscire a conciliare la cura della bambina e gli impegni di lavoro, ma non le pretese di Henry, che vorrebbe che rinunciasse alla vita universitaria e si dedicasse solo alla casa e al suo studio. In quel groviglio di tensioni la specializzanda Suzanne capisce che l'unica cosa di cui può fare a meno è proprio il marito. Nel 1911 decide di separarsi e si trasferisce in un appartamento modesto a Montmartre con la figlia. Il divorzio non è un'opzione, primo perché verrebbe visto male dai pazienti dello studio, e secondo perché Suzanne non è autonoma economicamente: sta ancora ultimando gli studi e necessita della licenza del marito per fare qualsiasi cosa. Così, con un pragmatismo che rivela una certa intelligenza da parte di entrambi, i problemi relazionali vengono messi da parte e i due continuano a lavorare assieme nello studio di Henry. Nel 1913 Suzanne prosegue la sua formazione nel campo della dermatologia, tanto che arriva prima all'orale e riceve una menzione per i suoi voti, che spingono il professor Brocq a decidere di tenerla con sé. Piuttosto diverso il percorso del giovane amante di Suzanne, André, che supera il concorso per un soffio classificandosi in fondo alla lista. Lei è contesa tra i luminari della materia e all'interno dell'ospedale si divide tra i suoi mentori, Morestin e Brocq. Col primo lavora nei reparti di ostetricia e ginecologia, col secondo esercita il suo talento nella chirurgia plastica ed estetica minimizzando le cicatrici, rimuovendo tatuaggi o correggendo le orecchie a sventola. Il suo interesse per la chirurgia estetica non riparativa cresce di giorno in giorno e per affinare la mano sui corpi, lei e André spesso utilizzano pazienti volontari. Quando non ce ne sono Suzanne preferisce i conigli, che a suo dire hanno la pelle morbida ed elastica come quella degli uomini. Inizia inoltre a operare i primi lifting e sceglie come tesi di laurea la "doccia filiforme", un trattamento poco invasivo in grado di rigenerare la pelle detergendola meccanicamente con un getto d'acqua piccolissimo e perpendicolare.

Per fortuna i rapporti con Henry sono buoni, perché è proprio lui a parlarle un giorno di Sarah Bernhardt, una star del cinema che all'età di sessantasei anni ha subito un lifting frontale effettuato a Chicago dal professor Charles Miller per eliminare le rughe. In quell'intervento c'è qualcosa che non convince Suzanne, perché, rimuovendo all'attrice un lembo di scalpo verticale, sono riusciti ad appianare solo le rughe più superficiali del viso. Suzanne cerca Sarah Bernhardt e la convince che il suo aspetto può essere migliorato effettuando un lifting che elimini le zampe di gallina e

distenda le rughe rimaste. L'attrice accetta e il risultato è talmente buono da persuadere Suzanne che quella è la sua strada: «Voglio combattere e rimediare agli
errori di Madre Natura e agli incidenti dovuti alle in-
sidie del tempo». Dove non sono riusciti il marito e i
pregiudizi dell'ambiente medico, però, sarà la Storia
a provare a scombinarle i piani. Nell'agosto del 1914
scoppia infatti la Prima guerra mondiale e Suzanne
perde tutto d'un colpo la vicinanza dell'amante e del
marito. André Noël è obbligato a partire per il fronte,
mentre Henry, nonostante venga esonerato da ogni
obbligo di leva, si propone volontario come medico
militare. Per lei significherà lavorare più duramente,
anche perché, a causa dell'emergenza, come tutti i tirocinanti, viene autorizzata a esercitare la professione anche se non è ancora laureata. Durante la guerra
i possedimenti di Suzanne nel comune di Laon – la
terra di nascita – vengono confiscati e, in una Parigi
invasa dai tedeschi, deve sostenere la figlia e la madre che si è rifugiata da lei, mentre continua a praticare gli interventi nello studio del marito in condizioni materialmente difficili. Henry, che forse non ha
molte motivazioni per tornare sano e salvo a casa, in
guerra si comporta in modo eroico. La sua devozione alla causa e la compostezza gli varranno la Croix
de Guerre sia francese sia belga, ma durante un addestramento sull'utilizzo dell'iprite, un gas asfissiante
usato come arma chimica dai tedeschi, perde la maschera antigas e si compromette completamente i pol-

moni. Sopravvive solo per iniziare una lenta agonia tra diversi ospedali, fino a quando nel 1918 contrae la tubercolosi e muore all'età di quarantanove anni. Per Suzanne è un colpo enorme, anche dal punto di vista pratico. Con l'incalzare della guerra dovrà fare scelte difficili. Dapprima si dividerà tra i pazienti privati di Henry e l'ospedale, ma a mano a mano che la situazione si fa più grave deciderà di prestare soccorso direttamente ai feriti nei comuni di Braine e Soissons. Il numero di morti e di pazienti che le arrivano dal fronte è però sconvolgente e dopo pochi mesi di lavoro non regge la fatica, rifugiandosi in una clinica a Lassay dove presterà assistenza medica gratuita. È di fatto un'altra prima linea, quella dove si curano i reduci, e le loro terribili lacerazioni rappresenteranno una formidabile palestra dove Suzanne accumula un patrimonio di conoscenze che mette a frutto negli anni successivi. Per questi pazienti viene coniato un termine ad hoc dal generale Picot: *Gueules cassées*, "gli sfigurati", indicando i superstiti che hanno subito una o più ferite gravi a livello del viso. Nello stesso tempo, accoglie di nascosto nel suo studio le vedove di guerra che motiva a intraprendere una nuova vita rinfrescando loro il viso con trattamenti anti-età insospettabili per l'epoca.

La fine della guerra è un sollievo per tutti, ma per Suzanne presenta anche un problema pratico. L'autorizzazione concessa ai tirocinanti per esercitare la professione medica senza la laurea viene revocata alla firma del trattato di pace e Suzanne, vedova di un medico ma non titolare del suo studio, non può più lavorare per mantenere la figlia e la madre. Se una prima soluzione temporanea arriva con la comparsa dell'influenza spagnola che decimerà la popolazione europea, permettendole di continuare a fare il medico in stato d'emergenza, sarà però il ritorno di André Noël a essere determinante. Suzanne ha bisogno di un marito dottore in medicina per continuare a esercitare, ma André – che studente brillante non è mai stato – è un tirocinante come lei, con il solo vantaggio che essendo maschio, per studiare non ha bisogno del permesso di nessuno. Lo aiuterà quindi a concludere gli studi passandogli tutti i suoi scritti sull'uso della doccia filiforme, regalandogli di fatto la sua stessa ricerca. Secondo gli usi del tempo, André dedica la tesi alla moglie e alla figlia Jacqueline, ma per evitare di destare sospetti e giudizi morali su quella paternità non riconosciuta, dei loro nomi manterrà solo le iniziali: S.N. e J.N.

Nell'ottobre del 1919 i due si sposano formalmente e si trasferiscono in rue Marbeuf, in un delizioso appartamento nei pressi degli Champs-Élysées dove Suzanne adibirà una stanza a sala operatoria per praticare finalmente la sua passione: la chirurgia plastica ed estetica. Dietro quelle pareti, a partire dagli anni Venti, Suzanne Noël ringiovanisce e modifica i corpi delle pazienti con interventi chirurgici all'avanguardia e sempre eseguiti in anestesia locale. Diventa una perfezionista della materia: dalla sala operatoria – dove eccelle col bisturi – fino agli archivi, con una preziosa raccolta dattiloscritta di informazioni che riguardano anche i collaboratori farmacisti di cui appunta nomi e indirizzi. Infine, per venire incontro alle sue clienti, opera di sera quelle occupate durante il giorno. Ha un principio guida: a conclusione di ogni intervento la cicatrice deve essere nascosta perché a suo dire «ai mariti e ai genitori devono passare inosservati i nostri ritocchi». Presta particolare attenzione alla medicazione delle suture che devono essere più discrete possibili, e le spazzola con una miscela colorata affinché si confondano con i capelli. Dà consigli su come portare le acconciature per nascondere i segni e le bende perché le donne devono poter riprendere una vita normale appena lasciato l'ambulatorio. A prova di ciò utilizza una serie di fotografie dove una donna operata si pettina, si mette il cappello e beve una tazza di caffè prima di andare a cena in città, anticipando di decenni lo storytelling commerciale. Lavora senza guanti, a volte con un'assistente, ma molto spesso da sola, e anche se continua la chirurgia riparativa sui volti sfigurati o su malformazioni infantili, ormai tutti i suoi guadagni arrivano dai "tiraggi" della pelle a fini estetici. Per affrontare interventi più invasivi avrà bisogno di una struttura meglio attrezzata e si sposterà presso la prestigiosa Clinique des Bleuets, dove potrà ricorrere anche all'anestesia generale. Con una mano sempre più esperta passa dai più semplici lifting al viso alle liposuzioni, dalla rimozione della pelle in eccesso alle rinoplastiche. Innova le procedure della blefaroplastica e manovrando l'elasticità della pelle riopera le sue pazienti fino a otto volte di seguito, eseguendo ogni volta solo micromodifiche, per ottenere un risultato naturale. Con la richiesta di corpi sempre più magri da parte delle case di moda, si dedicherà anche alla riduzione del seno ripetendo più volte la frase: «Ho creato le tette più magnifiche d'Europa». L'inventiva di Suzanne Noël in questo periodo è strabiliante, soprattutto per i risultati medici ottenuti in un'economia dove gli antibiotici come la penicillina vedranno la luce solo nel 1929.

Fin dall'inizio, la chirurgia a fini estetici è trattata con grande scetticismo dall'ordine dei medici, dal mondo accademico, dalle femministe e dal pubblico in generale. È un momento critico in cui i chirurghi devono dimostrare il loro valore, non solo per attirare i pazienti conquistando la loro fiducia, ma anche per acquisire credibilità nella comunità scientifica. All'inizio degli anni Venti, in tutta Parigi ci sono solo dieci medici classificati come "chirurghi cosmetici" o "chirurghi del viso e del collo", mentre nel decennio successivo la specialità è più popolare che mai e cresce notevolmente triplicando il numero degli specialisti. È però ancora necessario spiegare perché dovrebbe esistere la necessità di operare un corpo apparentemente sano. Trattandosi di una pratica priva di ogni fine curativo, questa chirurgia viene vista dai tribu-

nali come una violazione ingiustificata del principio
d'inviolabilità del corpo. Solo le procedure mediche
a scopo terapeutico sono autorizzate dalla legge, e la
giurisprudenza si inasprisce contro i metodi invasivi e gli insuccessi, condannando i medici a dismette-
re la professione, come nel caso del dottor Dujarier,
che per le complicazioni sorte dopo un intervento di
liposuzione fece perdere le gambe a una modella. La
stessa Accademia di Medicina adotta una posizione
contraria dichiarando, nel 1931: "Il medico che, con
il pretesto dell'estetica, aggredisce un corpo sano va
oltre le attribuzioni che gli sono conferite dal suo diploma". Solo nel 1936 la giurisprudenza riconoscerà
il diritto di ogni persona a decidere sul miglioramen-
to del proprio fisico, giustificando l'intervento a fini
estetici, ma negli anni Venti Suzanne si muove ancora nella zona incerta dei pionieri. In quella zona
però lei è la migliore. Dopo aver studiato con Brocq e
Morestin e aver collaborato con suo marito per tanti
anni, è una delle più autorevoli figure in tema di chirurgia a fini estetici, tanto che il suo primo e unico libro, pubblicato nel 1926, *La chirurgie esthétique: son rôle
social*, è un successo immediato che viene subito tradotto in Germania.

Controcorrente rispetto ai colleghi maschi, anticipa di quasi un secolo la domanda "Mi dica: cosa non
le piace di se stesso?" pronunciata dai chirurghi plastici della serie cult *Nip/Tuck* all'inizio di ogni punta-
ta. Suzanne evidenzia subito l'importanza del rappor-

to con il paziente e del colloquio conoscitivo, dando vita a un dialogo virtuoso per aiutare la persona ad acquisire piena consapevolezza di sé e delle sue scelte. Il suo libro è il sesto in tutto il mondo a occuparsi di questa materia e fa largo utilizzo della tecnica fotografica che noi oggi chiamiamo "il prima e il dopo", mostrando i risultati degli interventi con cinquantuno fotografie di undici operazioni diverse. Fino a quel momento i medici avevano preferito il disegno. Anche se pioniera, applica il migliore dei metodi scientifici e sa che le tecniche operatorie, quando non sono codificate, possono essere migliorate solo analizzando le cause del fallimento. Per questo è la prima a inserire nelle cartelle cliniche gli errori che ha commesso, per garantire in futuro risultati ottimali e meno invasivi. Inventa inoltre vari strumenti da sala operatoria come il craniometro – un oggetto che permette di prendere le misure precise di un viso per assicurarne la simmetria durante i lifting – e crea nuove pinzette e sagome tratteggiate con cui il paziente può scegliere, nei limiti del possibile, la sua nuova immagine. Innova i procedimenti per correggere le orecchie a sventola, migliorare il seno e ogni tipo di ruga che va dalla base del collo alla fronte.

Le sue metamorfosi non hanno solo il potere di sbalordire chi guarda i volti ringiovaniti, ma soprattutto quello di restituire possibilità a donne vittime di ageismo, la discriminazione che colpisce il loro invecchiamento. Suzanne, con termini che oggi riterremmo

inaccettabili ma che vanno letti nella cornice culturale di quegli anni, parla di «diritto delle donne a cambiare una brutta faccia o un corpo umiliante» come
strumento per ottenere altrettanti diritti di riconoscimento sociale ed economico. Ricorderete forse il caso
di Miriam O'Reilly, giornalista della BBC licenziata a
cinquantatré anni perché troppo vecchia per condurre un programma in prima serata, che nel 2011 ha vinto poi la causa per ageismo intascando un assegno da
centottantamila euro e le scuse dell'emittente. Ma le
proposte per la conduzione di programmi televisi-
vi ricevute in seguito da O'Reilly sono state esigue, e
modeste. Ancora oggi agli uomini che invecchiano si
riconosce l'autorevolezza acquisita, mentre alle donne viene chiesto di essere decorative a oltranza, al
punto che persino la loro competenza diventa inutile
quando belle e giovani non lo sono più. Suzanne già
negli anni Trenta, in un contesto pre-televisivo, capisce che in un mondo così sessista una donna anziana
o non di bell'aspetto rischia di essere meno compe-
titiva sul mercato del lavoro. Sa che Aristotele aveva
ragione quando affermava: "La bellezza è la migliore lettera di raccomandazione" e lei, che per studiare
e lavorare ha avuto bisogno del permesso di uomini
meno competenti di lei, sa che alle donne di lettere di
raccomandazione ne servono moltissime per supera-
re i pregiudizi che le vorrebbero agli ultimi posti di
ogni graduatoria sociale per il solo fatto di essere nate
femmine. Convinta del ruolo sociale della chirurgia

estetica, Suzanne opererà gratuitamente anche donne che non possono pagarla, in particolare le lavoratrici licenziate perché considerate troppo anziane. "La chirurgia estetica quindi mi è apparsa come un vero vantaggio sociale che permette a uomini e donne di ampliare le proprie possibilità lavorative in modo inaspettato" scrive nel suo libro.

A dispetto del successo crescente, i guai per Suzanne non sono finiti. Nel gennaio del 1922 sua figlia Jacqueline si ammala di spagnola e all'età di soli tredici anni muore. Il tremendo lutto fa cadere André in uno stato depressivo che lo porterà ad assumere una condotta preoccupante, facendogli sperperare tutti i risparmi della coppia e contrarre molti debiti. Suzanne prova a farlo ragionare e farsi passare la gestione economica della famiglia, ma senza successo, e la situazione si fa così grave che lei arriva fino al punto di farlo internare. André però la precede. Prima di poter passare a qualsiasi azione coercitiva, il 5 agosto 1924, sul Pont au Change, mentre sono insieme in auto, André esce trafelato dalla macchina e si getta nella Senna, dove dopo un'inutile lotta con le erbe acquatiche affogherà davanti agli occhi della moglie. Suzanne si ritrova a quel punto vedova e con una situazione economica disastrosa, perché a dispetto di anni di lavoro è perseguitata dai creditori del marito. Al dolore e alla difficoltà reagisce nel solo modo utile: buttandosi nel lavoro e prendendosi cura di sua madre e delle donne intorno a lei, ma anche questo si rivela complicato. Nuovamente privata della licenza, si ritrova a quarantasette anni senza la possibilità di esercitare la sua professione, perché ha la fama, ma non ha ancora discusso la tesi di laurea.

Dopo aver sposato due dottori per poter esercitare la professione medica, è arrivato finalmente il momento in cui Suzanne capisce che, se vuole essere al sicuro, il dottore deve essere lei. Per risolvere definitivamente questo problema e continuare a lavorare, bisogna laurearsi rapidamente. Così, in fretta e furia, all'inizio del 1925, con una tesi che le viene discretamente passata sotto il cognome da nubile per non attirare l'attenzione, si laurea in medicina trattando il tema più lontano da lei: i riflessi dell'alluce.

In quegli stessi mesi avviene però nella sua vita un cambiamento radicale e politico che muterà anche il suo approccio al lavoro. Prima del suicidio di André, Suzanne è stata infatti contattata da Stuart Morrow, il fondatore di un'associazione che sta cercando di dare vita a Soroptimist, una nuova organizzazione femminista negli Stati Uniti. Il primo centro viene fondato nel 1921 in California e si può paragonare a una sorta di Rotary Club al femminile, che incoraggia le donne a lavorare in determinati ambiti professionali offrendo loro aiuti sul campo. Suzanne si appassiona subito al progetto e coinvolge amiche e conoscenti per creare un club parigino. Così, nel 1924, a soli tre mesi dalla morte del marito, fa nascere il primo centro Soroptimist francese e ne diventa presidente. Da questo momento inizia per lei un periodo eccezionale che durerà circa dieci anni, durante i quali, finalmente in possesso della sua licenza e con le reti sociali giuste intorno, si trasferirà a vivere in un lussuoso appartamento a Champ-de-Mars.

Dopo anni di sacrifici e dolore, in cui ha dovuto mostrare una determinazione professionale indefessa, Suzanne ora può dedicarsi alla luce del sole sia alla chirurgia estetica che allo sviluppo del movimento femminista, ma trova il tempo anche per viaggiare, partecipare alle feste e concedersi un lusso che non ha mai conosciuto prima. La questione economica le sta molto a cuore per esperienza e la prima cosa che fa è organizzare una manifestazione per invitare le lavoratrici a non pagare le tasse, poiché lo Stato non riconosce loro alcun diritto. Il suo grido non è frantendibile: «Se non c'è parità di diritti, non c'è obbligo di pagare le tasse». Come lei stessa dirà: «Bisogna pensare che nel 1924 le donne non avevano ancora la libertà personale, e coloro che spingevano per queste liberazioni erano oggetto di scherno e venivano chiamate "suffragette". Io ero una delle più prese di mira, indossavo un nastro sul cappello su cui era stampato a lettere d'oro: "Voglio votare". Mi ero anche specializzata in chirurgia plastica, fino ad allora una branca sconosciuta, e la gente diceva che ero due volte matta».

Matta la credono di sicuro, ma sono in molti ad andare matti per lei. Le ambasciate francesi fanno a gara per averla e le stendono il tappeto rosso perché le sue conferenze attirano folle da tutto il Paese. Proprio per le sue capacità, nel 1928 riceve la Legion d'onore per il contributo alla notorietà scientifica della Francia sulla scena internazionale. Insiste soprattutto sui temi della precarietà e della dipendenza delle donne dalla figura maritale, in particolare sul piano economico. Aiutare le donne a diventare indipendenti diventa il suo obiettivo e può mettere in pratica ciò che ha provato a proprie spese. Non passerà un anno senza creare un nuovo centro Soroptimist e a lei si devono i club delle città europee che vanno da Amsterdam a Budapest, fino a quelli internazionali di Pechino e Tokyo.

Dopo aver aiutato centinaia di persone a modificare i limiti dei loro corpi, Suzanne per la prima volta si trova a fare i conti con i propri. Nel 1936 si opererà con successo di cataratta per mano del famoso dottor Coutela, lo stesso che aveva operato Claude Monet, ma subirà una lunga degenza e la vista non tornerà più così perfetta da consentirle di tenere il bisturi nelle operazioni più certosine. Rinuncia alle feste che amava dare per i gruppi Soroptimist, che resteranno però la sua principale attività.

Negli anni dal 1926 al 1936 Suzanne viaggia in molti paesi per promuovere le sue idee, diventando ambasciatrice della chirurgia plastica e del femminismo in tutto il mondo. Il Novecento ha però in serbo ancora una brutta sorpresa per l'Europa, la peggiore possibile. Quando scoppia la Seconda guerra mondiale Suzanne metterà la sua competenza al servizio dell'antinazismo, facendo resistenza al razzismo e all'antisemitismo col bisturi. Chissà se aveva in mente la ballata di Bertolt Brecht in cui una ragazza di Norimberga, Marie Sanders, viene punita perché innamorata di un giovane ebreo, quando deciderà di dedicare parte del suo tempo a praticare la rinoplastica agli ebrei ricercati dalla Gestapo, i cui tratti del viso sono resi in orrende caricature sui manifesti della propaganda nazista. Lo fa applicando la stessa logica pragmatica con cui ha lavorato sui visi delle donne, cioè da femminista liberale, che promuove l'utilizzo della chirurgia estetica, ma colpevolizza la cultura della bellezza perfetta. Per lei la chirurgia è uno strumento di sopravvivenza che serve alle donne come soluzione temporanea per riequilibrare le logiche sessiste e patriarcali del mondo del lavoro.

Suzanne è una donna pratica: in pace sapeva di non poter modificare i pregiudizi sessisti e dunque modificò le donne. In guerra non può modificare i pregiudizi razziali, ma può modificare i nasi e lo fa. In seguito, durante la Liberazione, metterà mani e conoscenze al servizio delle cicatrici, delle ustioni e delle conseguenze che i campi di concentramento avevano lasciato sui corpi dei deportati.

Durante la vecchiaia, sarà lei stessa la migliore testimonial della sua arte, come notò un suo visitatore nel 1942: «Sedeva a una scrivania nell'ambulatorio della Clinique des Bleuets, e indossava un cappello e un soprabito nero. Essendosi sottoposta a innumerevoli lifting e blefaroplastiche, il suo viso era ovale e liscio, senza una ruga. Fui colpito dalla sua dignità. Allo stesso tempo dava l'impressione di essere una nobildonna, sebbene fosse poco più alta di un metro e sessanta. Le sue parole erano semplici e dirette. Rivelavano una mente brillante. Saggezza, tranquillità, e fiducia in se stessa trasparivano dalla sua persona e dai suoi modi».

Suzanne ha fatto un lavoro rivoluzionario su due fronti: ha innovato le tecniche della chirurgia estetica esercitando il suo femminismo, nel quale l'apparenza e la ricerca della bellezza diventano strumenti per ridurre le discriminazioni di genere. Molte opposero e oppongono tuttora resistenza al suo ruolo di attivista – del resto, l'avevate mai sentita nominare? – perché la medicina estetica è spesso percepita come un processo che promuove la sottomissione delle donne ai canoni estetici e la loro vittimizzazione attraverso dolorose procedure mediche. Non serve citare Agrado in *Tutto su mia madre*, il film di Pedro Almodóvar, quando dice che una è più autentica quanto più somiglia all'idea che ha sognato di se stessa. Sappiamo tutte che quell'immagine è condizionata da canoni sociali e lottiamo ogni giorno perché crollino e permettano a ciascuna di essere come desidera, prima che come desiderano gli altri. Suzanne però aveva capito che quella giusta battaglia è molto più lunga dell'arco di una vita e se quella vita è l'unica cosa che hai, ricorrere a quello che te la rende più vivibile è altrettanto giusto e liberante. Come femminista Suzanne non ha lasciato molte pubblicazioni, se non il suo libro del 1926 sul ruolo sociale della chirurgia estetica. Il suo lavoro come attivista si sviluppa più come organizzatrice di grandi gruppi di persone e donne che lottano contro le discriminazioni di genere, o attraverso la formazione di gruppi Soroptimist a livello internazionale. Oggi l'organizzazione conta quasi sessantacinquemila membri in tutto il mondo, di cui oltre duemila in Francia. Del suo grande lavoro resta però anche una borsa di studio: "Suzanne Noël Scholarship", destinata a donne medico, di età inferiore a cinquant'anni, che intendano specializzarsi o approfondire la propria preparazione nel campo della chirurgia plastica e ricostruttiva.

Suzanne morirà nella sua casa parigina al 36 di avenue Charles Floquet (nel VII arrondissement) l'11 novembre 1954, all'età di settantasei anni. Fino all'anno precedente ha continuato a operare *pro bono* alcuni bambini con malformazioni. In quella via, nel settembre del 2018 è stata collocata una targa commemorativa, mentre lei è sepolta con Jacqueline e André nel cimitero di Montmartre. A celebrare la sua memoria c'è oggi una piccola strada parigina ombreggiata dagli alberi nel quartiere di Père-Lachaise. Andateci, se passate per Parigi. Andateci molto ben vestite.

GOLIARDA SAPIENZA

Il 4 ottobre 1980 una signora di cinquantasei anni viene arrestata nella sua casa di via Denza, a Roma. Fino a quel momento non ha mai avuto problemi con la giustizia: una fedina penale candida come i suoi pantaloni di seta. Il reato: un furto di gioielli a casa di un'amica dei Parioli, decisamente ricca. Durante l'interrogatorio, la signora ricostruisce l'accaduto: «Non avevo un soldo, mi vendevo anche i quadri per campare, se lei mi prestava qualcosa poi rivoleva il denaro indietro. Io le ho rubato i gioielli per metterla alla prova: se non mi denuncia è una vera amica, perché le amiche non si denunciano. Poi, per poterli rivendere bene, ho rubato a mia cognata la carta d'identità, perché con Titina ci somigliamo. Ci sono rimasta un po' male che lei si sia scandalizzata, in America ci avrebbero fatto un film».

La cognata a cui si riferisce è Modesta Maselli, detta Titina, sorella del regista che è stato il compagno della "ladra" per quasi diciotto anni. La ladra è invece la scrittrice Goliarda Sapienza, anche se a Rebibbia – dove soggiornerà per un tempo che lei definirà con dispiacere "troppo breve" – confonderanno il suo cognome distorcendolo in "Speranza".

Della sua detenzione racconterà anni dopo in un libro, *L'università di Rebibbia*, e anche a Enzo Biagi che in un'intervista la tratterà con un misto di cinismo e supponenza quando lei gli confiderà che in prigione voleva davvero andarci, perché in famiglia le dicevano che il proprio paese lo si conosce solo se si fa l'esperienza del carcere, dell'ospedale e del manicomio.

E lei, a Rebibbia, farà l'esperienza di quei corpi intensi e sbalorditivi che formeranno la sua nuova famiglia, tenuta insieme da un'istintiva sorellanza. Rinascerà anche il suo linguaggio in mezzo a questa comunità di donne che la inizierà a un corso accelerato di vita.

Goliarda Sapienza nasce il 10 maggio 1924 nel quartiere più antico di Catania, la Civita, di cui oggi restano solo le strade che compongono gli spazi rivalutati di San Berillo. Nella casa di via Pistone 24 è l'ultima di una dozzina di figli adunati sotto lo stesso tetto dall'unione tra Maria Giudice e Giuseppe Sapienza, un avvocato siciliano con la passione per i comizi e per le donne. Maria ha già avuto sette figli con Carlo Civardi, un anarchico deceduto in guerra, mentre Giuseppe, che è vedovo, ne ha tre ufficiali (i loro nomi di battesimo non lasciano dubbi sulle sue idee politiche: Goliardo, Libero e Carlo Marx), e molti altri "ufficiosi" sparpagliati per il mondo.

Il rapporto che scelgono è libero, svincolato dall'istituto del matrimonio in cui Maria non crede: dice che senza la possibilità di divorziare, sposarsi diventa una galera per le donne, e lei in galera sceglie di andarci per altri motivi che, almeno, valgano la pena. Prima donna segretaria della Camera del Lavoro di Torino, oltre che direttrice del settimanale "Il grido del popolo" dove Antonio Gramsci lavorava come redattore, Maria è una celebrità rivoluzionaria che sostiene la parità di genere e la giustizia sociale visitando la prigione con la stessa frequenza con cui si va nei caffè. Quando, nell'agosto del 1917, viene arrestata durante una manifestazione, chiede proprio a Gramsci di prendersi cura dei suoi figli: la leggenda narra che, ancora con le manette ai polsi, si giustifica dall'accusa di essere una madre assente perché il suo dovere di socialista è perfino superiore a quello di madre. Per Maria i figli "sono di se stessi", così li parcheggia spesso e volentieri da parenti e amici, allenando l'istinto di questi bambini che comprendono presto come il legame biologico conti assai meno della comunione d'intenti. Fratelli e sorelle applicano quindi la regola del "mantienimi che ti mantengo", imparando a far affidamento principalmente sull'aiuto reciproco: sarà per esempio Ivanoe – fratello amatissimo – a salvare Goliarda, nel 1933, dalla difterite con una ricetta infallibile: acqua, zucchero e limone, panacea di molti mali. Così lei cresce in una piccola confraternita in cui i silenzi per cena non sono contemplati: ogni riunione a tavola è una battaglia tra il leninista sanguinario, il socialista utopico o il conservatore che predica il compromesso.

L'odio verso Mussolini è talmente radicato in casa Sapienza-Giudice che i genitori, non riconoscendone l'autorità, accettano malvolentieri di registrare la nascita di Goliarda all'anagrafe, cosa che avverrà solo dopo qualche mese e con una data incerta, negando così alla figlia la possibilità di ricorrere, in futuro, alla speculazione astrologica per un conforto che tutti, prima o poi, ricerchiamo.

Inoltre Maria e Giuseppe, sebbene portino cuciti addosso i nomi più misericordiosi dei Vangeli condividendoli con quelli dei genitori di Gesù, sono profondamente atei e si rifiutano di battezzarla, donandole per sicurezza un nome senza santa a cui aggrapparsi, perché dell'aiuto divino fanno volentieri a meno. Ma c'è un altro motivo per cui la bambina viene così chiamata: Goliardo, il figlio più amato da Giuseppe, che come il padre aveva "il vizio della politica", viene ritrovato morto sulla Playa di Catania, probabilmente ucciso dai fascisti. Lo strazio di Giuseppe è difficile da arginare, ma per fortuna, come scriverà Sapienza in *Lettera aperta*, uno dei suoi romanzi autobiografici, Maria "vecchia – di anni, ma non di spirito! – gli confeziona un nuovo Goliardo, proprio simile a lui, anche se in gonnella...".

Per un'attivista socialista come Maria l'allattamento è tra le prime mansioni che si possono delegare, e a svezzare la piccola Goliarda ci pensa il fratello Ivanoe che le dà il biberon con il latte in polvere arrivato dalla Svizzera. L'infanzia è un corso di sopravvivenza per lei, e quando oltre alla difterite si prende anche la tubercolosi, i suoi genitori le fanno presente che il dolore del popolo ha sempre la precedenza sui suoi lamenti. Goliarda cresce dunque in una casa che, durante il ventennio fascista, si trasforma in un vero e proprio fortino della resistenza, un mondo pirotecnico che ispirerà la Villa Suvarita nella quale si muoveranno i personaggi della sua opera più importante: *L'arte della gioia*. Giuseppe, per evitarle la propaganda delle scuole di regime e vedersela trasformata – sue testuali parole – in "un'italiana cretina", la fa studiare a casa dove apprende tutto ciò che può grazie ai fratelli, ai genitori e al cinematografo: sono infiniti i pomeriggi che trascorre inghiottita dalle poltrone del cinema Mirone. Se per caso si lamenta dei troppi compiti, i fratelli le rispondono che Karl Marx per scrivere il suo capolavoro ha fatto morire di fame i suoi figli. Maria e Giuseppe non arrivano a tanto, ma come Goliarda ricorderà in *Lettera aperta*, i genitori "si sono trovati a lottare il fascismo con la stessa ottusità e retorica del fascismo. Questo li rendeva [...] un po' fascisti". Perché il confine tra combattere il regime e cadere a propria volta nel fanatismo ideologico è spesso sottile. Intanto Goliarda cresce alternando Dostoevskij con la boxe e Tolstoj con il fucile (il fratello Ivanoe le insegna a sparare). Se l'amore in famiglia arriva a intermittenza, lei decide di plasmare la propria educazione sentimentale aprendo la porta di casa, cercandolo nei vicoli della Civita. La sua prima esperienza sessuale è con Nica, l'amica d'infanzia, e si renderà poi conto – da grande – di aver violato inconsapevolmente anche il tabù dell'incesto: con un cortocircuito degno delle migliori tragedie greche, Giuseppe riconoscerà Nica come sua figlia. Ma nessuno si sarebbe scomposto in quei vicoli dove le mura proteggono una vita che non conosce limiti, sfociando spesso nell'illecito e nel malaffare senza che venga data troppa importanza a cosa sia giusto o sbagliato. In quella "città dentro la città", racconterà Goliarda, "tutto ti poteva accadere e tutti trovavano il modo d'imbrogliare, rubare, creare, competere e anche guadagnarsi il pane onestamente se onesti si nasceva". Lei galoppa per quelle strade passando molto tempo con gli artigiani: impara a impagliare le sedie, a suonare il pianoforte e a mettere le acciughe sotto sale. Ma il legame più profondo lo instaura con il puparo Insanguine, del quale diventa assistente: grazie a lui capisce l'importanza della lettura e dello studio per arrivare a dare la voce giusta a ogni personaggio. In *Lettera aperta* Goliarda racconta: "Leggevo tutto il giorno, [...] leggevo e imparavo a memoria tutti i lavori teatrali che trovavo per casa. La notte poi li recitavo da sola facendo tutte le parti, come i pupari. Il commendatore Insanguine mi aveva detto che solo così si imparava a conoscere i personaggi diversi da noi. Imitando le loro voci, ora da uomo ora da donna, ora del vile ora del valoroso, si diventava attori veri".

Il teatro l'affascina e questa ragazzina è davvero brava in ogni cosa in cui si cimenta: attrice, cantante, ballerina e grande narratrice di storie. Il padre di Goliarda, innamorato del teatro, è fiero della figlia così talentuosa che porta con sé a visitare le città siciliane mentre insieme discutono per ore della loro passione comune. Sono questi i rari momenti in cui l'avvocato del popolo si dedica a lei. Le sue assenze scaveranno un vuoto emotivo nella figlia, che con il tempo lo ricorderà così: "Lo odiavo. Quando avevo cominciato? Proprio quella sera o prima? [...] Forse è inutile ricercare il momento preciso: sembra abbastanza comune che una bambina, a un certo punto, cominci ad odiare il proprio padre, e, se vi interessa, consultate qualche trattato di psicoanalisi".

Seppur assente, Giuseppe ama Goliarda e vuole preservarla dai pericoli della politica e del fascismo, così nel 1941 concede alla figlia diciassettenne di andare a Roma, accompagnata dalla madre, dove ottiene una borsa di studio dell'Accademia d'arte drammatica. Maria, dal canto suo, è sollevata all'idea di allontanare la figlia più piccola dagli occhi del compagno così rapaci: nei ricordi di Goliarda albergherà sempre l'ombra di ciò che può essere accaduto alle sorelle più grandi, ma è una domanda a cui non ha mai voluto trovare davvero risposta.

A dirigere l'Accademia c'è Silvio d'Amico che in breve tempo si accorge del suo talento, obbligandola a un corso di dizione per smussare quella sicilianità così pronunciata. Lontana dalle vie della Civita dove persino le prostitute la riconoscevano additandola come "la signorina dell'avvocato", Goliarda assapora la libertà uscendo con le amiche dell'Accademia, innamorandosi della pittura (dei compagni di corso non può innamorarsi perché si sono arruolati partendo per la guerra, o sono diventati partigiani). Quando la Resistenza cercherà volontari, l'eredità familiare la porterà naturalmente a entrare nella Brigata Vespri con il nome di Ester Caggegi, una donna deceduta alla quale avevano sottratto la carta d'identità. Lo stesso Silvio d'Amico, per proteggerla dalle SS italiane, la nasconderà in un istituto di suore francesi, pur continuando a passarle i soldi della borsa di studio. In tarda età, quando Sapienza chiederà il congedo, i giovani militari la prenderanno per matta e le rideranno in faccia prima di controllare i documenti e scoprire che, durante la guerra, questa anziana signora aveva ricoperto il ruolo di "gregario" nella Resistenza. Alle loro scuse risponderà con un sonoro «vaffanculo a tutti», sbattendo la porta.

In Accademia Goliarda diventa un'attrice apprezzata soprattutto nei ruoli pirandelliani: il palco è una dimensione che la moltiplica perché amplifica la pienezza e le contraddizioni del suo animo, ma non le piace l'ambiente in cui vivono molti dei suoi colleghi ed essendo cresciuta in una famiglia di "rivoluzionari" ci mette poco a fare un "colpo di Stato": accusa gli insegnanti dell'Accademia di essere retrogradi, non si diploma e crea il progetto T45, ossia una compagnia d'avanguardia che pratica il metodo Stanislavskij. L'esperienza, però, dura il tempo di mettere in scena il primo spettacolo – *Gioventù malata* di Ferdinand Bruckner – perché dopo qualche replica la polizia fa irruzione e chiude baracca e burattini definendo la rappresentazione uno scempio. Davanti alla censura, Goliarda risponde dicendo addio al teatro e provando con il cinema.

Se da spettatrice ama i film, come si legge in molte pagine del suo romanzo *Io, Jean Gabin*, da addetta ai lavori è interessata più alla scrittura delle sceneggiature che ai ritmi del set. Ma come attrice è richiesta, così partecipa a nove film dove ricopre principalmente ruoli da caratterista, lavorando con Luigi Comencini, Luchino Visconti e Citto Maselli. La corrente del neorealismo è quella che più le corrisponde, soprattutto per il suo impegno civile e sociale, e con *Gli sbandati* di Maselli riceverà anche una menzione speciale alla Mostra del Cinema di Venezia.

E proprio con Citto, nel 1947, intreccia una relazione sentimentale e professionale che comincia con una meravigliosa bugia. Lei ha ventitré anni e lui sedici. Temendo di essere respinto poiché minorenne, mente sull'età, dichiarandone diciotto. Al terzo diciottesimo di lui, Michelangelo Antonioni, amico comune, scoppia a ridere dicendo: «Ma quante volte compie diciotto anni, Citto!». Ripristinato l'ordine anagrafico, la loro storia durerà diciotto anni in cui gireranno sessanta documentari, ma «come si faceva allora, senza nomi o riconoscimenti» racconta Goliarda. Insieme attraversano strade impossibili per mostrare un'Italia per molti versi sconosciuta e per testimoniare mestieri ormai dimenticati in un Paese che, proiettato nel futuro, fa di tutto per dimenticare il passato. Nelle immagini che girano ci sono le usanze, le feste religiose e popolari e i volti di bambini poverissimi che si aprono come fiori davanti al sorriso di Goliarda. Dal cinema Sapienza apprende anche un nuovo modo di scrivere, più veloce e fatto di lame: le parole che annota sui taccuini sono schiocchi di frusta che si trasformano in immagine sotto agli occhi di chi legge.

Se dovesse descrivere l'amore per Citto, le sue parole evocherebbero senz'altro il fuoco: in un'intervista racconta che se non fosse arrivato lui sarebbe rimasta vergine fino a trent'anni. È un periodo felice, il cinema garantisce agiatezza economica e vacanze in Costiera amalfitana, a Positano, che Goliarda sceglie come luogo di pace, per ritrovarsi. I due vanno a vivere assieme nel quartiere Parioli di Roma, nell'attico del regista, e la loro casa diventa il ritrovo di intellettuali, artisti e pittori che regalano le loro opere a Goliarda quando passano a trovarla (Guttuso dice che il sorriso di lei è talmente magnifico e gioioso da paragonarlo a una bella fetta d'anguria).

Nel 1949, quando il padre Giuseppe muore a Palermo, Maria si trasferisce da loro, e se aveva faticato a svolgere il suo ruolo genitoriale, quello di suocera sembra riuscirle meglio; prova tenerezza per questo ragazzo dalle scarpette bianche (indossa tutto fiero le calzature di un ricco zio deceduto), e benedice la coppia dando un avvertimento: «Sposatevi solo quando sarà possibile divorziare».

Ma Maria Giudice è cambiata: è come se – con la caduta di Mussolini – avesse finalmente deposto le armi lasciando che la malattia mentale contro cui combatte da anni possa vincerla. Scrive infatti Goliarda: "Pazzia [...]. Adesso vedo perché ti è scoppiata tra le mani proprio quando il tuo nemico cadde distrutto come tu pregavi. Cadendo lui, ti si ruppe la tensione d'acciaio per la quale hai vissuto estraniandoti da te stessa, dalla tua carne; cadendo il contraddittore sei restata muta e sola, con i fatti della tua vita denudati della corazza che ti permetteva di non ascoltare i particolari, le virgole della tua vicenda". Così, negli anni della convivenza, i ruoli genitoriali s'invertono: è Goliarda ora a fare da madre a Maria. Ma le malattie neurodegenerative non smuovono mai negli accudenti solo sentimenti di compassione, e tutta la rabbia provata da Goliarda troverà posto sulla pagina, quando scriverà: "Non so se sono riuscita ad essere per lei la sua 'Mamma', e non so ancora cosa questa parola signifìchi. Ero stata una buona madre, mi rimordeva però di avere, con le mie cure, prolungata la sua agonia di due e forse tre anni. Il mio curarla era vendetta. Finalmente l'avevo in mano quella donna che tutta la vita mi aveva dominato: la potevo lavare, tenere fra le braccia, accarezzare: lei che prima era così schiva di tenerezze. Le potevo impedire di mangiare: era l'unica cosa, avendo il diabete, che ormai le dava gioia. Mi vendicavo di avermi tradito con la pazzia. Mi vendicavo facendole vedere com'è che si cura una figlia: facendolo vedere a lei, che occupandosi solo della mia mente mi aveva per il resto trascurata in tutti i modi".

Il 5 febbraio 1953 Maria Giudice muore, e Goliarda, disperata, dice a Citto: «Si è scrollata la vita di dosso, proprio come una persona che si scrolli un peso dalle spalle». Viene organizzato un funerale grandioso: un tripudio di bandiere rosse, garofani e due futuri presidenti della Repubblica in prima fila: Saragat e Pertini.

Dopo la sua morte, Goliarda comincia a soffrire di insonnia, così una notte, mentre Citto dorme, prende carta e penna e scrive una poesia che intitola *A mia madre*. Il mattino dopo, il regista si avvicina al tavolo e la legge rimanendo stupefatto. Con le pagine ancora tra le mani le dice entusiasta: «Da oggi non lavori più con me!», e come ricorda Goliarda: «Mi ha chiuso in casa e mi ha obbligato a scrivere. Io non volevo scrivere. Ho iniziato tardi. Da bambina, vedevo questi come Vitaliano Brancati, che sono finiti nei libri di testo ma che bussavano a casa per chiedere le cento lire per mangiare. Io pensavo: gli scrittori sono poveri, non voglio finire in miseria. Avevo il terrore economico, e l'avessi seguito! Avevo visto giusto da bambina». Goliarda comunque si affida all'intuizione di Citto, e per trasformarla in un mestiere si allontana dal cinema tracciando quasi inconsapevolmente anche una distanza con il compagno.

Se la paura economica impara a gestirla, l'insonnia che la perseguita durante il lutto di Maria è diventata cronica, ma è solo la punta dell'iceberg: Goliarda non riesce a spegnere con i sonniferi e il whisky un mal di vivere che sempre più si annida in lei. In una calda sera primaverile del 1962 Citto la trova priva di sensi e la fa ricoverare d'urgenza nel reparto psichiatrico del Policlinico di Roma. Purtroppo, ad attenderla in quell'ospedale c'è il dottor Ugo Cerletti, l'inventore dell'elettroshock, che sceglie per lei la terapia di "annientamento": il cranio di Goliarda viene attraversato da scariche elettriche fino a quando un giovane psicoanalista, Ignazio Majore, la salva da quel trattamento devastante. Per tre anni i due lavoreranno insieme tentando di ricostruire la memoria di lei lacerata dall'elettroshock. Nuota nel buio, Goliarda: un tentativo di suicidio nel 1964 la fa finire in coma per qualche giorno, intanto la storia con Citto naufraga e lei utilizza la psicoanalisi per scendere sempre più nei suoi abissi grazie alla scrittura, che diventa anche la sua cura.

Con l'appoggio del poeta Attilio Bertolucci che le legge le bozze, Goliarda riordina la sua vita, dall'infanzia all'adolescenza: senza seguire un filo cronologico scrive in prima e in terza persona di sé raccontando di Catania, della sua famiglia e dell'elettroshock, dando vita nel 1967 a *Lettera aperta*, pubblicato da Garzanti. Il romanzo conquista subito una parte di pubblico, anche se su "La Civiltà Cattolica" compare una stroncatura al vetriolo che lei, fiera, incornicia nel suo studio. Nel 1969 viene pubblicato il suo secondo lavoro, *Il filo di mezzogiorno*, che passa quasi inosservato anche se piace agli psicoanalisti: il romanzo è infatti incentrato sulla gestione del transfert ed è un resoconto piuttosto dettagliato dei tre anni di analisi interrotti bruscamente da Majore, che si ritira anche dalla professione perché la terapia e il loro rapporto erano diventati pericolosamente complessi. Sapienza supera anche questa delusione scrivendo: "Non cercate di spiegarvi la mia morte, non la sezionate non la catalogate per vostra tranquillità, per paura della vostra morte, ma al massimo pensate – non lo dite forte, la parola tradisce –

non lo dite forte ma pensate dentro di voi: è morta perché ha vissuto". E lei, sopravvissuta a se stessa, è un fiume in piena e nello stesso anno compone le prime parti di quello che sarà il suo capolavoro: *L'arte della gioia*.

Tutta la furia e la fame che ha vengono canalizzate nella scrittura: dopo la fine della storia con Maselli coltiva una solitudine sentimentale che dura circa dieci anni. Ogni tanto fa qualche eccezione: si innamora principalmente delle donne, ma sono rapporti platonici. Con Milan Kundera, invece, ha una tresca che non è per niente platonica. Il suo romanzo, *L'insostenibile leggerezza dell'essere*, a lei non è piaciuto mentre lui, bellissimo e galante, sì. Il problema sta tutto nelle misure di Kundera, che lei definisce "enormi". Il *rendez-vous* amoroso si trasforma presto in un incontro di wrestling, tanto che lei in un'intervista lo ricostruisce con queste parole: «Abituato alle giovenche cecoslovacche mi ha divorata, e io piccina... A un certo punto mi sanguina il naso e lui che fa? Mi beve il sangue, pazzo d'amore per me». La soluzione che Goliarda trova, sparendo la mattina successiva, anticipa di cinquant'anni il *ghosting*.

I tumulti non si limitano alla camera da letto da cui Goliarda è fuggita: le femministe invadono le strade delle città, ma la scrittrice le guarda con senso critico perché – con la storia di Modesta – sta costruendo una rivoluzione che la porterà a praticare un femminismo tutto suo, che è ancora più universale.

Intanto, a interrompere la sua lunga pausa di riflessione dall'amore, arriva Angelo Pellegrino, un professore siciliano di latino e greco più giovane di lei di ventidue anni. I due s'incontrano a Roma agli inizi degli anni Settanta grazie a un'amica comune, e la storia comincia con una menzogna. Angelo non mente come Citto sull'età, ma sulla professione, facendole credere di essere un attore comico e nascondendo tutta la sua cultura come la portinaia dell'*Eleganza del riccio* di Muriel Barbery, perché Goliarda di intellettuali nel letto non ne vuole più. La bugia dura il tempo necessario perché lei s'innamori e lui capisca di avere davanti una scrittrice gigantesca: «Volle darmi la sua copia della biografia di Charlie Chaplin, ci teneva che la leggessi» racconta Pellegrino. «Era meraviglioso conversare con Goliarda, aveva una ricchezza incalcolabile di conoscenze ed esperienze, era uno scrigno, un tesoro. Amabile, convinta che il sapere fosse di tutti e che non dovesse mai essere potere. Nacque un vero amore e iniziammo insieme a lavorare a *L'arte della gioia.* Concepiva il romanzo come un'espressione scientifica, e lo scrittore come uno scienziato: uno che lavora, procede, senza aspettare l'ispirazione. Si applicava tutti i giorni, ogni mattina, dopo il caffè, con una piccola penna biro, la più povera (ne comprava molte perché le perdeva dappertutto). I fogli A4 si accumulavano, sparsi per terra e ovunque.»

Se inizialmente le sue amiche la spronano a viversi quest'avventura con un ragazzo tanto più giovane, perché portare un "cicisbeo" nei salotti colti è una pratica bohémienne da intellettuale di sinistra, quando Goliarda decide di sposarselo scatena la loro disapprovazione, ma lei – abituata da sempre a essere libera – se ne infischia.

Quando, come Thomas Hardy, vuole andare via dalla pazza folla, si rifugia a Gaeta portando con sé una sacca leggera che contiene tutto il necessario: una penna bic a punta fine – Angelo racconta che ama scrivere sempre a mano per sentire l'emozione nel battito del polso – e dei taccuini Pineider che lui le regala. «Se uno per scrivere ha bisogno del suo angolo e scrivania non scrive mai... io ho tutto qui dentro» dice Goliarda, che a Gaeta lavora bene nonostante gli sguardi di biasimo dei gaetani che la trovano un filo troppo bizzarra, e parecchio ficcanaso. Al caffè Triestina, il suo posto preferito, in effetti Sapienza trascorre ore a farsi raccontare le vite degli altri che confluiscono nelle centinaia di pagine con cui sta costruendo l'affresco strepitoso che farà da sfondo alla storia di Modesta, la personaggia più viva di tutto il Novecento.

Salva tutte le parole che escono dalla bocca degli avventori mentre gli anni scorrono e, tra Gaeta e Roma, prende forma un romanzo pieno di corpi che urlano e desiderano, che fanno la rivoluzione immersi nel fango e nelle mosche ritrovandosi in conventi da cui non è poi così difficile fuggire se sei pronto a uccidere qualche badessa.

Gli anni diventano nove; scrivere – come racconta Goliarda stessa – è anche rubare il tempo alla felicità, ma lei lo sottrae più che volentieri perché sta bene in compagnia dei meravigliosi mostri che popolano il mondo di Modesta. Le ultime pagine vengono concluse a Gaeta il 21 ottobre 1976, data in cui Angelo Pellegrino annoterà su un quaderno: "Oggi Goliarda ha finito, Modesta no". Insieme, impiegano due anni per la revisione del manoscritto lavorando ovunque: nei bar, nei ristoranti, sulle scogliere, sui treni e sugli aerei finché il libro è finalmente pronto per la pubblicazione. Ma tutto s'infrange. Il suo essere "troppo corposo" a detta degli editori e il fatto che l'autrice sia una donna giustificano un rifiuto dove l'ostracismo si maschera con la precauzione.

Rizzoli è la prima a ricevere il manoscritto, ma lo rifiuta perché eccessivamente lungo, e anche Feltrinelli lo respingerà per via della struttura troppo "tradizionale" aggiungendo: "L'orientamento attuale della nostra Casa editrice, volto verso la letteratura sperimentale, ci costringe a declinare la Sua offerta: trattandosi di un romanzo tradizionale, *L'arte della gioia* a nostro avviso potrà più facilmente trovare spazio presso editori che hanno nel campo della narrativa un orientamento meno rigido del nostro".

La stessa Einaudi, che nel 2008 acquisterà i diritti per la pubblicazione, in pochi giorni risponde alla scrittrice di non essere interessata. A credere in quel romanzo oltre a Goliarda sembra esserci solo Angelo e i due si fanno forza a vicenda tenendo a mente una frase di Maria Giudice: "In due si fa già un sindacato".

Con l'incipit "Ed eccovi me a quattro, cinque anni in uno spazio fangoso che trascino un pezzo di legno immenso. Non ci sono né alberi né case intorno, solo il sudore per lo sforzo di trascinare quel corpo duro e il bruciore acuto delle palme ferite dal legno", Goliarda ci precipita nella storia di Modesta, piena solo di povertà e pronta a fare qualsiasi cosa per conquistarsi la libertà e una vita migliore. È una corsa sincopata in cui vale tutto: la protagonista sguscia dagli abusi per diventare "la padrona" a capo di una ricca famiglia siciliana arrivando ad amministrarne il patrimonio. Modesta comanda e decide ogni cosa, persino l'amore, e Goliarda per insufflarle la vita studia tutte le eroine e gli eroi della letteratura e del cinema: da Moll Flanders di Daniel Defoe a Scarlett O'Hara di Margaret Mitchell passando per Lady Chatterley e il suo famoso amante, fino ad arrivare a Jean Sorel perché, a suo dire, anche un giovane ragazzo doveva immedesimarsi in Modesta in quanto creatura al di là dei generi. E proprio i generi d'appartenenza sono travalicati nell'*Arte della gioia* perché tutto ciò che intralcia il desiderio dell'eroina deve soccombere all'insegna della sua indipendenza: Modesta è corpo e azione a trecentosessanta gradi, uccide, ama, lotta, tradisce, si oppone a tutto ciò che non le restituisce l'immagine che la rispecchia. È uomo e donna allo stesso tempo, etero e lesbica, fa cose da maschio perché vuole poter essere qualsiasi cosa.

Con questo romanzo Sapienza supera anche il concetto di autofiction e proietta il proprio io in una storia inventata, rivive e corregge la sua esistenza reinterpretandola e facendo con la scrittura il più potente degli esorcismi: quello che le permette di trovare il modo per perdonare. Goliarda entra ed esce continuamente dalla realtà giocando con la sua cronaca familiare: il medico Carlo Civardi porta lo stesso nome del primo compagno di Maria Giudice, le trecce di Modesta sono quelle che portava anche Nica, persino l'abuso paterno che la giovane protagonista subisce senza nemmeno comprenderlo, nelle prime pagine del romanzo, può essere quel ricordo, forse reale forse fittizio, che lei non si è mai permessa di rievocare.

Con le pagine dell'*Arte della gioia* la scrittrice ottiene lo stesso risultato di Voldemort con gli horcrux, gli oggetti magici dove si possono nascondere frammenti della propria anima per raggiungere l'immortalità. Il romanzo diventa estensione della vita di Goliarda che rinuncia a una parte di sé nel mondo del reale, come l'agiatezza economica e la serenità di coppia, per continuare a vivere eternamente e al massimo delle sue potenzialità in quello del verosimile. Proprio per questo le piace ripetere: «Amo Modesta, è un personaggio molto migliore di me».

Ma senza un editore il suo capolavoro sembra destinato a rimanere in un cassetto, e sua figlia Modesta un aborto letterario. Il mondo della letteratura la ignora, non ha un lavoro pagato e sopravvivendo in uno stato di semipovertà – presa dallo sconforto – all'inizio degli anni Ottanta apre il famoso scrigno dell'amica ricca e trafuga i gioielli.

"C'è chi sciacqua i propri panni in Arno e chi a Rebibbia" scrive Sapienza che, durante la sua permanenza nella prigione femminile, scopre un mondo nuovo e ritrova "la piazza" perché, come racconterà, "in carcere ai tempi finivano i migliori". L'esperimento è efficace e produce uno splendido romanzo-reportage sulla condizione carceraria, soprattutto femminile. Nella convivenza forzata riscopre anche l'amicizia più profonda, così quando viene rilasciata sostiene: «Io volevo restare [in carcere] perché con *L'università di Rebibbia* ho potuto rinnovare il mio linguaggio, mi ero imborghesita e troppo specializzata nella scrittura, mi ero infragilita stando troppo con gli intellettuali, troppi cavilli. Lì sono rinata». Quando Angelo le fa visita per portarle lo spazzolino e il dentifricio, viene cacciato in malo modo con queste parole: «Ma cosa ci fai qui? Non mi far perdere tempo. È un mondo meraviglioso, non posso perdere tempo con te. Io sto benissimo qui dentro, vai a casa».

Molto prima delle protagoniste di *Orange Is the New Black*, *L'università di Rebibbia* affronta il tema dell'affezione carceraria, spiegato molto bene da Roberta, compagna di cella di Goliarda, con queste parole: «Ci si affeziona a questo modo di vita [...]. Anch'io ne sono affetta. A me piace la vita qui, e so anche il perché, credo... o almeno sono riuscita ad analizzare alcuni dei motivi. Non ne parlo mai perché molti non capiscono [...]. Vedi, qui la giornata è così piena di avvenimenti che alla fine diviene come una droga... Si torna a vivere in una piccola collettività dove le tue azioni sono seguite, approvate se sei nel giusto, insomma riconosciute. Tutte capiscono perfettamente chi sei – e tu lo senti – in poche parole non sei sola come fuori...». Per questo Roberta, una volta scontata la pena, commette piccoli crimini per poter tornare dentro, perché fuori non sa più stare.

Quando arriva il momento di uscire, anche Goliarda accarezza per un attimo l'idea di fare come Roberta, ma l'urgenza di scrivere è più forte, così si trasforma nel principe felice di Oscar Wilde e si spoglia di ogni foglia d'oro: quadro dopo quadro, arriva a vendere ogni oggetto e persino i mobili del suo appartamento per racimolare qualche soldo, cercando di mantenere il riserbo ogni volta che le pignorano casa. Sono inutili gli sforzi degli amici che si adoperano chiedendo per lei la legge Bacchelli, il fondo che permette ai cittadini illustri che versano in un particolare stato di necessità di ottenere un vitalizio: la discriminante per averlo è l'essere incensurati, e a causa del suo soggiorno a Rebibbia l'autrice non può ottenerlo. Così l'amica Lina Wertmüller la chiama a insegnare recitazione al Centro Sperimentale, e a contatto con i giovani Goliarda è un vero drago. Sono anni in cui lavora duramente e incorpora energia solo dalle sigarette che consuma con avidità. Un giorno, durante uno sciopero dei tabaccai, arriva a farsi fare un'iniezione di nicotina da un amico medico per poi ricordargli: «Io sono come un vaso antico, se mi togliete la nicotina mi scompongo. Le sigarette mi tengono insieme. Lasciatemi le sigarette».

C'è sempre Angelo a occuparsi di lei, ma Goliarda vuole essere economicamente indipendente, e la malinconia causata dalla condanna all'oblio a cui sembra destinata Modesta scava una distanza sempre più palpabile tra lei e il mondo, marito compreso. Così, nel 1994, Pellegrino decide di far uscire a sue spese la prima delle quattro parti che compongono *L'arte della gioia* per Stampa Alternativa. La pubblicazione non suscita il clamore sperato e Goliarda cade nello sconforto, soprattutto per la paura di perdere la casa in cui vive. Nel 1996 è a Gaeta, ha da poco finito di rileggere per la dodicesima volta *I fratelli Karamazov*, e mentre scende le scale di casa con in mano le sigarette, il cappello e la borsa da lavoro ha un attacco cardiaco che le è fatale. Il suo corpo viene ritrovato dai carabinieri tre giorni dopo, senza che nessuno avesse provato a entrare in quella casa dalla porta sempre aperta, pronta ad accogliere gli amici. L'ultima pubblicazione di Goliarda Sapienza, *Le certezze del dubbio*, è avvenuta nel 1987: sono passati quasi dieci anni e gli amici presenti durante l'inumazione – tenutasi sia a Gaeta che a Roma, in Campidoglio – raccontano che nessuno ha fatto cenno alle sue opere o l'ha ricordata come scrittrice, privandola anche da morta del riconoscimento per lei più importante.

È forse anche per questo che Angelo continua a ripensare a una frase che Goliarda ripeteva sempre: «I morti hanno torto se dopo la loro morte non c'è nessuno che li difende», così capisce che è lui l'unica persona in grado di restituirle dignità e far risorgere almeno una parte di lei, forse la più importante. Riprende in mano il libro-horcrux e paga nuovamente di tasca propria la pubblicazione integrale dell'*Arte della gioia*, che ancora una volta passa quasi inosservato. Bisogna attendere il 2001, quando un programma su Rai 3 dedicato alla scrittrice accende l'interesse su questa donna stravagante e sul suo romanzo che inizia a viaggiare fra le mani di alcuni appassionati lettori; ma sarà fondamentale la Fiera del libro di Francoforte del 2003 per vederlo tradotto grazie a un'agente letteraria rimasta folgorata dalla scrittura di Goliarda. *L'arte della gioia* sbaraglia le vendite in Austria, Francia e Spagna attirando un consenso di critica e pubblico così alto da portare, finalmente, Einaudi a pubblicarlo nel 2008. Oggi Goliarda Sapienza è considerata uno dei massimi esempi di come una donna possa vivere il proprio corpo come strumento di lavoro, mezzo di libertà ed espressione di un sé capace di essere ultra-dimensionale, tra il vero e il verosimile.

Sulla sua lapide, nel cimitero di Gaeta, è incisa una sua poesia: "Non sapevo che il buio non è nero, che il giorno non è bianco, che la luce acceca e il fermarsi è correre ancora di più". Lei continua a correre, e noi crediamo che chiunque abbia una copia dell'*Arte della gioia* sia in possesso dell'unico horcrux che non va distrutto per contenere il male, ma letto per moltiplicare le difese della nostra libertà, perché, come diceva Goliarda Sapienza: «Ho sempre rubato, a tutto e a tutti, la mia parte di gioia».

LE MADRI DI PLAZA DE MAYO

La sala, piena di musica e lampadari splendenti, è un brulichio di donne e uomini eleganti e molti indossano la divisa degli alti ufficiali dell'esercito argentino. È il 17 giugno 1975, Perón è morto da meno di un anno, la presidente della nazione è la sua vedova Isabel, e Buenos Aires è la capitale dello Stato che ambisce ancora a essere il più europeo del Sud America. Taty Almeida, in un abito di seta chiara, balla ignara della catastrofe che si profila all'orizzonte. Quel mattino Alejandro, il minore dei suoi tre figli, prima di uscire la abbraccia stretta mormorando: «Quanto bene voglio a questa *gorillina de mierda*!». "Gorilla": è questo il nome con cui vengono definiti gli antiperonisti, e usarlo è un gioco ironico tra l'ombroso figlio e sua madre, cresciuta in una famiglia della destra conservatrice ben inserita nella gerarchia militare. «Non vado al lavoro oggi, devo dare un esame» le dice Alejandro prima che lei esca. Taty non sa se è vero – non sa mai cosa è vero quando c'è di mezzo quel suo misterioso figlio dalle amicizie di sinistra – ma al rientro dalla festa non lo troverà in casa e invano lo aspetterà il giorno dopo, e i successivi: Alejandro non farà più ritorno. Taty inizialmente non capisce la natura di quella sparizione. Manca un anno al colpo di Stato che instaurerà la dittatura militare in Argentina e molte persone si illudono di vivere ancora in una democrazia. Così cerca il figlio per mesi, e anche quando realizza che Alejandro non è uno scavezzacollo fuggito da casa per colpa delle cattive amicizie, ma che si tratta di una sparizione politica, continua a confidare che le amicizie destroidi della sua famiglia glielo riporteranno sano e salvo. Passano tre anni, e nessuno riporta a casa Alejandro, perché suo figlio è uno dei trentamila attivisti desaparecidos uccisi dalla dittatura militare attraverso le torture perpetrate nella caserma ESMA e i terribili "voli della morte". Taty Almeida non sa più a chi rivolgersi, e quando bussa con disperazione alla porta della casa dove si riuniscono le altre madri degli scomparsi è terrorizzata: teme che la cacceranno credendola una spia dei generali. In piedi, davanti a quelle sconosciute, si sentirà rivolgere la sola domanda che conta davvero: «A te chi manca?».

Piangendo racconterà tutto, diventando da quel momento una testimone alla ricerca di giustizia e un'attivista delle madri di Plaza de Mayo fino alla fine della dittatura, girando il mondo come custode della memoria dei crimini commessi dagli agenti della polizia argentina. Il movimento delle madri vivrà le sue fatiche con una spaccatura importante, quella che dividerà il gruppo originario della Línea Fundadora da un gruppo scissionista più politicizzato e ideologico. Taty resterà con le fondatrici, e prima di parlare in pubblico fa quello che fanno tutte quando raccontano la loro esperienza: prende il *pañuelo*, il fazzoletto bianco simbolo della lotta, e lo mette in testa annodandolo sotto il mento. Nel corpo piccolo e rugoso, scurito come un vecchio legno, si annida un'incandescenza che le accende gli occhi ancora vividi a dispetto dei suoi novantaquattro anni. Ce ne sono voluti quaranta, di anni, perché potesse vedere i responsabili della morte del suo e degli altri figli condannati, lo stesso tempo per farsi finalmente ricevere da un pontefice di quella Chiesa cattolica che sulla dittatura argentina ha mantenuto con cura i suoi segreti. Non è uno qualunque, ma un papa venuto, come lei, "dalla fine del mondo".

Il giorno della scomparsa di Alejandro, il 17 giugno 1975, è stampato a fuoco nella memoria di Taty, così come tutte le madri ricorderanno sempre, con estrema precisione, la data e gli ultimi frammenti di quotidianità trascorsi con i propri figli prima che svanissero inghiottiti da un terribile nulla. Le sparizioni cominciano infatti un anno prima del colpo di Stato, che avviene a Buenos Aires all'alba del 24 marzo 1976 e che dà ufficialmente avvio alla dittatura militare e al suo "processo di riorganizzazione nazionale".

In realtà, già da diverso tempo la situazione politica in tutto il Sud America, e in particolare in Argentina, è compromessa: due anni prima, con la morte di Perón nel 1974, il potere è passato in mano alla sua terza moglie Isabel Martínez e, in modo ufficioso, al suo consigliere José López Rega, ex agente della Policía Federal, appassionato di esoterismo e massoneria, figura ambigua e oscura che istituisce la famigerata Tripla A: Alleanza Anticomunista Argentina. Gli squadroni della Tripla A, formati da nazisti e sindacalisti di destra, hanno il compito di eliminare i "nemici del governo", cioè chiunque sia un oppositore politico: è questo il momento in cui iniziano le prime misteriose sparizioni dei dissidenti.

L'anno successivo, i militari costringono López Rega all'esilio e nominano Jorge Rafael Videla comandante dell'esercito: viene elaborata la cosiddetta "dottrina di guerra" e il popolo argentino inizia a vivere nel terrore, assistendo all'uccisione immotivata da parte della polizia di uomini, donne e persino bambini per le strade, davanti a decine di testimoni, al solo scopo di intimidire le persone e renderle sottomesse al governo militare. Il giorno del golpe, il 24 marzo 1976, il generale dell'esercito Videla, l'ammiraglio della marina Emilio Eduardo Massera e il generale dell'aviazione

Orlando Ramón Agosti si insediano al governo rovesciando il precedente, dando inizio alla dittatura militare che durerà fino al 1983 e che avrà come obiettivo dichiarato quello di sterminare tutti gli oppositori.

Ma chi sono "gli oppositori"? Non solo i *Montoneros* che fanno parte dell'organizzazione guerrigliera argentina peronista di sinistra: chiunque abbia idee politiche diverse viene identificato come nemico.

E così, una notte, dieci militari in abiti civili entrano in casa di Alberto Pargament – studente specializzando in psichiatria che cura gratuitamente le persone più bisognose della città –, lo picchiano a sangue e lo portano via dopo aver saccheggiato l'appartamento e chiuso in cucina la compagna incinta, intimandole di consegnare tutto il denaro che ha.

Allo stesso modo Sergio Petrini – che studia ingegneria elettronica e fa volontariato nelle *villas miseria*, dove insegna a leggere e scrivere agli abitanti delle baracche, è già in pigiama a casa con la madre Beba, quando in una sera che sembra pigra e gentile venti uomini armati, ma in borghese, fanno irruzione e lo trascinano via mettendo a soqquadro ogni cosa, distruggendo anche i più piccoli soprammobili.

Il copione si ripete in maniera identica infinite volte, migliaia di uomini e donne – tra cui tantissimi ragazzi tra i venti e i trent'anni – vengono sorpresi in casa, per strada, sul luogo di lavoro o persino a scuola: sono attivisti sindacali, volontari che aiutano le persone più bisognose, professori, intellettuali, artisti, giornalisti, medici, religiosi terzomondisti e semplici studenti; ognuno di loro viene picchiato da uomini in abiti civili e sequestrato senza motivo, sparendo infine a bordo di Ford Falcon senza targa.

Il governo militare, come tutte le dittature, non tollera la bellezza e la libertà di pensiero, così chiude le facoltà di filosofia, psicologia e sociologia (colpevoli di allenare al pensiero critico), vieta l'arte astratta e la musica rock, censura centinaia di libri e film (essere trovati con un particolare titolo in mano è un motivo sufficiente per svanire nel nulla).

Come racconterà molti anni dopo Hebe de Bonafini nel libro-intervista *Le pazze* di Daniela Padoan: "I nostri figli non erano terroristi, ma rivoluzionari. Questa è una bella parola, che viene troppo spesso infangata. Rivoluzionario è chi vede l'ingiustizia e non si adatta a subirla; rivoluzionario è chi ha un sogno e non accetta di vivere a metà, nella paura, nell'ubbidienza di fronte al potere che uccide".

Giorno dopo giorno, notte dopo notte, il numero delle ragazze e dei ragazzi sequestrati a Buenos Aires, a La Plata, a La Rioja e nelle altre città argentine cresce a dismisura: di loro non si sa più niente. Sono *desaparecidos*, letteralmente "scomparsi".

Juanita Pargament, la madre di Alberto, non può crederci: il suo amato figlio – benvoluto anche dai suoi pazienti – non ha fatto nulla di male, deve esserci un errore. Così mostra la sua foto al commissariato, ma i poliziotti la rimandano a casa. Juanita si reca allora al Palazzo di Giustizia, poi chiede aiuto all'associazione degli psicoanalisti, si rivolge persino al vescovo: nessuno sa, nessuno parla.

Beba Petrini, che ha inseguito inutilmente la Ford Falcon su cui ha visto sparire il suo Sergio, corre in questura, dove pensa l'abbiano portato, ma lì non c'è, non l'hanno visto. «Mettetelo allora nella lista delle persone scomparse, da cercare, voglio fare una denuncia di sparizione» implora disperata, ma la polizia le ride in faccia.

Taty, la madre di Alejandro, chiede a tutti i familiari e conoscenti vicini al regime informazioni sul figlio, ma nessuno parla, nemmeno le persone che fino a poco tempo prima frequentavano la sua casa, mangiavano le sue *empanadas*.

E così Azucena, María, Esther, Cota, Marcela, Vera, Estela, Hebe e decine di madri a cui vengono brutalmente e insensatamente strappati i figli. Le loro storie, tutte diverse, sono in fondo tutte uguali, perché il dolore di una è il dolore di tutte. Ciascuna di loro, senza saperlo, inizia a fare singolarmente quello che poi, come un'onda, queste madri faranno insieme: sono donne sui quarant'anni, spesso casalinghe o operaie, abituate da sempre a badare alla casa e alla famiglia, e ora si trovano a muoversi in ambienti che non conoscono questuando notizie, venendo spesso ignorate, maltrattate o schernite. Nessuna ha ancora capito cosa è accaduto davvero ai propri figli, tutte sperano – anzi sono convinte – di rivederli vivi, presto o tardi.

I mesi però passano e le madri continuano ad apparecchiare un posto a tavola anche per chi non c'è, intanto bussano a vecchie e nuove porte, insistono davanti agli ufficiali della polizia, compilano con difficoltà scartoffie e documenti in tribunale, si rivolgono ai preti, al consiglio ecumenico, agli avvocati, a chiunque pensano possa dare loro una mano a recuperare qualche informazione.

Quando Cota Feigelmüller chiede notizie di Sergio, la polizia le risponde: «Non si preoccupi signora, suo figlio sarà solo scappato con una bella ragazza»; quando Juanita si rivolge al prete chiedendo di Alberto, lui le consiglia: «Preghi molto, la preghiera è importante, si chiuda in casa e continui a pregare».

Hebe, alla ricerca del suo Jorge, scrive e firma sulla carta delle brioche (l'unico foglietto che riesce a recuperare nella concitazione del momento) il primo degli oltre ottanta *habeas corpus* che presenterà: "Che tu abbia il corpo" recita il diritto di essere messi a conoscenza – da parte della magistratura – delle cause di ogni arresto; sono atti di cui si occupano gli avvocati solitamente, ma nessun avvocato vuole occuparsi dei desaparecidos.

La porta chiusa in faccia è una delle immagini – reali e metaforiche – che le madri alla ricerca dei propri figli hanno costantemente davanti agli occhi in quei primi lunghissimi mesi di indagini individuali. Nessun aiuto, nessuna compassione, nessuna solidarietà: solo omertà e frasi di circostanza se non, addirittura, di scherno. Capita anzi che venga loro consigliato di stare zitte: meno domande fanno, più possibilità hanno di rivederli.

Sono dunque donne sempre più sole: i vicini di casa, gli amici e i parenti hanno paura di finire nei guai per la vicinanza con una famiglia di "sovversivi", e così interrompono i rapporti.

Le uniche persone che, talvolta, le madri incrociano sono proprio le altre madri: si incontrano per caso nei corridoi degli uffici dell'esercito, in coda fuori dai commissariati, sulle panche delle chiese, nelle aule dei tribunali, e ciascuna di loro chiede irriducibilmente le medesime informazioni. Si riconoscono senza bisogno di parlare: il loro viso è segnato dallo stesso dolore silenzioso. Inizialmente diffidenti, nessuna dà confidenza alle altre, ma basta un sorriso, una parola che scivola fuori vincendo la paura, e iniziano a capire che ciò che è successo loro non è un caso isolato, una disgrazia, ma un copione diabolico che si è ripetuto infinite volte.

Così queste donne iniziano a scambiarsi le scarse informazioni che hanno: capiscono che condividere la sofferenza aiuta le ferite a sanguinare un po' meno intensamente, e capiscono soprattutto che chiudere la porta in faccia a dieci donne che fanno domande è più difficile che chiuderla a una donna sola.

Un giorno di aprile del 1977 alcune madri si presentano alla chiesa Stella Maris di Buenos Aires, dove sperano che monsignor Grasselli possa dire loro qualcosa sui ragazzi che stanno cercando disperatamente, perché, come ripetono: «La peggior verità è meglio che non sapere niente». Ma le parole del monsignore sono vaghe e insidiose, e il gruppetto di donne se ne va scoraggiato: i loro figli, le figlie così amate non hanno la pietà nemmeno di Dio o chi per lui. Giunte nei pressi della grande Plaza de Mayo, dove ha sede la Casa Rosada che ospita il ministero degli Interni, una delle signore, Azucena Villaflor de De Vincenti – una bella donna di cinquantatré anni con la gonna chiara, i capelli corti e le grandi braccia – propone di scrivere una lettera al capo del governo, il generale Videla, e di aspettare una sua risposta in piazza subito dopo averla consegnata, senza andare via. E così il sabato seguente, il 30 aprile 1977, quattordici madri si trovano in piazza, consegnano la missiva e mentre aspettano diventano fiumi in piena: fermano i passanti e dalle loro bocche esondano tutto l'orrore e la ferocia subiti.

Ora che hanno iniziato a parlare non vogliono più smettere, così si ritrovano in piazza anche la settimana successiva, ma anticipano l'appuntamento al venerdì, perché il sabato la gente vuole svagarsi e non certo ascoltare le loro storie: c'è Azucena che con il suo sorriso accoglie le donne che arrivano a unirsi al gruppetto, c'è María Adela, sempre elegante, c'è Hebe che arriva in autobus da La Plata. Le madri così diverse per età, estrazione sociale, credo religioso e posizioni politiche, si ritrovano così uguali nella loro mancanza sulle panchine di Plaza de Mayo mentre compilano gli *habeas corpus* e lavorano a maglia.

Il sollievo e il conforto dati dall'incontro le portano a darsi un nuovo appuntamento per la settimana successiva, ma visto che è meglio non scherzare con la scaramanzia, le donne decidono di abbandonare il venerdì – il "giorno delle streghe"– per il giovedì. Di bocca in bocca, di sussurro in sussurro, la voce gira: le madri che per prime sono andate in piazza in quel sabato di aprile tentano di convincere le altre che è importante esserci per chiedere la verità sui propri figli, e così altre madri di desaparecidos affluiscono a Plaza de Mayo ogni giovedì alle tre e mezzo. Molte hanno paura di essere denunciate, spesso non sono appoggiate in questa scelta dai mariti, alcune non vivono nemmeno nella capitale e sono costrette a fare lunghi e dispendiosi viaggi dalla provincia. Inoltre, il clima di terrore instaurato dalla dittatura si fa sentire: ci vuole coraggio per presentarsi in Plaza de Mayo, ma nonostante questo le donne si moltiplicano. Chi presenzia per la prima volta spesso è silenziosa, spaesata, alcune piangono, ma poi arriva Azucena, oppure Gloria, Juanita o Hebe ad accogliere la nuova arrivata con la frase: "*¿A tí quien falta?* (A te chi manca?)". E un misterioso senso di sorellanza asciuga le lacrime: tra le regole delle madri c'è infatti anche quella di non mostrarsi deboli davanti ai militari, così ognuna di loro impara a piangere per conto suo, e a schiarirsi la voce appena varca la soglia di Plaza de Mayo.

Non tutte tornano la volta successiva: il regime ha vietato le riunioni, gli assembramenti, il volantinaggio, e correre questo pericolo per cosa, per chi – visto che nessun figlio è nel frattempo ricomparso – sembra loro folle. Ma le madri che hanno dato vita quasi senza rendersene conto a quest'onda non si arrendono: vanno a stanare le più esitanti, infilano nelle loro orecchie parole che bruciano come febbre quando le incontrano nei corridoi dei commissariati, scambiano con loro le informazioni che sono riuscite a mettere insieme sui campi di detenzione, progettano le prime vere azioni di denuncia.

Naturalmente, l'occhio del regime vede tutto: dopo soli pochi incontri, un giovedì di giugno del 1977 la polizia carica il gruppetto di donne sedute sulle panchine e le caccia fra bastonate e insulti, gridando loro che non hanno il permesso di stare in piazza, devono "circolare". E loro, come racconterà in seguito Vera Jarach, prendono quelle parole alla lettera: «Un poliziotto ci ha detto "circolate". E noi abbiamo seguito il suo consiglio, abbiamo iniziato a muoverci in cerchio, intorno all'obelisco». In modo casuale, in risposta a un attacco dei militari, inizia la tradizione della marcia del giovedì delle Madri di Plaza de Mayo, mai interrotta fino a oggi.

Colta di sorpresa la prima volta, la polizia si fa trovare preparata il giovedì successivo e arresta alcune delle madri che marciano in piazza: nessuna di loro però ha paura, nessuna teme di perdere qualcosa perché è già stato strappato loro ciò che avevano di più caro. Il carcere per quelle donne determinate è anzi una prospettiva propizia: sperano infatti di incontrare lì qualcuno dei loro ragazzi.

Le madri iniziano anche a creare una rete che collega le loro abitazioni: le cucine diventano uffici in cui redigere documenti, volantini, denunce e tutto quello che può servire per cercare i desaparecidos, il cui numero continua a salire vertiginosamente. Ma allo stesso tempo, cresce anche il numero delle madri e le case adesso non bastano più, così prenotano un ristorante dicendo di essere pensionate che festeggiano un compleanno, si danno appuntamento al giardino botanico o in una delle chiese della città indossando parrucche e abiti double face: sono tentativi ingenui, dal momento che la polizia le ha schedate fin dal primo istante, ma questo non le ferma. Intuiscono infatti che è fondamentale farsi notare da più persone possibili perché la visibilità crescente dà loro una scorta di protezione essenziale: dissolvere nel nulla un corpo che è entrato nella testa di molti è più complicato.

Così cercano di attirare l'attenzione della stampa estera che sta testimoniando la visita di Terence Todman – delegato americano impegnato nel campo dei diritti umani – e del Segretario di Stato americano Cyrus Vance, e nel mese di ottobre del 1977 partecipano a due grandi manifestazioni nazionali che si svolgono a Buenos Aires. Per rendersi riconoscibili le madri scelgono di indossare un fazzoletto, ma non uno qualsiasi: si annodano in testa il *pañuelo*, un pannolino bianco che hanno conservato dal corredo dei propri figli, su cui hanno ricamato il nome del desaparecido, portando dunque addosso il paradosso della presenza nell'assenza. Il *pañuelo* diventerà il simbolo che le caratterizzerà per sempre, anche se molte preferiranno acquistare un fazzoletto di batista bianco per non rovinare la biancheria a cui sono affezionate, e lo indosseranno ogni giovedì in piazza, annodandolo sotto il mento.

Molto prima dell'avvento dei social media, le madri si scoprono anche comunicatrici efficaci inventandosi espedienti geniali per fare correre veloce la loro storia: appendono per esempio i fazzoletti ricamati sulle pareti della chiesa dove invocano la volontà in cielo – ma soprattutto in Terra – del Padre Nostro, affinché punisca i militari che hanno ucciso i figli, scrivono i loro nomi sul messale o sulle banconote con cui pagano la spesa al mercato, comprano anche una pagina su un quotidiano nazionale, in cui elencano i nomi di tutti i desaparecidos. L'8 dicembre, per autofinanziarsi, le madri organizzano una raccolta fondi fuori dalla chiesa di Santa Cruz: è in questa occasione che un ragazzo dal viso angelico – che da alcune settimane si è unito alle madri alla ricerca del fratello scomparso – dà un affettuoso bacio a due di loro, Mary Ponce ed Esther Ballestrino de Careaga. In un attimo la polizia afferra le madri trascinandole a bordo di una Ford Falcon senza targa insieme a due suore francesi terzomondiste. Quel ragazzo, che si faceva chiamare Gustavo, è in realtà il tenente della marina militare Alfredo Astìz, un infiltrato che ha tradito con il bacio di Giuda le donne che lo avevano accolto come un figlio. All'alba del 10 dicembre, Azucena si reca in edicola per comprare il quotidiano e verificare la presenza dell'inserzione con i nomi dei desaparecidos, ma fuori dall'abitazione viene sequestrata da un manipolo di militari, picchiata a sangue e caricata in macchina.

Le madri sequestrate (che verranno torturate, imprigionate e infine uccise barbaramente), ovviamente, non sono state scelte a caso: sono le più capaci nella lotta e le più determinate. È un monito del governo per le altre, affinché lascino perdere ogni tentativo di ribellione o denuncia. Lo shock per la scomparsa di Azucena, Mary ed Esther si fa sentire, ma le madri non si fermano: ora combattono per i loro figli e per le loro sorelle, la loro rabbia è se possibile ancora più grande.

Intanto, grazie alle indagini che hanno svolto, emergono notizie sulle torture a cui i desaparecidos sono sottoposti negli oltre trecentocinquanta campi di concentramento disseminati su tutto il territorio nazionale. Non si tratta di fortezze nascoste o isolate, ma di banali appartamenti, garage e cantine dentro le città, luoghi protetti dal silenzio delle case, dall'omertà delle stazioni di polizia e delle caserme dell'esercito. Il centro più terribile di tutti, come si scoprirà in seguito, è il campo Selenio presso l'ESMA, la scuola di for-

mazione della marina militare dove verranno torturati oltre cinquemila donne, uomini e ragazzini.

In quella struttura, così come in qualsiasi altra prigione di detenzione, i desaparecidos vivono senza
più nome né identità, ammanettati e incappucciati. Il
tempo e lo spazio non esistono più, il cibo e l'acqua
somministrati servono solo a farti impazzire di fame
e di sete, e le torture psicologiche – come le finte fu-
cilazioni o l'obbligo di assistere alle sevizie subite da
amici e familiari – sono l'assaggio di quelle fisiche.

Oltre alle percosse e alle violenze sessuali, i "giochi"
preferiti dagli aguzzini sono il "sottomarino" (ai desaparecidos viene infilata la testa in un secchio d'acqua sporca) e il "sottomarino secco" (in questo caso,
niente acqua ma un sacchetto di plastica), e la "pica-
na", cioè una serie di scariche elettriche per ustiona-
re la pelle prediligendo le parti del corpo più sensibi-
li come i seni, la vagina, i testicoli, gli occhi e il pene.

I "giochi" vengono ripetuti più volte nel corso della
stessa giornata per un tempo indefinito: chi sopravvive viene drogato con il pentotal, caricato a bordo di un
aereo con i piedi legati a un masso di cemento e getta-
to nel fiume o nel mare attraverso i cosiddetti "trasfe-
rimenti" o "voli della morte", affinché il cadavere non
torni a galla. La polizia militare non compie da sola
le torture e gli omicidi: spesso è aiutata da infermieri,
medici e preti pronti ad assolverla da tutti i peccati.

Le madri decidono di non parlare, né in quel momento né in futuro, delle torture subite dai desaparecidos:

quelle anime luminose (il cui numero cresce ancora e ancora fino ad arrivare a trentamila) sono sempre vive dentro di loro, bisogna solo andare avanti e lottare per la verità.

L'anno successivo l'Argentina ospita i Mondiali di calcio. Il primo giugno del 1978 Jorge Videla declama: «Chiedo a Dio, nostro Signore, che questo evento sia davvero un contributo per affermare la pace, quella pace che tutti desideriamo per il mondo intero e per tutti gli uomini del mondo». A pochi passi dallo stadio Monumental di Buenos Aires, in quello stesso momento, molte figlie e molti figli sono torturati all'ESMA, la scuola militare che è anche uno dei campi di detenzione.

Mentre i calciatori scendono in campo, le madri continuano a marciare: queste donne agguerrite capiscono infatti che i Mondiali sono l'occasione perfetta per far arrivare la loro voce alla stampa internazionale. Ad accorgersi per prima di queste donne caparbie è la televisione olandese: un gruppo di attiviste invia del denaro per sostenere la loro causa e le invita nel loro Paese. Molte delle madri non sono mai salite su un aereo prima, ma questo non le ferma: con il *pañuelo* annodato intorno al capo arrivano in Olanda, poi in Svezia, in Francia e in Italia, dove nel luglio del 1980 vengono ricevute da papa Giovanni Paolo II. Quando lo implorano di chiedere verità e giustizia per i figli scomparsi lui non risponde, ma regala loro dei rosari. Hebe ricorderà di avergli risposto: «Santità, di croci ne ho già abbastanza, non ne voglio un'altra», restituendogli il rosario. Nel 1999, quando la Segreteria di Stato vaticana interverrà chiedendo perdono per Pinochet affinché non venga estradato, le madri scriveranno al papa una lettera che terminerà con queste parole: "Noi membri dell'Associazione delle Madri di Plaza de Mayo, attraverso una preghiera immensa che arriverà al mondo, chiediamo a Dio che non perdoni Lei, sig. Giovanni Paolo II, perché Lei denigra la Chiesa del popolo che soffre. Lo facciamo in nome dei milioni di esseri umani che morirono e continuano a morire ad opera degli assassini che Lei difende e sostiene. DICIAMO: SIGNORE NON PERDONARE GIOVANNI PAOLO II".

Queste donne che all'inizio avevano timore di parlare in pubblico (Hebe ricorderà: «Ci chiedevamo, ma cosa sarà una conferenza stampa? Non importa, la facciamo lo stesso»), adesso partecipano ad assemblee e congressi in tutto il mondo, e le loro invettive fanno tremare i pavimenti.

Nel 1979, mentre affiorano sempre maggiori dettagli sulle sparizioni dei desaparecidos – non solo in Argentina, ma in tutto il Sud America – e sulle connivenze politiche ed economiche di altri Stati complici del regime, le madri riescono ad acquistare un piccolo appartamento in calle Uruguay, dove potersi riunire e lavorare in modo più sicuro: è la prima, ufficiale Casa delle Madri di Plaza de Mayo.

In piazza continuano ad andare, naturalmente, ogni

giovedì pomeriggio, perché come dirà Hebe: «Ci sono tante cose da imparare quando si lotta: è stata la piazza a insegnarcele». E così, quando qualcuna di loro viene arrestata, le altre si gettano sulle volanti della polizia chiedendo di essere portate via insieme alle compagne; quando i militari puntano loro addosso i fucili per minacciarle, urlano tutte insieme: «Fuoco!»; quando non riescono a mostrare il loro striscione nelle manifestazioni a causa della folla, lo legano a palloncini comprati da un ambulante per farlo sollevare e rendere leggibile il loro grido. In caserma cantano in coro, come una litania: «O Signore, fa' che questi assassini ci restituiscano i nostri figli», e quando la polizia, divaricando le gambe, impedisce loro di camminare in piazza, le madri si abbassano e sgusciano come gatti in mezzo a quella cortina di fucili e stivali ridendo. Racconterà Hebe: «Ci chiamavano "le pazze", e qualcuno pensava che fosse un'offesa. Certo, ci mettevano dentro tutti i giovedì, e noi ritornavamo. Ma noi sapevamo di essere pazze d'amore, pazze dal desiderio di ritrovare i nostri figli. Noi avevamo la nostra pazzia, e i militari il loro ordine, che cercavano disperatamente di mantenere. A disarmarli era proprio il nostro modo di scardinare quello che per loro era normale. Abbiamo rovesciato il significato dell'insulto di quegli assassini. A volte sono proprio i pazzi, insieme ai bambini, quelli che dicono la verità». Nonostante le intimidazioni, i saccheggi delle case e gli arresti, le madri continuano a resistere con tenacia e creatività, come ricorderà Beba: «Certo, fu necessario avere un grande coraggio, ma il coraggio ce lo diedero i nostri figli». Hebe però preciserà: «Credo che il nostro non fosse coraggio, piuttosto chiarezza su quello che volevamo. Per noi era essenziale agire, non solo pensare; siamo sempre state convinte di quello che facciamo e che vogliamo, ed è questo a darci la forza».

Agire per loro significa andare da un notaio e costituire formalmente l'Associazione delle Madri di Plaza de Mayo il 14 maggio 1979; qualche mese dopo, il 22 agosto, eleggono una Commissione (di cui ognuna diventa membro) formata da undici rappresentanti e presieduta da Hebe de Bonafini, una delle donne più forti e intelligenti dopo la scomparsa di Azucena. Iniziano a sorgere delle filiali dell'Associazione anche in altre città argentine, in modo che la loro azione risulti più capillare sul territorio e possa coinvolgere più madri possibili. Infatti, come dice Beba: «Siamo state sempre unite. È stato questo a darci la forza: agire collettivamente, mai in modo individuale. Ci siamo rese conto fin dall'inizio che da sole non avremmo mai raggiunto nessun risultato. Loro cercavano di rompere il collettivo, di dividerci, e noi cercavamo il modo di unirci ancora di più».

Nel 1980, le madri inaugurano la tradizione – viva ancora oggi – dei discorsi del giovedì pomeriggio: dopo la marcia, ciascuna può prendere la parola per sfogarsi, maledire o chiedere un abbraccio perché se sputi fuori il veleno, in qualche modo ti salvi.

Nel dicembre del 1981, in occasione del primo giovedì del mese, nasce "la marcia della resistenza" che si celebra da quarantatré anni: per ventiquattro ore le madri marciano attorno all'obelisco, senza fermarsi mai. La prima volta la polizia guarda attonita queste donne che girano a braccetto con i loro fazzoletti bianchi in testa, molti scommettono che non dureranno per più di un paio d'ore, ma come sempre si sbagliano e le madri portano a termine la loro marcia. Negli anni, nessuna di loro ha mai mancato l'appuntamento: tante ora si aiutano con dei bastoni, altre sono in sedia a rotelle, ma continuano a camminare. È Taty, nel suo libro, a raccontare: "Non siamo rimaste in molte. Ci sono madri che non possono più camminare, però non ho sentito nessuna dire: 'Adesso mi voglio lasciar morire'. No! Combattono tutte per continuare in qualsiasi modo a vivere e a lottare".

Ricordando quelle prime marce, Nora Cortiñas riconoscerà: «Come madri facevamo disobbedienza civile senza saperlo, eravamo femministe senza rendercene conto». Nora aveva ragione, sono molte le rivoluzioni che queste madri attuano uscendo dall'invisibilità, spalancando le porte di casa, studiando quotidiani che non avevano mai sfogliato: se prima non comprendevano l'attivismo dei figli e delle figlie, adesso sono loro le ribelli e le esperte di politica. L'inversione di ruoli dona a queste donne audaci un regalo prezioso: continuando a lottare insieme ai ragazzi scomparsi, al posto loro, imparano a conoscerli nell'assenza. È per questo che le madri dicono di essere ancora e per sempre incinte dei propri figli, e che la piazza è il luogo dove riescono a incontrarli ogni volta che marciano, come una promessa mai mancata. Lo spiega molto bene Hebe: «Quello che è successo è che siamo state partorite dai nostri figli, perché è stato per la loro scomparsa che sono nate le Madri di Plaza de Mayo. Per farci mettere al mondo abbiamo dovuto capire chi fossero, e così la loro lotta ha cominciato a essere la nostra... Questa è la gravidanza più bella, piena di allegria, speranza, sogni. Noi madri non diamo per morti i nostri figli, crediamo che vivano in ogni persona che lotta, che si impegna per gli altri. Ogni volta che noi madri facciamo qualcosa, sento che i nostri figli stanno nascendo di nuovo. Qualsiasi cosa mettiamo al mondo, sento che tornano alla vita e che tornano a entrare in noi».

I figli morti si fondono e si confondono così con le madri vive, come racconta Juanita: «È una lotta che si è fatta carne in noi, quando non possiamo andare in piazza ne soffriamo profondamente», ed è proprio in piazza che avviene un ulteriore passaggio nella filosofia e nella politica delle Madri: quello della socializzazione della maternità, che non è poi così diversa dal concetto di *queer family*. Le madri infatti si rendono conto di essere solo un centinaio, poche rispetto al numero di desaparecidos: dove sono tutte le altre? Perché non cercano i propri figli? Li hanno rinnegati? Sono morte? Hanno paura del regime? Qualsiasi sia la motivazione, ci penseranno loro a cercare e amare i desaparecidos, tutti e trentamila: non saranno più solo le madri di Sergio, Alejandro, Jorge, Raúl, María, ma diventeranno le madri di tutti gli altri. Ricorderà infatti Beba: «Ci parve che la socializzazione della maternità ci avvicinasse molto di più ai nostri figli e fosse la dimostrazione che avevamo capito quello per cui avevano lottato, e che stavamo cominciando davvero a imparare da loro, che avevano a cuore tutti. Fu così che decidemmo di essere madri di tutti e trentamila. Li abbiamo portati tutti nel cuore, senza più sentire la necessità di azioni individuali [...]. Mi pare che sia stata una decisione molto importante, perché dimostra come tutto, a partire dalla cosa più sacra, che è la maternità, si possa condividere e socializzare».

Le madri smettono così di portare le foto del proprio figlio e sui fazzoletti ora campeggiano la scritta "Madri di Plaza de Mayo" e il motto *Aparición con vida*, "ricomparsa in vita".

Il perché lo spiega Hebe: «Noi non abbiamo nulla a che fare con la morte, la vita è il significato profondo di quel che facciamo. Tutto quello che c'è di creativo ha a che fare con la vita, e combattere per la vita è rivoluzionario».

Queste madri che lottano con la medesima forza per i figli biologici e per i trentamila figli d'anima trasformano la maternità in una questione politica e non certamente biologica. E i padri, dove sono? È stata Nora a ricordare il motivo per cui proprio questa rivoluzione è madre: «L'idea fu di Azucena Villaflor, perché a parte che in quel momento non c'erano molte famiglie in cui lavorassero entrambi i coniugi, si credeva che le madri avessero più tempo per andare in piazza. E anche perché quando noi andavamo a chiedere notizie dei nostri cari scomparsi, non ci importava nulla di cosa ci dicevano i militari, non andavamo per discuterci. Con i padri, invece, i militari discutevano la condotta dei figli, noi non andavamo a negoziare nulla, volevamo sapere solo cosa fosse successo ai nostri familiari».

Alcuni padri (pochi per la verità) appoggiano le mogli nella loro battaglia, parecchi invece preferiscono murarsi dentro al proprio dolore, così tante famiglie si sfasciano. Sono poi molte le madri a restare presto vedove: condividere la sofferenza e trovare anime sorelle nella lotta ha permesso loro di sopravvivere alla pazzia e a una fine precoce che ha schiacciato invece molti dei loro compagni.

Nel 1983, finalmente, cade la dittatura militare, ma non c'è niente da festeggiare, perché il cambio di governo – con la vittoria delle elezioni di Raúl Alfonsín – è solo formale. Alfonsín costituisce anche la CONADEP, una Commissione nazionale con lo scopo di indagare sui desaparecidos, che redige il testo *Nunca más*, "Mai più": dentro ci sono statistiche sulle persone scomparse, dettagli sui campi di concentramento e sui voli della morte, ma le madri capiscono presto che è un'indagine parziale, svolta da persone ancora troppo vicine al regime perché, come dice Vera: «Ci sono due cose che portano alla tragedia: la connivenza e la complicità diretta. In Argentina abbiamo avuto silenzio, sempre silenzio, e gente che guardava dall'altra parte».

Vengono anche istituiti processi per decine di cariche dell'esercito, della marina e dell'aviazione con l'accusa di sequestro, omicidio e violazione dei diritti umani, ma risultano una farsa e le condanne sono ridicole. L'apoteosi è raggiunta con l'emanazione di due decreti vergognosi: la "Legge del punto finale", che pone fine alle ricerche (e di conseguenza anche alle richieste di giustizia) dei desaparecidos dichiarandoli tutti morti, e la "Legge dell'obbedienza dovuta", che assolve quasi tutti i militari che hanno compiuto i rapimenti e le torture perché, appunto, hanno semplicemente svolto il proprio dovere.

Senza fare nulla per cercare davvero le trentamila persone scomparse, Alfonsín inizia a far recapitare alle famiglie casse contenenti resti umani, offrendo loro cifre anche molto alte per compensare la perdita dei figli. L'intento del nuovo governo è chiaro: porre fine alla questione dei desaparecidos senza ammettere la verità e, soprattutto, senza punire i responsabili del genocidio. È un momento difficile per le Madri: molte di loro sono tentate di accettare la restituzione per potere avere finalmente una tomba – seppur ingannevole – su cui piangere i figli, inoltre le somme offerte come indennizzo le salverebbero dalla povertà perché la situazione economica in Argentina nel frattempo è precipitata. Ma una parte delle madri si oppone fermamente: non serve un cimitero perché i loro figli non sono morti, non servono soldi perché nessuna cifra sarà mai degna della vita dei loro ragazzi; accettare ossa raminghe e denaro significherebbe tradirli e abbandonarli, così rispondono all'offerta con le solite parole: "Dimenticare mai, perdonare mai". Si crea quindi una grande frattura all'interno del movimento, e le madri che accettano il risarcimento in denaro si fanno chiamare ora "Madri di Plaza de Mayo - *Línea Fundadora*".

Oltre alla scissione formale, nasce anche il sottogruppo delle *Abuelas*, cioè le Nonne di Plaza de Mayo: tantissime donne e ragazze erano infatti incinte al momento del sequestro e il compito dei militari era portare via il neonato, subito dopo il parto, per darlo in adozione a famiglie vicine al regime che non potevano avere figli. Si stima che questa pratica sia stata messa in atto almeno cinquecento volte: tanti sono i bambini rubati alle loro madri, uccise dopo averli dati alla luce. Le *Abuelas* si sono messe alla ricerca dei nipoti, figli delle loro figlie scomparse: a oggi – anche grazie alla banca del DNA – sono più di centotrenta i nipoti ritrovati. Una parte delle madri è però scettica riguardo al loro operato: da un lato perché ogni nonna cerca solo il proprio nipote – venendo così meno al principio di socializzazione della maternità, secondo cui ognuna è la madre di tutti i desaparecidos – e dall'altro perché non è facile scegliere di "obbligare" un bambino o un ragazzo a conoscere una storia, certamente dolorosa, di cui è sempre stato ignaro.

Nonostante le divisioni interne, tutte le madri e le

nonne continuano a chiedere la verità mentre la crisi economica imperversa, i governi si alternano in una serie di fantocci della democrazia e l'Argentina entra in recessione nel 1997. Nel frattempo, a parte il generale Videla, l'ammiraglio Massera, il generale Agosti e poche altre cariche della dittatura – che si sono dichiarate orgogliosamente responsabili e non colpevoli –, quasi nessuno è in carcere. Le madri istituiscono allora processi simbolici con avvocati e testimoni, dove il pubblico è giudice e finalmente condanna i responsabili del genocidio dei desaparecidos. È solo un rituale e nessuna condanna è realmente applicabile, ma gli antichi ci insegnano che attraverso i rituali ritroviamo il nostro posto all'interno della comunità e perpetuiamo la memoria. Ristabilire la verità davanti alla collettività è per le madri di fondamentale importanza, perché come hanno sempre sostenuto: «Non vogliamo né perdono, né oblio, né riconciliazione. Vogliamo che ci sia la prigione sicura e perpetua per tutti coloro che si sono macchiati di crimini di lesa umanità. Vogliamo la verità e la giustizia».

Portando dentro di loro tutti e trentamila i figli, più vivi che mai, le madri si sono mantenute vive, vivissime anche loro: molte hanno superato i novant'anni e viaggiato in tutto il mondo, acquistando anche una Casa più grande dove si trovano ogni martedì per lavorare tra un *mate* e una torta fatta in casa. Supportate da finanziamenti volontari hanno fondato un giornale, una biblioteca, una videoteca, un centro culturale, un archivio, un mercato del baratto, e nel 2000 hanno fondato l'Università popolare delle Madri di Plaza de Mayo, dove tra le altre materie si insegna giornalismo d'inchiesta.

Come raccontava Nora Cortiñas in un'intervista di qualche anno fa: «Noi continuiamo a fare sempre le stesse cose, costruiamo iniziative, rivendichiamo tutti i giorni il diritto alla verità per i detenuti scomparsi, raccogliamo la loro bandiera di lotta, partecipiamo ai movimenti sociali degli insegnanti, della salute, della casa, per i diritti umani. L'attuale governo è fascista, dice che i diritti umani sono solo un affare, mette in dubbio la dimensione del fenomeno dei desaparecidos, vorrebbe che non scendessimo in piazza, che non esistessimo».

Ma le madri continuano a esistere e a raccontare la propria storia e quella dei loro figli a chiunque voglia ascoltarla affinché sia sempre ricordata, vivendo insieme come sorelle e, soprattutto, marciando in piazza ogni giovedì pomeriggio contro tutte le ingiustizie, perché, come dice Vera: «Cos'è l'ignavia? È passare la vita così, trascorrerla preoccupandosi solamente di se stessi... Io sono una pessima cuoca, però ho una ricetta contro la paura: vale sempre: bisogna muoversi con il cervello, e con il corpo. Cercare di reagire». Le sorelle che in questi anni, ormai anziane, sono morte, hanno chiesto che le loro ceneri venissero disperse in piazza, accanto a un albero o all'obelisco: è in Plaza de Mayo – dove ora sono disegnate le sagome dei loro iconici fazzoletti bianchi – che sono nate, partorite dai propri amati figli. Il motivo lo spiega Hebe: «La piazza ha un contenuto politico profondo, ma soprattutto un amore molto intenso. È molto difficile da spiegare, quello che si sente quando si arriva qui, in piazza: si crea qualcosa che non può crearsi altrove. Piazza per me è quell'essere nel cielo aperto, dove non ci sono porte né pareti a contenerti. Per me la piazza è sempre stata uno spazio impressionante di libertà, persino nel peggior momento della dittatura. La piazza non è un cimitero, ma un luogo di lotta che le madri si sono conquistate: le apparteniamo, e per questo possiamo dire che la piazza è nostra».

C'è un libro, firmato da Taty Almeida insieme a Massimo Carlotto e Renzo Sicco, che si intitola *Orfana di figlio*. È interessante notare come, in molte lingue, non esista una parola per esprimere questo lutto: orfano è il figlio che perde i genitori, vedovo è chi sopravvive al proprio coniuge, ma l'idea di una madre o di un padre che seppellisce un figlio è qualcosa di talmente innaturale che, come per molte cose che non possono essere dette, non ha nome. Se le parole servono a rendere reali i pensieri, nessuno vuole avvicinarsi a questa realtà.

Anche di questo Taty e Michela Murgia hanno parlato, nel 2017, quando si sono incontrate. C'è una loro foto insieme: Taty con il *pañuelo* annodato in testa, Michela sorridente e luminosa, sono due madri che si abbracciano e che sanno che non moriranno mai, perché tutte le storie che hanno depositato in noi continueranno a vivere.

MICHELA MURGIA

Un'elfa di nome Grienne avanza lungo il Sentiero dell'Assenza, a Lot, avvolta nel manto verde che pare esserle divenuto inseparabile. I capelli scuri avvolgono le spalle come un velo serico e il pallore del volto è l'unico riferimento visibile tra le nebbie e le ombre: la figura minuta non mostra altri segni identificativi palesi.

Allo sbocco del sentiero scruta il lago celando una lieve smorfia di disappunto per non trovarlo sgombro, come sperato. Tempi di desideri non appagati sono questi.

Individua subito un punto distante dalle altre figure che paiono attratte dal luogo, una pietra piatta che sembra invitare alla seduta. Gli odori delle acque morte si mischiano al profumo dolciastro del loto, che istintivamente l'elfa assocerà sempre alle esequie.

Grienne avanza fino alla pietra e si siede con la grazia d'un petalo che lascia lo stelo, mentre il medaglione della Quercia ondeggia sul seno, obbediente a un ritmo tutto suo. Evita ulteriori sguardi ai presenti, fortunatamente poco propensi a conversare. È il lago, oscura via, che attrae il suo sguardo color muschio.

Vestita di nebbie e silenzio, è ora in attesa di Khouran Lustrascaglie dei Draghi delle Tenebre, lo sposo, il cavaliere di cui nessuno fu mai all'altezza, nel suo cuore.

Le mani delicate, una nuda e l'altra guantata, si contraggono sulla veste, come ragni a tirare una tela senza prede. A Khouran, arrivato per lei, domanda: «Temete la dipartita? Io no. Non è la durata dei miei giorni che temo, ma la mancanza di consapevolezza. Credo che sia questo che rende la nostra stirpe superiore alle altre... Se anche un umano avesse la vita triplicata, il più delle volte avrebbe solo più tempo per essere sciocco... Temevo molte più cose della morte quando non lo sapevo... La consapevolezza dà forza. Tutto acquista un senso... Quasi tutto».

Grienne pare adesso priva di tensione fisica, abbandonata sulla roccia che le fa da strana culla in quel luogo che porta al sonno estremo. Eppure non è mai parsa tanto viva, un furetto candido e corvino, mollemente abbandonata alla notte e a un destino a cui sa di non avere astuzie da contrapporre. Una lacrima ribelle, sfuggita al controllo di una volontà avvezza a governar popolo, scivola sulla gota inseguendo il tocco di Khouran. Sospira appena, l'elfa. Ritrosa per natura, schiva a ogni contatto fisico, solo a lui ha concesso la libertà di porre mano al suo corpo come se fosse proprio, dono mai ritratto, maledizione dell'elfo che ama davvero una sola volta.

Imbocca con lui il sentiero, lasciandosi alle spalle le nebbie gravide di presagi, ancora per qualche giorno solo minacce.

«Quando ero a Lot ho organizzato la mia morte. È stato molto bello» mi ha detto parecchi anni fa Michela Murgia.

Quella è stata la prima volta in cui ho capito che seguirla era come rincorrere il Bianconiglio di *Alice nel paese delle meraviglie*. Le parole con cui ho aperto questo racconto fanno parte della sua giocata più epica: quella, appunto, in cui ha deciso di uccidere il suo personaggio Grienne, rockstar assoluta di Lot.

Per chi non lo sapesse, e io non lo sapevo, Lot era (ed è ancora) una comunità online di gioco di ruolo con un'ambientazione medieval-fantasy che attinge a piene mani dall'immaginario tolkieniano. Una delle prime comunità, in realtà, dunque niente avatar pazzeschi con cui creare proiezioni di corpi desiderati, e solo le parole a progettare mondi dentro un sistema molto complesso di regole.

Michela, dal 2000 al 2007, è stata la regina di Lot, anzi l'elfa. Giocava duro: per muoversi tra folletti, gnomi, angeli, demoni, hobbit, fate e compagnia bella aveva imparato il Quenya e il Sindarin, le due varianti dell'elfico codificate da Tolkien stesso. Ogni tanto mi sussurrava parole nella lingua della Terra di Mezzo e mi piaceva molto, perché si trasformava anche fisicamente: sembrava diventare improvvisamente più alta e oscura, e gli occhi si muovevano velocemente, sbatteva le palpebre come le ali di un colibrì e io immaginavo alle nostre spalle improvvisi precipizi o grotte millenarie, anche se in realtà stavamo aspettando un taxi.

Abbiamo preso molti taxi, treni e aerei, e ultimamente aveva sostituito l'elfico con il coreano: era alla ricerca di un nuovo alfabeto costruito su rapporti simmetrici e l'aveva trovato tra le canzoni di quei meravigliosi unicorni che sono i BTS. Il suo feticismo non ha trovato in me una discepola, e di tutto quel coreano insufflato a forza su rotaie, strade e nuvole ho trattenuto una sola parola: *daebak*, che significa qualcosa come "meraviglia", se ricordo bene. Mi faceva ridere la sua faccia quando la pronunciava, sul finale spalancava la bocca come succede nei manga, ma non mi fregava: io ero fan di Lot, questo mondo dove potevi morire e risorgere, anche se lei aveva deciso di non fare mai una "resurgo".

Se il personaggio di Michela moriva, ne creava semplicemente uno nuovo, con anima e caratteristiche volutamente opposte a quello precedente. Giocava prendendosi un rischio emotivo che gli altri non avevano né volevano (questa cosa, traslata nella realtà, lei non ha mai smesso di farla).

All'epoca il regno di Lot era composto da quarantamila insospettabili nerd che ogni giorno, e soprattutto ogni notte, si connettevano per mettere in scena incantesimi, battaglie, seduzioni e strategie di potere. Più eri bravo a raccontare, più le persone si fermavano a leggere le gesta che narravi. Potevi fare carriera nel gioco, ma il talento non bastava: dovevi affinare, oltre alla scrittura, disciplina e doti politiche e sociali, perché per muoverti all'interno di una comunità la visione di ciò che accadeva intorno a te era fondamentale. Michela ha imparato a raccontare storie proprio lì, dove le parole plasmavano universi.

Quando ha deciso di uccidere Grienne (perché le sue notti erano certamente migliori dei suoi giorni, ma lei non si ritrovava più), non ha lasciato nulla al caso, scrivendo persino i "titoli di coda" e un saluto finale. Questo:

Che Grienne sarebbe morta me lo aspettavo. Che la morte sarebbe venuta una sola volta come la vita, l'ho sempre saputo. Ho scelto io di dare ai miei personaggi un'unica emozione di vita. Forse me li ha fatti apprezzare di più, di certo giocare più intensamente. A differenza della morte di Tanit (il mio primo personaggio), dove imparai a mie spese come non si deve giocare la morte di un personaggio, la morte di Grienne è stata una cosa da ricordare, il modo in cui sempre avrei voluto che finisse. E per questo ringrazio chi ha voluto giocarla e lo splendido Fato che gli ha dato spessore. Vorrei dire grazie a tutti quelli che attraverso la vita di Grienne mi hanno dato emozioni, risate, lacrime, tremori. Tutto gioco? Mah... Rimane la consapevolezza dell'onore che ho avuto a giocare con voi. L'orgoglio e la fierezza di essere elfi davvero, fino in fondo, con puntiglio e passione. Siete l'unico motivo che mi ha tentato a non lasciare Grienne morta. Non scendete mai dallo scalino in cui siamo saliti insieme, rimanendo uniti.

Ancora adesso, a Lot, si narra di quell'uscita di scena spettacolare e si piange il nome celtico con cui Michela provocava sconquassi e magie. I nostri nomi sono portatori di magia, autodefinirsi è ancora l'incantesimo più complicato che ci sia. Per questo il Bianconiglio Michela mi ha raccontato che la cultura celtica presupponeva un nome pubblico e uno privato per le persone. Come accennato nella Morgana Elena Ferrante, il nome pubblico lo poteva usare chiunque, dunque conteneva anche un'eventuale proiezione al pericolo: possono pronunciarti anche coloro che non ti amano. Quello privato, poiché si riteneva che contenesse l'essenza della persona e dunque il suo vero spirito, veniva usato solo dai familiari, cioè da chi in teoria non avrebbe mai esercitato male intenzioni nei confronti di chi portava quel nome. Per cui: potete insultare il mio nome pubblico quanto volete, tanto io non sono lì, mentre le persone che veramente mi amano possono pronunciare il mio vero nome, e io non devo temerlo. La dimensione privata del tuo nome ti ripara, e ti protegge. Grienne non ha riparato Michela da molti attacchi che, in questi anni, hanno mirato al suo corpo per provare a silenziare le sue parole. Non ci sono riusciti, mai.

Conosciamola meglio, dunque, questa Morgana dai molti nomi e dalle molte vite. Ma non sarò sola a raccontare Grienne Michela Murgia: con me ci sono alcune delle voci in cui lei ha disseminato un amore infinito. Ne mancano tante all'appello, ma ci perdonerete, sarebbe diventata una Morgana senza fine (ora che ci penso, lo sarà, perché le prossime Morgane conterranno una miriade di frammenti di lei).

La prima voce appartiene a Elianthos, Primus Custos Mortis degli Oscuri Stregoni, nonché **Alessandro Giammei**, professore di Italianistica all'Università di Yale, e *fillus de anima* di Michela Murgia.

Alessandro Giammei: Quando ho conosciuto Michela Murgia, era morta da poco. Avevo, allora, a malapena duecento anni: un ragazzino. Sulle rive del Lago Proibito mi raggiunse la sua voce inconfondibile di regina: mi chiamò per nome, dall'Oltretomba, come fa Beatrice alla fine del *Purgatorio*, quando dice la sua prima parola di tutto il poema e quella parola è: «Dante». Il mio nome era Elianthos, e lei, dopo averlo pronunciato in un sussurro dalle acque del Lago mi disse proprio quel che dice Beatrice a Dante, severa: «Non piangere». Piangevo, in effetti, la perdita della mia guida, il sovrano del mio clan di elfi oscuri, un maestro delle armi dei cavalieri delle tenebre che aveva dissolto la nostra comunità per assurgere a più alti incarichi nell'esercito in cui militava. Michela era tornata dal

regno dei morti, senza resuscitare, solo per coman-
darmi di asciugare le lacrime e per accogliermi nella sua, di comunità, che continuava a ispirare persino dopo il suo primo funerale. Lo andava facendo da
anni, con tale astuzia politica e prodigioso senso dello
spettacolo che, nel corso del suo regno, quel gruppo
era diventato il più popoloso clan elfico della landa.

Quando oggi, vent'anni più tardi, entro nella comunità virtuale di Purple Square, creata all'improvviso
dalle lettrici e dai lettori di Michela dopo il suo ultimo funerale, ripenso a quel suo antico clan, a quelle
centinaia e centinaia di persone di tutti i luoghi italo-
foni che, coordinate da lei, raccoglievano storie, crea-
vano siti web, tessevano stendardi e dipingevano ritratti, inventavano rituali, combattevano battaglie e
ordivano sortilegi. Il tutto solo scrivendo e leggendo
all'unisono. Ce ne sono quasi diecimila ora, in Purple
Square. E fanno, più o meno, quello che facevamo noi
all'epoca, con le nostre orecchie a punta, i nostri gri-
mori d'incantesimi e la facilità con cui si stringe amicizia tra gente che legge.

Quello del leggere era forse il talento più diffuso tra
le quarantamila persone che si connettevano per giocare, e Michela Murgia ne era dotata in modo ovviamente formidabile. Aprendo il sito di Lot, nei primi
anni Duemila, compariva una mappa. A ogni luogo
di quella mappa corrispondeva una chat. Nella chat
ognuno descriveva, in piccoli invii di poche righe ogni
pochi minuti, quel che faceva il proprio personaggio

in quel luogo. Immaginate dunque un continuo flusso testuale, in tempo reale, in cui ci si deve immergere come improvvisatori jazz: prima ascoltando, poi entrando nel ritmo, infine, se si è davvero bravi, guidandolo senza escludere nessuno.

Brava Michela lo era davvero; scriveva infallibilmente tre righe ogni tre minuti, come se le avesse pensate per tre ore, con l'istinto di un'allenatissima pugile o di una danzatrice che ha smesso di rispondere alla gravità. Ma era davvero brava anche alla periferia del gioco. La chat era sacra, come una messa o un romanzo, ma intorno c'erano mille informali e diretti spazi telematici in cui del gioco si parlava: per organizzare, pianificare, fantasticare e stringere relazioni fuori dalla finzione. C'erano forum, siti, mailing list, gruppi Skype, ma soprattutto c'era MSN Messenger, l'antesignano dell'odierno WhatsApp, in cui ci si scriveva privatamente. È su MSN che io e Michela siamo diventati intimi, dopo il suo funerale: non ci eravamo ancora mai incontrati di persona ma avevo già scelto il nome del suo nuovo personaggio dopo Grienne, Ninque, e in pochi mesi avevamo condiviso guerre e leggendari banchetti elfici, sconfitto nemici e allenato nuove leve. La vita cosiddetta reale che ci raccontavamo a vicenda su MSN era un pallido riflesso di quella che inventavamo nel gioco, e che ci preparava a ognuna delle sfide che avremmo incontrato più tardi, inclusa quella di morire come si deve.

Quando non ero Elianthos, all'epoca di anni ne sta-

vo per compiere sedici invece che duecento, e andavo
al liceo. Anche Michela c'era andata al liceo, mi raccontò molto più tardi, a Oristano, perché alle medie,
a Cabras, era stata la prima della classe. Al liceo però
incontrò un bullismo crudele, accanito sul suo corpo
e su ogni dettaglio che tradisse la sua modesta estrazione sociale di paese e il conflitto che viveva in casa.
Tutti dati che a Lot nessuno avrebbe mai potuto indovinare dall'esatta sofisticazione della sua prosa, dalla
sua capacità di governare codici HTML e programmi
di grafica, dalla saggezza con cui, poco più che trentenne, consigliava a compagni di gioco di tutte le età
e tutti i mestieri. Si era dunque presto rifugiata presso un istituto tecnico dove anche altri studenti, come
lei, già lavoravano e non la prendevano in giro. E appena possibile aveva lasciato casa, trasferendosi in
quella della sua madre d'anima, come la protagonista del suo romanzo *Accabadora*, ma senza mai distac-
carsi dalla madre d'origine.

Le ho conosciute entrambe queste mamme a cui è
dedicato *Accabadora* quando, diciannovenne, Michela
mi portò in Sardegna a vedere lo stagno di Cabras
e a mangiare il sorbetto all'elicriso: a scoprire che
la quercia sul medaglione di Grienne e sugli stendardi del nostro clan non era ispirata all'albero
di Gondor nel *Signore degli Anelli*, ma allo stem-
ma della casa di Eleonora, giudicessa reggente ad
Arborea, eroina nazionale della Sardegna che ispirò
a Michela anche il nome della protagonista del ro-

manzo *Chirù* – e forse, direi, qualche idea per il libro che state sfogliando.

Dicevo che nessuno avrebbe indovinato, conoscendo Michela Murgia su Lot, che aveva già vissuto numerose vite, tutte dure: la studentessa bullizzata e poi lavoratrice, l'insegnante di religione, l'attivista cattolica di sinistra, l'esattrice fiscale, addirittura la dirigente amministrativa di una centrale termoelettrica. Ma è proprio la somma di tutte queste giovani donne ad aver reso Michela una regina degli elfi capace sia d'istintive frasi liriche ogni tre minuti, sia di complessi piani organizzativi: una donna tanto pratica quanto rapita dalla fantasia, una che quando avevo sedici anni mi prendeva sul serio, mi faceva sentire adulto, mi mostrava che, fuori dal gioco, non dovevo fingere di non essere chi ero.

Forse la difficoltà della sua vita era complicata da indovinare, perché è sempre stata, straordinariamente, allegra: si è sempre sentita benedetta, fortunata, anche quando ha dovuto lasciare, per ragioni politiche e di difesa del suo territorio, un posto di lavoro sicuro per andarsene nel più remoto degli alberghi sul Passo dello Stelvio, a fare, essenzialmente, la cameriera, lontana dagli amici e dalle famiglie (ma non da noialtri elfi). Ricordo che studiavo per una verifica di algebra, o qualcosa di simile, e lei mi diceva che fortuna aveva avuto a trovare un posto in cui poteva ascoltare le storie di colleghe e colleghi che venivano dal Nordafrica o dal vicino Oriente: storie che poi riformulava in "quest" da giocare su Lot. Ricordo che era estasiata dalla novità della neve: dal gioco di mettere i succhi di frutta fuori dal davanzale per la notte e trovare al mattino dei gustosi ghiaccioli. È sempre stata ghiotta di ghiaccioli.

Era ovvio che una così, una maga del crepuscolo i cui poteri trascendevano evidentemente i confini del gioco di ruolo, avrebbe scritto un libro, e che quel libro sarebbe stato un bestseller, e che addirittura avrebbe cambiato qualcosa nel mondo. Lei davvero non se lo aspettava e successe, in effetti, per caso, come ogni magia vera. Si usava, tra chi giocava a Lot, tenere un blog, e lei ne aveva un paio sulla piattaforma Splinder. Ne aprì un altro quando tornò dallo Stelvio e, non trovando più lavoro in Sardegna, si rassegnò ad accettare un posto da telefonista precaria in una mostruosa multinazionale che raggirava casalinghe per smerciare costosi aspirapolveri. Credo che quei mesi siano stati tra i più umilianti e faticosi della sua vita, ma Michela ogni sera, prima di giocare a Lot, raffinava quella frustrazione sputtanando sul blog tutto quel che le accadeva al call center, e centinaia di persone si sbellicavano dalle risate leggendola e commentandola per poi rabbrividire subito dopo al cospetto di uno dei fenomeni più devastanti del tardo capitalismo: il precariato. Il resto è storia: l'editore ISBN trovò il blog e le propose di farne un libro, che rimase praticamente identico ai post originali, mantenendo anche lo sfacciato titolo *Il mondo deve sapere*.

Quel libro fece sensazione e continua a circolare da allora, io presi la maturità e Michela cominciò a inviarmi i brani di un progetto diverso, un romanzo di straordinario realismo magico, da cui capii la natura della parentela che già ci univa. Grienne, venuta dopo Tanit e prima di Ninque, stava diventando Michela Murgia, un'elfa bruna e mediterranea che odia i tacchi e canta quando si arrabbia.

Una domanda che mi ha rivolto chiunque in queste settimane, dal "New York Times" a mia cugina, è se Michela si potesse aspettare di avere un impatto così straordinario: se conoscesse l'effetto che le sue parole avrebbero avuto su così tante persone, se avesse coscienza di quello che ha significato per la sua isola, per il suo paese, per la gente che parla la sua lingua. Io onestamente non ricordo un tempo in cui Michela non fosse già chi è ora. Se una sa di essere regina degli elfi alle tre di notte, sapendo anche che al mattino dovrà svegliarsi per andare a consegnare cartelle esattoriali o rifare letti e preparare colazioni, non ha bisogno del premio Campiello, di un abito Valentino, di una tesi di laurea a Princeton su di sé per sapere chi è che risponde quando si chiama il suo nome. Certo questo incantesimo, se a Michela Murgia fosse capitato di nascere maschio, non l'avrebbero chiamato arroganza o supponenza, magari lo avrebbero chiamato aura o carisma, perfino destino. D'altronde può davvero temere il giudizio degli altri una che non teme neanche la morte, e che dalle sue nebbie lacustri d'oltretomba è capace di chiamarci per nome – e di ricordarci chi è che risponde a quel nome?

Teresa Ciabatti è un'indovina: scova nelle nostre infanzie i segni di cosa diventeremo. Invece dei fondi di caffè, analizza le bambole che non abbiamo, capisce che Cabras e *Twin Peaks* sono in fondo la stessa cosa.

Teresa Ciabatti: «In classe mia c'era Laura Palmas» raccontò una volta.

Erano gli anni di *Twin Peaks* e Michela Murgia frequentava l'istituto tecnico commerciale di Oristano. In televisione Laura Palmer, a Oristano Laura Palmas. Un dettaglio insignificante che tuttavia diceva molto di Michela, della sua posizione nel mondo: nascere ai margini, vivere lontanissimo dal centro, lì dove perviene solo l'eco dei fatti e si riproducono le assonanze involontarie a imitazione del mondo che conta.

Come quella ragazzina in pochi anni arrivi al centro, diventi lei stessa centro che fa accadere le cose, andrà studiato. Carattere, determinazione, mancanza di paura? Lucidità, sincerità?

Michela Murgia nasce a Cabras il 3 giugno 1972. E anche sulla data di nascita è sempre stata sincera, anzi anticipava di un anno – la sua fretta di essere un passo avanti a tutti. Forse bambina ribelle. Intemperante – ho provato a immaginarla. Forse da bambina impara a cucinare (i genitori hanno un ristorante). Non ha bambole.

In ogni narrazione di sé Michela Murgia saltava l'infanzia. Domandandole il motivo, rispondeva: nella mia infanzia non è successo niente di rilevante. Faceva partire la storia della sua vita dai sedici anni.

Ha dichiarato di aver avuto un padre violento, questo il motivo che a diciotto anni la spinge ad andare via di casa e a mantenersi da sola – anche qui: senza paura. Svolge lavori di ogni tipo: insegnante di religione, venditrice di multiproprietà, operatrice fiscale, portiera notturna, telefonista di call center.

Infine: scrittrice. Infine, molto infine, mia amica. La nostra amicizia non aggiunge niente alla sua storia. È una notizia solo per me che incontrandola sono cambiata.

Di Michela ho amato la determinazione, la sfrontatezza, la cocciutaggine. Ogni tanto non ho sopportato l'intransigenza. Mi ha affascinato il suo inventare persone, da grande narratrice quale era, persone che nella realtà erano altro. Prima di lei non sapevo cosa significasse figlio d'anima. Mi ero poco interrogata sui legami non di sangue, sul fatto che i rapporti diventino elettivi per scelta, e non per destino (Michela Murgia sconfessa il concetto di destino).

E dunque una delle eredità di Michela per me sono i legami. I figli: Francesco e Alessandro in particolare. Il marito Lorenzo. Gli amici.

Un giorno seduta al tavolo, mentre io rincorrevo urlando mia figlia piccola per metterla a dormire, lei disse: «Perché si è riprodotta?». Perché si è riprodotta, e stava parlando di me.

È stato su questo che il nostro rapporto è cambiato. Prima eravamo amiche, dopo sorelle. Sorelle d'anima dove per anima s'intende l'estensione del dicibile, il superamento della soglia di tolleranza mondana dell'indicibile.

Michela Murgia, nata a Cabras il 3 giugno 1972, muore a Roma il 10 agosto 2023.

Allora, quella bambina che ho provato a immaginare, le mille bambine che è stata Michela e che io non ho conosciuto, sono scomparse. Eppure credo che fosse una di loro, forse la più fragile, a lasciarsi sfuggire negli ultimi giorni di vita: «Ho paura». E immediatamente dopo: «Io non ho paura di niente» – e qui era la megalomane a parlare.

Francesco Leone, cantante lirico, è *fillus de anima* di Michela. Murgia racconta la storia di Francesco nel suo quarto romanzo, scrivendo che *Chirù* le arriva "come vengono i legni alla spiaggia, levigato e ritorto, scarto superstite di una lunga deriva". Michela lo riconosce "dall'odore", come le persone che si amano e nelle quali ci si ritrova.

Francesco Leone: Michela è arrivata a me come una spiaggia dopo un naufragio. Non un porto sicuro, ma un posto selvaggio, un approdo senza ormeggi, in cui potersi lasciar andare, trovando conforto nel calore del sole e della sabbia. Un luogo da cui partire per fare un bagno ed esplorare il mondo sapendo sempre di poter tornare indietro e raccontare ogni esperienza a una persona capace di grande ascolto. Quando l'ho conosciuta nell'estate del 2013 si era appena candidata come governatrice sarda alle elezioni regionali del 2014. Come diceva nei comizi, sentiva il bisogno di riscrivere la storia delle sarde e dei sardi. Sognava che non fossero più costretti a viaggiare per curarsi, che non si sentissero emarginati da regole illogiche sui trasporti, che non ospitassero con leggerezza la più grande raffineria d'Europa e il settanta per cento delle basi militari italiane. Sognava che la lingua sarda fosse un valore aggiunto, che non fosse studiata solo in alcune rinomate università americane e inglesi e diventasse un vanto per chi la parla correntemente, al posto dell'italiano. Che la frutta e la verdura coltivate in una terra dove se pianti una pietra cresce un albero, come diceva sempre, non andassero in giro per il mondo, che la coltivazione fosse regolata a livello regionale per soddisfare il fabbisogno della popolazione, che i contadini non si sentissero obbligati a coltivare cardi per farli diventare biomasse per le centrali elettriche. Diceva sempre: «Sono stanca di vedere la terra andare in fumo». Per risolvere tutto questo non voleva che la Sardegna chiedesse l'indipendenza il giorno dopo le elezioni: voleva riprendere autonomia, ricalcolare le priorità. Voleva che si arrivasse spontaneamente, dopo un lungo processo e diversi anni, all'indipendenza che ha raggiunto lei stessa appena maggiorenne, salvandosi dall'idea di Michela che aveva predisposto il destino per lei. Aveva nominato gli assessori prima delle elezioni per dimostrare che non aveva tempo per i giochi politici che di solito intrattengono gli altri partiti mentre si scambiano i poteri assegnandosi con molta calma le competenze tra incompetenti.

Michela ha fatto visita al Parlamento catalano per capire come avevano fatto gli altri a riscrivere la loro autonomia e indipendenza. Credeva che le persone fossero tempesta e che la democrazia consistesse nel cercare soluzioni complesse e agevoli ai problemi di tutte e tutti, quindi organizzava degli incontri guidati chiamati OST, al fine di compilare un elenco delle più intime necessità della Sardegna, con contadini, artigiani, professionisti e cittadini che discutevano e immaginavano lo spazio politico in cui sarebbero stati felici di lavorare e di abitare.

Pur essendo stata votata da settantaseimila persone, perse in quelle elezioni e fu un sollievo in realtà per noi, perché poteva finalmente prendersi cura della sua salute che già le dava segnali gravissimi. Michela non poteva sapere che i beati anni dell'Azione Cattolica, in cui guidava ragazze e ragazzi nella formazione cristiana, dirigeva spettacoli scritti da lei, e lavorava e studiava, sarebbero stati una delle palestre per la vita dopo, trascorsa tra politica, affetti e letteratura. Non sapeva di voler diventare la grande scrittrice Michela Murgia. Sapeva solo di voler diventare felice.

Michela voleva che la sua scrittura, come le risorse della sua terra, fosse accessibile a chiunque: chiara e diretta, a ogni livello di comprensione. Per questo, devo dire, spesso mi chiedeva di leggere i suoi testi e di dirle se li capivo per intero usandomi come parametro di mediocrità... Michela non era una madre d'anima come le altre. Il suo amore prendeva la forma di una ironica sfida continua. Non faceva altro che ripetere: «Non fai latte, non fai uova, non hai la pelliccia, sei un animale inutile. Ma perché ti metti sempre le felpe con i cappucci che sembri un ladro di autoradio?». L'idea di *Chirù* è nata proprio insieme a questi bonari insulti. Durante la campagna elettorale, per ristrettezze economiche, una notte dormimmo in quattro in una stanza d'hotel in Catalogna. Michela, per convincermi ad alzarmi, in quell'occasione cominciò a socializzarmi come ghiro. Continuava a dire agli altri: «Ma non si muove, ma dorme come un ghiro!». La prima cosa che ho detto svegliandomi, dato che la usavo come vocabolario vivente di sardo (e volevo distrarla per dormire un altro po'), è stata: «Come si dice ghiro in sardo?», e lei: «Non so, si dirà tipo *chirù*» e ha improvvisato una favoletta horror con Chirù tipo: «Il Chirù è un animale inutile, dorme e basta. Il picchio gli batte la porta della tana ma lui non dà segni di vita, così facendo tutti gli animali della foresta mangeranno le ghiande e lui rimarrà a digiuno fino a sera, se sopravvivrà». E rideva...

In sardo non c'è una parola per dire amore. Si dice semmai *istima* e con quella parola si intende proprio il conoscere l'altro nei suoi pregi e difetti, e tenerselo accanto sapendo tutto di lui o di lei. Una caratteristica della lingua sarda e in generale dell'atteggiamento, che Michela amava molto, era l'antifrasi, e naturalmente l'ironia. Quindi con grande ironia mi ha sempre sbertucciato in vari modi, e per scherzare voleva che anche gli altri la insultassero, di tanto in tanto – con arguzia però, non con la stupidità del *body shaming*. La caratteristica fisica più evidente di Michela era forse il suo profumo. Non ho mai sentito profumare così elegantemente una persona nella sua via mortale e immortale. Quando l'ho conosciuta, il profumo che indossava sempre era quello di lavanda, che le restava impigliato nei vestiti dopo i suoi interminabili viaggi in auto. Per questo, perché diceva che un buon racconto contiene sempre una buona descrizione degli odori, ho deciso di regalarle una boccetta di lavanda. E in effetti, come una maga, forse l'aveva intuito e quel Natale ci scambiammo due confezioni diverse. La sua a forma di libro, la mia era una semplice scatola, entrambe piene di lavanda. Fu una grande sorpresa e una delle sue magie più potenti, la più grande dimostrazione che forse stavo imparando qualcosa, e che ci volevamo tanto bene. Da quel momento in poi sono riuscito però a farle solo regali di merda. Senza troppo romanticismo. Lei negli anni mi ha regalato una camicia, un maglione, una sciarpa, e cose così, tutte bellissime, che ho usato e uso ancora. Io invece solo schifezze assurde. Ricordo un servizio da tè orrendo che non faticò ad abbandonare a Cabras dopo il divorzio, e poi un profumatore per ambienti e cose così. D'altronde cosa si può regalare a una donna a cui bastava tanto poco per sentirsi felice?

Michela Murgia è una Morgana, perché si è sempre liberata dalla violenza e dalle costrizioni. "Ciascuno cresce solo se sognato" diceva Danilo Dolci, e lei in effetti si è sognata, desiderata e realizzata. È Morgana perché, come tutte le Morgane dei suoi racconti, è animata da un fuoco magico, addirittura da un fuoco sacro. Aveva una formula per tutto. Da ragazza il prezzo per stare in giro con gli amici, per esempio, era affrontare la zia – la sua madre d'anima – che restava sveglia fino a tardi ad aspettarla. Lei apriva la porta di casa, correva davanti alla zia e le diceva serissima: «Mattonella che traballa, da un lato non poggia» e scappava via in camera. La zia allora andava a dormire interrogandosi su queste parole e la mattina seguente incontrandola le chiedeva cosa volesse dire la notte prima, e lei con gentilezza: «Oh scusa zia, non volevo dirti quelle brutte parole ieri, ero così nervosa», e continuava la giornata lieta. Michela, come dice Marcello Fois, è una persona molto divertente nel senso etimologico del termine. Lei era proprio come le persone che desiderava incontrare, una donna che certamente avrebbe voluto come amica e mai nemica, un'umana pluridimensionale, che teneva insieme la provincia e l'eternità, i diritti delle donne e i balletti dei BTS. Rideva sempre del fatto che tanti suoi detrattori forse volevano in realtà diventare lei, e leggendo quello che scrivevano in privato e in pubblico, io le confermavo questa sua ipotesi con estrema serietà. Ora che ci penso, lei era così invidiata perché era proprio un sentimento a parte, il suo. Ecco, se un giorno doveste uscire di casa, o dal lavoro, appagati dalla vostra giornata, verso una cena con amici con i quali potete essere voi stessi, allora in quel caso non siete solo persone felici, siete come Michela Murgia, e se lo racconterete, sarete persone molto invidiate. Lei era una maga delle parole, perché quando faceva gli spettacoli scriveva il copione, ma poi improvvisava tutte le sere. Lo era perché aveva un problema con le scadenze e lo risolveva con atti estremi, tipo trasferendosi in una città per isolarsi o circondarsi delle persone giuste per finire un romanzo. Penso per esempio a *Chirù* finito a Torino, o a *Noi siamo tempesta* finito a Milano sotto lo sguardo attento di Francesca Manzoni. Ricordo di una volta che chiuse in fretta una telefonata per sedersi per terra in aeroporto e scrivere un articolo per "la Repubblica" che le era passato di mente.

Tra le sue umanità che più mi hanno intenerito e preoccupato c'è stata la paura che ha avuto per fatti concreti che le sono accaduti dopo aver scritto *Futuro interiore* e, ancora di più, *Istruzioni per diventare fascisti*. Una volta mi chiama dal taxi attaccando il discorso in sardo, e dicendomi che il tassista alla radio ha sentito il nome di Michela Murgia e allora ha iniziato a dirle, senza capire nulla di chi avesse dietro: «Sa signora, se trovo 'sta Murgia per strada la ammazzo, la tiro sotto con la macchina». Così mi ha chiesto di farle compagnia fino a destinazione, disorientata dal fatto che qualcuno potesse volerla fare fuori per sentito dire, senza averla mai vista né letta né ascoltata – senza capire nemmeno che era a un metro da lui. Nessuno merita di sentirsi in pericolo in taxi, o magari in fila per fare la spesa come avvenne a lei quando, in pandemia, ci mise in guardia sulla simbologia della divisa e quasi nessuno capì quel monito. In particolare non se lo merita Michela, che ha sempre investito ogni sua risorsa ed energia per il bene degli altri. Quello che invece sicuramente merita è l'amore che Chiara Valerio, Alessandro Giammei, Riccardo Turrisi, Raphael Truchet, Claudia Fausone, Lorenzo Terenzi, Chiara Tagliaferri, Patrizia Renzi, Teresa Ciabatti e tutti quelli che lei ha amato fino alla fine le hanno donato. Perché la sua generosità e le sue parole sono un vento che guida una tempesta di cui io Chirù, Francesco, o come volete voi, mi sento solo una goccia.

Chiunque parli apoliticamente per difendere una persona più debole, chiunque sia femminista e abbia un ruolo rilevante nella società e decida di far crescere altre donne potenti con il suo aiuto, chiunque preferisca l'orizzontalità alle gerarchie per vivere i propri rapporti, chiunque creda che in amore vince chi resta e che sa fare spazio nel cuore per qualcuno oltre se stesso, è figlio di Michela Murgia. E ora che non c'è più, che devo lasciare questa terra che lei è stata per me, ora che lei è diventata cenere, come la sua macchina che ha preso fuoco qualche mese fa come per magia, quando mi sento solo e preoccupato e ho bisogno di parlarle, annuso un po' di lavanda da una boccetta, e la sedia vuota davanti a me si riempie con il suo corpo e con il suo sorriso.

"Vorrei capire, da femminista, se la fede cristiana sia davvero in contraddizione con il nostro desiderio di un mondo inclusivo e non patriarcale, o se invece non si possa mostrare addirittura un'alleata. Da cristiana confido nel fatto che anche la fede abbia bisogno della prospettiva femminista e *queer*, perché la rivelazione non sarà compiuta fino a quando a ogni singola persona non sarà offerta la possibilità di sentirsi addosso lo sguardo generativo di Dio mentre dichiara che quello che vede è cosa buona" scrive Michela Murgia in *God Save the Queer*. **Marinella Perroni**, teologa, ci racconta della fede e del femminismo di Michela, e della *queerness* ante litteram del Vangelo di cui tante volte hanno parlato.

Marinella Perroni: È il 5 settembre 2010. Alle 7.30 di mattina il TG informa che la sera prima è stato attribuito il premio Campiello e che lo ha vinto Michela Murgia con il suo *Accabadora*. Salto giù dal letto e corro al computer. Alle 7.36 le scrivo: "Come sono contenta! Soddisfazione grande per te, ma anche un po' per me che già quando è uscito ne avevo regalate copie e copie... Forse mi fai perfino sperare che questo povero straccio di Paese rivedrà prima o poi un po' di luce.

Avrei una voglia matta di vederti. Ma... capisco bene!".

Pochi minuti dopo mi telefona per ringraziarmi, ma anche per ridere un po' con me. Oltre alla gioia del premio, la sera prima si era tolta anche una grande soddisfazione: poter redarguire in diretta e di fronte a un'enorme platea sia reale che virtuale Bruno Vespa, sì, proprio quel Bruno Vespa che presentava la serata della premiazione e che, ammiccando, aveva chiesto al regista di inoltrarsi con una telecamera nella scollatura di una delle scrittrici dato che il percorso gli sembrava promettente. Anche in quell'occasione e senza indugio, Michela ha affermato con forza e pubblicamente che nel suo mondo non ci poteva essere mai spazio per offendere una donna, e che nessuno poteva vantare alcun privilegio sessista.

Ci eravamo conosciute solo qualche mese prima, l'8 marzo di quello stesso anno. Ero stata invitata dalla sindaca di Austis, piccolo comune situato al centro della Barbagia, a partecipare a una tavola rotonda su un tema che in quegli anni si dibatteva un po' dovunque: "Donne e Chiesa: un risarcimento possibile?".

Avevano invitato due teologhe "dal continente" – così mi avevano detto! – e poi ci sarebbe stata una scrittrice, una "giovane teologa" della Sardegna. "Giovane teologa": non nego di aver avuto qualche perplessità.

In realtà, quando nel pomeriggio abbiamo fatto il

nostro incontro in una sala gremita di un centinaio di donne che venivano dalla regione, molte in abiti locali e tante altre sindache dei paesi vicini, e dopo di me e la mia collega ha cominciato a parlare lei, il mio pregiudizio nei confronti di quella giovane teologa mi è tornato indietro come un boomerang.

Michela ha presentato un testo del Nuovo Testamento quanto mai faticoso, per non dire irritante. Tratto da uno scritto attribuito a Paolo, anche se di fatto leggermente più tardivo, quel brano della lettera ai cristiani di Efeso normalmente molti preti amano leggerlo nelle celebrazioni dei matrimoni. Non può certo sfuggire che questa preferenza abbia a che fare con il fatto che nel testo chiaro e netto è l'invito alle mogli a essere sottomesse ai mariti. Certo – lo so molto bene anche io e lo sapeva altrettanto bene anche Michela – l'invito è del tutto speculare a quello fatto ai mariti ad amare le proprie mogli. Ad amarle, però, perché sottomesse a loro come la Chiesa è sottomessa a Cristo.

Michela ha fatto un'interpretazione del testo correttissima dal punto di vista esegetico, perché lo ha collocato all'interno del contesto dell'ideologia matrimoniale dell'Impero romano e lo ha quindi "smontato" in quanto espressione della trama culturale dell'epoca nella quale le nuove chiese cristiane cercavano di inserirsi e di legittimarsi. A questo scopo, accettavano però di sacrificare l'originaria tensione evangelica verso il riconoscimento della libertà di tutti, uomini e donne, di fronte a Dio.

Soprattutto, quella "giovane teologa" aveva davvero il dono di una parola limpida e tagliente, e smascherava il dolo da parte di una Chiesa patriarcale che per secoli aveva continuato a servirsi di quel testo per promuovere una forma di matrimonio in cui le donne pagavano alla stabilità sociale il tributo della loro sottomissione.

Le parole di Michela sono risuonate come squillo di tromba e il consenso da parte di quel pubblico di donne dimostrava quanto il tempo fosse ormai maturo: prima o poi, anche all'interno della Chiesa italiana le donne avrebbero fatto sentire la propria voce in nome della verità e della giustizia. E avrebbero sempre trovato Michela davanti a loro, apripista coraggiosa, visionaria come tutte le grandi donne della Bibbia.

Non ha mai smesso, Michela, di tessere quel filo, in pubblico e in privato, e dopo aver scritto *Ave Mary. E la Chiesa inventò la donna*, una geniale ricostruzione dei molti modi in cui l'immaginario mariano promosso dalla Chiesa aveva contribuito a forgiare menti e cuori di tante donne, ha continuato a interrogarsi con passione su fede e femminismo. Stava maturando in lei il desiderio ma soprattutto la volontà di scrivere un "catechismo femminista": «Glielo devo» diceva «a quelle centinaia di donne, soprattutto giovani, che mi chiedono se è possibile coniugare insieme la propria fede cristiana e il proprio femminismo. Glielo devo...».

God Save the Queer. Catechismo femminista è stato il punto di arrivo di una maturazione profonda: alla scuola dell'Azione Cattolica, di cui aveva fatto parte attiva negli anni giovanili, aveva imparato che la fede è un fatto radicalmente personale almeno quanto radicalmente politico. Perché impone delle responsabilità, soprattutto a un personaggio pubblico, soprattutto a chi sa che le proprie parole hanno un potenziale che, a differenza delle armi, costruisce, non distrugge.

Lei, a cui – come diceva lei stessa – «fin da bambina la fede ha dato da pensare», ha capito molto presto che la retorica clericale tradisce il Vangelo quando presenta i "piccoli" come teneri pupetti invocati a icona di una fede che resta perennemente infantile. Per il Vangelo i "piccoli" sono piuttosto coloro che, a qualsiasi età, cominciano a vivere la fede come decisione e compromissione personali e per questo vanno sostenuti, incoraggiati, rafforzati nella loro scelta di libertà. Perché la fede è testimonianza e, in greco, testimoni si traduce con martiri.

Per di più, Michela aveva ben appreso la grande lezione del femminismo secondo cui "il personale è politico", e le prime pagine di quel saggio teologico che è il suo *Catechismo femminista*, quelle che dedica alla potenza insostituibile dell'atto di fede personale, fanno capire che la sua fede è con il tempo diventata sempre più capace di argomentare e di chiarire, ma anche di interpellare. Non tanto i non credenti. Anche lei ha sempre deriso quella schiera di atei devoti che per anni hanno inquinato il dibattito culturale e politico italiano facendo sfoggio di piccole reminiscenze catechistiche per bacchettare i credenti per le loro presunte incongruenze, ma che di fatto hanno impedito ogni possibilità di portare avanti un'autentica "teologia pubblica". Lei, da credente, ha interpellato i credenti. Una "credente che pensa", avrebbe detto il cardinal Martini. Crede e pensa a partire dal suo vissuto e dal vissuto di tutte quelle donne che non vogliono rinunciare alla forza della propria libertà. Di fronte a se stesse, di fronte al mondo che le circonda, di fronte a Dio. E la domanda con il tempo si è fatta martellante: perché in questi ultimi decenni le chiese hanno preferito perdere generazioni di donne piuttosto che attingere alle enormi risorse di intelligenza e di autonomia che venivano dal femminismo? Perché non hanno saputo mettersi all'ascolto?

Michela sapeva bene che il rifiuto del patriarcato è scritto nel DNA delle chiese perché è comando di Gesù stesso che ha detto: «E non chiamate "padre" nessuno di voi sulla Terra, perché uno solo è il Padre vostro, quello celeste». E di fronte al perbenismo della sua famiglia di Nazaret, che per paura dell'opinione della gente lo giudica "fuori di sé" perché ciò che predica va contro le convenzioni sociali e religiose, non è forse Gesù stesso a negare la priorità dei rapporti di sangue rispetto a quelli di elezione quando interpella la folla dicendo: «Chi è mia madre e chi sono i miei fratelli?» e girando lo sguardo su quelli che erano seduti attorno a lui, dice: «Ecco mia madre e i miei fratelli! Perché chi fa la volontà di Dio, costui per me è fratello, sorella e madre». Parole che Michela ha capito molto bene, non soltanto perché ha dovuto molto presto prendere le distanze dalla sua famiglia, ma perché ha intuito che a partire da questa evangelica "*queerness* ante litteram" si era snodata nei secoli tutta la storia delle chiese che, nella buona e nella cattiva sorte, hanno cercato di mettere in pratica la libertà del Vangelo come condizione indispensabile per la fede.

E poi, l'ultimo grandioso atto di fede come testimonianza pubblica lo ha pronunciato di fronte alla morte. Perché ha capito che a lei, intellettuale che ha inciso come pochi nel dibattito pubblico e che come pochi ha saputo guardare lontano – al di là delle secche di una politica senza anima, di una comunicazione accecata dalla menzogna e di una Chiesa smarrita – Michela ha capito che a lei la morte chiedeva il coraggio di trovare le parole per cantare la vita e, così, per assolvere perfino la morte. Lo ha fatto a suo nome, ma lo ha fatto a nome di tutti quelli che ha incontrato e che l'hanno amata. Ha scritto il poeta giapponese Matsuo Bashō: "L'allodola canta per tutto il giorno. E il giorno non è lungo abbastanza".

Marco Missiroli, oltre a restituire la precisione del linguaggio materico di Michela Murgia, è l'unico a ricordare anche le sue tette prodigiose. Michela andava fiera delle sue tette e del suo corpo, regina della cosmesi coreana aveva la pelle più morbida che io abbia mai toccato.

Marco Missiroli: Ogni tanto avevo paura di Michela. Quando aggrottava la fronte e mi fissava e io sapevo che mi stava vedendo. Certe volte me lo diceva: ti vedo. Significava che non le dicevo quello che pensavo, o che non glielo dicevo dritto per dritto. Questa storia della paura cominciò quando ci siamo conosciuti, il 6 maggio 2009: "Vanity Fair" mi mandò a intervistarla per l'uscita di *Accabadora*. L'appuntamento era a Milano, in un appartamento al piano terra di un condominio a nord di piazzale Loreto. Michela viveva lì con il suo futuro primo marito, e di quel giorno ricordo anche un loro abbraccio rapace in cui le tette di Murgia sprigionarono in aria, un po' come avviene con l'impeto delle sue idee. Sbirciai quella stretta, abbassai la testa. Fu quella la prima volta in cui mi disse: ti vedo.

Cos'è che vedi? Che ti urta la libertà.

Non ricordo cosa risposi, so solo che venne un'intervista bella e che quella parola, urta, mi rimase. E anche il tono con cui Michela la pronunciò: un tono dolce, e irremovibile.

Ti urta la libertà. Dolce, e irremovibile. Ti urta la libertà. Dolce, e irremovibile.

Si era verificato uno degli effetti di Michela, che allora non potevo sapere: il deposito. Aveva questo utilizzo materico del linguaggio: la parola precisa, la parola precisa per te, la parola che non avevi la forza di dire a te stesso, la parola che si sarebbe insinuata in te e che avrebbe cominciato a lavorare. Depositarsi, lavorare, stanare. Era una collisione, e una forma amorosa. E mi faceva incazzare da morire, perché Michela ci prendeva.

In Romagna, la mia terra, prenderci significa capire il mondo in un determinato momento e trovare l'anima per trasmetterlo agli altri. Michela ci prendeva, e questo me la rendeva una figura amatissima e intimidente, come quando si è davanti a certe indovine che sanno leggerti il futuro. Ti siedi, le guardi, strizzi un po' gli occhi e preghi che non ti vedano davvero. E invece...

E invece lei continuò a farlo, con me e per me, e con gli altri e per gli altri. Urtava per la libertà. Finché un giorno non glielo dissi: basta, Michi, spegniti un attimo. Mi uscì dalla bocca dopo che mi aveva detto di mettere più sentimento politico nella mia scrittura. Continuai a dirle di piantarla. Fui duro. La fissai, e non arretrai. Eravamo in un bar a Trastevere, dieci anni dopo il nostro primissimo incontro a Milano. Lei ci rimase male. E io le riconobbi lo stesso spavento che a volte provavo io, così glielo sussurrai: ti vedo. E cos'è che vedi?

Che hai paura di spegnerti Michi, non succede niente se cazzeggi un po'.

Lei abbassò la testa e con la fronte china si avvicinò a me in cerca di un abbraccio e ci stringemmo a lungo. Quando si staccò, me lo confidò: sono stanca, Marco, ma io devo farlo.

E si inventò il gesto che racchiude tutta la sua poetica: un pugno chiuso appoggiato alla fronte, con l'indice che esce dritto al cielo. L'unicorno.

Glielo feci anche io.

Da allora, il gesto venne fuori ogni volta che ci vedevamo. Ogni volta che ci prendevamo.

Anche il 20 luglio di quest'anno. Due giorni prima mi aveva scritto un messaggio: "Passa a trovarmi, fai presto". Sentiva che era alla fine.

Andai nella sua nuova casa di Trastevere e la trovai distesa, mi chiese di avvicinarmi e disse che non dovevo spaventarmi. Mi sedetti accanto al letto, faceva un caldo maledetto e con noi si unirono alla spicciolata Alessandro e Raphael, due dei suoi figli. Poi rimanemmo soli io e lei. Sapevamo che era l'ultima volta. Lei portò il pugno sulla fronte con l'indice al cielo.

Ti vedo, le dissi.

Ti vedo, mi disse.

L'unicorno è libero, Michi. L'unicorno è libero!

Roberto Saviano ci ricorda che deve esserci una proporzione tra chi critica il potere e il potere. Quando queste proporzioni saltano, travolgono come una slavina chi ha il coraggio di parlare. Ma anche in questo caso, Michela Murgia ha saputo ribaltare la questione...

Roberto Saviano: È difficilissimo per me svelare ciò che mi univa a Michela. Non ha senso che io almanacchi sulle sue doti, sulle sue qualità o sui suoi spigoli; sui suoi tratti salienti, le sue ostinazioni. Ha senso forse che io possa condividere qui l'evento primo: che lei mi manca e mi mancherà per sempre. Michela mi ha protetto. Michela non mi ha fatto sentire solo. Michela ha cercato di salvare quello che è rimasto della mia vita e noi ci siamo incontrati non tanto per quello che facevamo, benché la nostra attività di scrittori, o comunque di figure pubbliche, fosse secante, in alcuni casi perfettamente coincidente, in altri divergente, ma non ci siamo incontrati su quella strada. Ci siamo incontrati sulla strada di quello che ci hanno fatto, non di quello che abbiamo fatto. Michela ha capito profondamente il mio disagio e non posso far altro che parlare di me raccontando di chi ha cercato di salvarmi la vita, letteralmente la qualità dell'esistenza e la possibilità di felicità.

«Non mi rassegnerò mai all'idea di non meritare la felicità» diceva Michela.

Decine e decine di prime pagine marchiate a destra hanno preso Michela e l'hanno sistematicamente minacciata, sistematicamente bullizzata, sistematicamente bersagliata, sistematicamente cercato di isolarla, sistematicamente diffamata, sistematicamente dossierata.

L'obiettivo? Sono riusciti a ottenerlo: mettere paura a tutti gli altri.

Se io so che ogni volta che critico una parte politica verrò randellata, verrò esposta al pubblico ludibrio, ricadranno su di me, attraverso un giornale di quasi zero diffusione ma di grande impatto, la melma dei social – questi sì di grande diffusione –, il sospetto, l'insulto, l'aggressione sull'aspetto fisico, il vero e proprio mobbing... ecco, se io so che ogni volta che attacco una parte politica, subisco questo, succede che nessun altro scrittore, sceneggiatore o regista sentirà la libertà di dire la sua, di prendere posizione, di accendere luce.

Tutti zitti abbasseranno la testa e cercheranno di portare a casa il loro lavoro senza disturbare questi poteri. Ecco perché hanno fatto questo a Michela. In una democrazia una cosa del genere è inimmaginabile. La voce critica viene tutelata nel momento in cui le si risponde nel merito, non andando a saccheggiare la vita (privata e non) e gettando fango: stiamo parlando di non-giornalisti e stiamo parlando di esecutori di imprenditori e di bande politiche.

Il disgusto e il disprezzo che nutriamo verso questa feccia, che abbiamo nutrito per anni, ci ha portato a considerare le persone che hanno a che fare con questo mondo, seppur lateralmente, non meritevoli di alcuna considerazione né forma di dignità.

Tutto questo ha generato grande pressione su Michela, al punto tale che quando inizia a stare male ascrive i suoi dolori, il suo vomito, le sue cefalee a quello che sta subendo ormai da anni. Avverte un senso di avvelenamento della propria vita da parte di questi mondi, da parte dell'autoritarismo populista che bersaglia chi critica, chi prende posizione contro la propaganda di estrema destra, contro gli imprenditori, contro tutto questo mondo compromesso e orrendo che ha ottenuto consenso diffondendo paura.

Lei era convinta: «Fisicamente sono anni che sto male per tutto quello che mi fanno, per tutti gli insulti che ricevo, e per lo schifo che mi viene riversato addosso...», quindi quando inizia a stare male per il cancro non se ne accorge in tempo. Probabilmente ascrive tutto a questo disagio finché fisicamente collassa e si accorgono subito che la situazione è complicata. Non vorrei spendere altre parole su come questi infami hanno avvelenato la vita di una persona luminosa che aveva il diritto di criticare senza subire tutto questo. Perché la democrazia lo permette: criticare senza ricevere dossier, massacri, mediaticità tossica; il potere politico può e deve essere messo nel mirino dei giornalisti, degli intellettuali, e deve esserci una proporzione tra colui o colei che critica il potere e il potere.

E invece tu critichi un ministro, critichi un capo dell'opposizione, critichi un dirigente di un partito, e quindi "ti devi aspettare"... ma questa è intimidazione. Il politico risponde in merito con tutti gli strumenti della prudenza possibili perché ha il potere: decide dei prefetti, decide dei questori, decide dei finanziamenti, decide dei comuni, ha gli avvocati pagati, ha il Parlamento stesso che lo difende. Infatti gli infami che hanno attaccato Michela, poi a processo non ci vanno, perché si schermano dietro l'immunità parlamentare. Lo stesso vale per figure squallide, completamente screditate, che l'hanno attaccata utilizzando (e quindi sdoganando) una serie di insulti sul corpo. Figure che in una democrazia compiuta avrebbero generato soltanto compassione in una persona capace di intendere e volere. Invece un anziano signore mangiato dalle dipendenze, dopo aver insultato Michela, continuava a essere intervistato dalla compagnia di giro: gli amici, i parenti, gli amici dei parenti che lo considerano un giornalista quando invece si tratta di un sordido guitto con una storia altrettanto misera di individuo al servizio di quello, di quell'altro, e con il compito di volta in volta di legittimare il peggio. Ecco, hanno legittimato l'orrore. Michela è stata la luce che ha frenato tutto questo. E io l'ho vista da vicino agire, accendere luce continuamente. Io provavo la stessa rabbia con cui sto scrivendo queste parole, e lei diceva: «Ma lascia perdere, pensa quante persone invece stanno ascoltando quello che ho scritto, quello che ho detto. Quante persone si stanno riconoscendo nel mondo che sto provando a illuminare, nella possibilità di vivere». La grandezza di Michi era nel quotidiano che il suo pensiero incarnava: essere accolti. «Qui sei al sicuro», quante volte me l'ha detto. Dovevamo fare tanto insieme. Sono così arrabbiato con la malattia, sono così arrabbiato per essere rimasto solo. Ci capivamo nel profondo e probabilmente la deludevo anche moltissimo perché io non sono capace di fare ciò che ha fatto lei. Dopo una giornata o dopo ore di attacchi, lei riusciva a sorridere, ascoltare musica, danzare, cucinare; io non ci riuscivo. Molte volte al telefono ci sentivamo, io parlavo per mezz'ora di come le cose stessero andando nel peggiore dei modi in questo Paese e sentivo da parte sua un fiato dal naso che era un sorriso come dire: "Ok, bene, adesso però non stare solo". Molte volte preferivo non andare a cena con lei perché sentivo di sporcare l'allegria. E le ultime ore, gli ultimi giorni passati insieme non sono in grado di tematizzarli, comunicarli. Forse solo una cosa. È come se avesse voluto sollevare... Sollevare. Il compito delle parole e del racconto di Michela, forse il compito prioritario, era quello di sollevare: dal dolore, dalla fatica, dal senso di colpa. Liberare le donne dall'orrore autoritario del patriarcato, liberare i desideri dal senso di colpa, liberare le relazioni dalla tossicità, dalla tossicità di società violente, autoritarie, omofobe. Liberare i corpi dal dolore e darsi questo compito con grande allegria e fino alla fine. E fino alla fine Michela ha fatto questo anche con chi le era accanto e con chi sarebbe stato felice di poterla assistere. E probabilmente le cose più profonde e intime che ci siamo scambiati neanche sono riuscito a elencarle. Come quando mi disse: «Resta a dormire qui a casa; al mattino ci vengono pensieri più luminosi». Non è solo il dolore per una donna straordinaria e geniale, morta nel dannato momento peggiore in cui questa cosa potesse avvenire, e troppo dannatamente presto. No, è che avevo proprio bisogno di lei. Avevo bisogno di lei per la mia battaglia, la nostra battaglia. Avevo bisogno di lei per cambiare vita come ci eravamo promessi: lei andando in Corea del Sud e io smettendo di espormi.

Ce l'eravamo detti. La sua fine per me è stato un collasso totale di tutto il bene che stava riuscendo a darmi. La perdita di Michela è stata per me devastante, non credo che riuscirò a riprendermi mai davvero. E so di farle un torto. In ogni caso, a chi mi ha letto fino a qui, a mia scusante dirò che anche questo è parte del lascito di Michela. Mi dice: «Racconta tutto quello che ci hanno fatto: racconta tutto quello che mi hanno fatto...».

Mario Desiati fa regali belli e inaspettati. È come Melquiades di *Cent'anni di solitudine*, che porta dai suoi viaggi piccole meraviglie. È arrivato da Michela con un prisma di cristallo per diffondere i colori e il calore dell'arcobaleno. Ma lei ha subito riconosciuto il copyright dell'idea...

Mario Desiati: C'era una volta, o forse c'è sempre nei panni di persone attorno a noi insospettabili, ma comunque, c'era una volta un imperatore. Questo imperatore aveva una caratteristica, era vanitoso, vanaglorioso, narciso fino agli estremi. Nella sua corte ma anche nel suo regno, coloro che avevano a che fare con lui dovevano continuamente lodarlo ed elogiarlo e non contraddirlo mai.

Un giorno arrivano due sarti, oggi diciamo due stilisti, hanno dalla loro una grande nomea: quella di essere stati nelle più importanti corti del mondo e aver vestito i migliori sovrani.

Propongono a questo imperatore un tessuto; un vestito di un tessuto che non è stato mai usato da nessun altro regnante. Questo tessuto è un tessuto magico perché è un tessuto invisibile, ma invisibile soltanto alle persone che sono indegne. L'indegnità è un tema, indegne significa che hanno commesso dei crimini, oppure semplicemente indegne perché sono persone stolte. Il re è molto affascinato da questo complesso di incantesimi che contiene questo tessuto perché dice: io posso, indossando un vestito che diventa invisibile alle persone indegne, eliminarle, quindi vivere in un regno dove tutte le persone invece saranno degne, le migliori possibili. Solo che quando viene presentato questo tessuto, il re si accorge di non vederlo. Ovviamente lui sa benissimo di aver commesso dei crimini, sa benissimo di avere delle grandi macchie nella propria vita, sa benissimo di avere dei lati oscuri dentro se stesso... e quindi finge di vederlo. Come lui, tutti i cortigiani, che ovviamente lo assecondano, non vedono queste stoffe, ma invece dicono: sono bellissime, hanno dei colori mai visti... e quindi il re indossa questo vestito, ai suoi occhi invisibile. È molto comodo, non è stato mai così comodo nella sua vita, e tutti i cortigiani però continuano a esaltarlo: «Ma non si è mai visto, ma una delicatezza, ma sentite il frusciare di queste stoffe, osservate come occupano lo spazio attorno all'oro, guardate che colori». Finché un giorno il re decide di fare una sfilata con questo nuovo vestito e invitare tutto il regno ad assistere a questo evento. Intanto i due stilisti sarti si sono intascati il loro onorario e spariscono. E il re con il suo abito invisibile, inizia a camminare in mezzo a queste ali di folla che non vedono questi vestiti, ma temendo di venire cacciati dal regno, stanno zitti tutti e applaudono. Finché il re non passa sotto una piccola ansa di queste due ali di folla dove in mezzo, fra le gambe dei suoi sudditi, c'è una bambina che guarda questo re e dice ai genitori: «Madre, padre, ma il re è nudo!».

La bambina che urla "il re è nudo" per me è Michela Murgia.

La fiaba di Hans Christian Andersen mi fa pensare all'impatto che hanno avuto, e ancora oggi hanno, gli scritti di Michela; e se *scripta manent*, per fortuna hanno avuto un impatto non solo sulla società letteraria italiana ma anche su quella politica e intellettuale, sul nostro paese, ma anche sulla personalità, l'individualità di molte persone che, nel periodo in cui Michela era presente nel dibattito, si sono sentite protette dal suo pensiero. Un pensiero che spesso andava nella direzione di rendere chiare o raccontare o dare parole a forme di discriminazione, a nuove sensibilità, a nuovi modi di essere.

La società e il mondo cambiano e inevitabilmente va saputo anche raccontare come quel cambiamento incide nella vita di tutti noi. E Michela sicuramente su questo è stata una delle voci più lucide, che ha agito allargando il nostro sguardo, illuminandolo. Inevitabilmente (a volte anche per ragioni personali, per ragioni diverse), non a tutti piace che certi lati vengano illuminati, che certi lati oscuri escano dal buio: «Per me va bene come va. Per me, è meglio un'infelicità conosciuta che un salto nel vuoto». E la scrittura di Michela Murgia sicuramente va in questa direzione. Ma con Michela, quando ci siamo visti e salutati l'ultima volta, pochi giorni prima della sua scomparsa, abbiamo parlato di cose frivole, molto frivole. È che poi, fuori un po' dalla dimensione del Santo, che rischia a volte di diventare uno scrittore, una scrittrice, un'intellettuale come lei, Michela è anche una donna di grandi leggerezze, di grandi frivolezze. Però non sempre nella frivolezza c'è la futilità, anzi a volte nella frivolezza ci può essere una forma di verità che noi nascondiamo con il riso. Molto spesso si dice che bisogna stare sempre attenti a ridere di cose tragiche perché con la risata si nasconde il proprio dolore.

Noi parlavamo molto, per esempio l'ultima volta ci siamo soffermati sul prisma che le avevo portato da Berlino, che produce degli arcobaleni. E lei ha subito capito che il mio non è un regalo originale. Diciamo che a Michela non gliela facevi mai, e potevi imbastire qualunque tipo di storia romantica avventurosa, ma alla fine lei trovava sempre un po' l'origine di quella storia, l'origine a volte pagana della storia. Quindi ha detto: «Non hai avuto per niente un'idea originale... questo è proprio il gioco della felicità di Pollyanna».

Era un libro del 1913 che poi è diventato un film, diventato anche un cartone animato che andava in onda negli anni Ottanta che conosciamo (conoscono) molti della nostra generazione, i nati fra gli anni Settanta e gli anni Ottanta, e parla di una bambina un po' magica perché è una bambina che vede il lato positivo anche nelle più grandi tragedie. È una bambina orfana, a cui succedono continuamente lutti, ha un gravissimo incidente, rimane anche paralizzata a un certo punto, è una storia terribile. Però lei riesce sempre a trovare il lato positivo in ogni momento anche se c'è tempesta; a un certo punto dopo la tempesta arriva l'arcobaleno. E l'arcobaleno di Pollyanna è anche un po' la metafora della vita, nel senso che puoi essere orfana, prima di madre, poi di padre, poi perdere la mobilità, poi perdere la felicità della zia che in quel momento ti sta crescendo. Alla fine però tornerà sempre l'arcobaleno.

A volte pensare positivo può essere anche un modo per rimuovere le cose, può essere un modo anche per difendersi. O forse a volte serve più alle persone che non sono state ferite per consolare i feriti. Ecco, ho fatto questa riflessione. Una delle ultime storie di Michela Murgia era dedicata proprio a questo cartone, con un piccolo riferimento a quel prisma che contiene i colori capaci di trasportarci negli arcobaleni futuri.

Gli scrittori lasciano un'opera, un'opera che verrà letta dai lettori del futuro che avranno sicuramente uno sguardo sulla società nuova, inevitabilmente senza le sfumature della dialettica politica o del momento sociale che abbiamo vissuto in questa fase della nostra vita, in questa fase dei nostri anni.

Avere Michela Murgia al tuo fianco ti faceva sentire invincibile. Bastava un suo sguardo e sapevi che insieme potevate affrontare tutto. **Sandro Veronesi** lo spiega molto bene.

Sandro Veronesi: Michela Murgia era una donna che faceva le cose per bene.

Le faceva bene perché innanzitutto era una persona che sceglieva, che non faceva tutto quello che le veniva chiesto, che le veniva proposto. Non si vergognava a dire di no (e non diceva dei sì per educazione, per gentilezza come capita spesso a molti, a me per esempio), disperdendo la propria capacità, la propria forza in situazioni che non ne valevano la pena o che comunque non la coinvolgevano fino in fondo. Era una persona che aveva escluso dalla propria vita determinate cose che riemergono ogni tanto e che sapeva tenere fuori, in modo da poter fare bene quelle che invece teneva dentro. Anzi più che tenere dentro certe cose, era lei che si teneva dentro a certe cose: là dove fluivano il pensiero e l'anti-pensiero, dove fluivano le possibilità, però anche dove c'era l'occasione di giovare a determinate cause e a determinati contenziosi con la brillantezza della propria intelligenza.

È fuori discussione che Michela avesse un talento di scrittrice e i libri che ha scritto, quelli, diciamo, di narrativa – che non sono tanti, a cominciare dal primo per finire con *Tre ciotole* – lo dimostrano. Ma per scelta, immagino, o per destino, ha spesso privilegiato invece la parte pubblica, dove qualunque risultato potesse ottenere con il suo intervento non riguardava lei soltanto, ma riguardava una parte delle idee che venivano difese, che venivano perseguite con degli avversari che invece queste idee le negavano.

In questo devo dire che Michela è stata la più brava. Era molto brava a gestire il conflitto, consapevole che certe conquiste non si possono ottenere se non attraverso un conflitto, e non te le regala nessuno, non cadono dall'alto, non sono concessioni, ma appunto sono conquiste.

E sapeva gestire lo scontro senza sprofondare nell'incontinenza, nella rabbia, come succede ad alcune persone che non sono preparate, che vengono trascinate; anche perché i suoi avversari spesso non erano i mandanti, quelli con cui si sarebbe dovuto discutere di quell'idea o di quell'altra, ma delle schiere di energumeni, spesso di energumeni da tastiera che la aggredivano, che la apostrofavano, rendendo piuttosto fitta la schiera dei suoi odiatori. Ma questo non la scoraggiava, perché appunto lei sapeva gestire il conflitto in questo tempo. E sapeva che qualsiasi degenerazione, qualsiasi altra maniera di abbandonarsi al conflitto sarebbe stata per lei e per le cause che lei perseguiva deficitaria, perdente.

Di sconfitte, come tutti quelli che lottano, ne ha dovute registrare pure lei, però sempre molto poche rispetto a quanto sarebbe stato inutile, diciamo, il suo impegno senza quelle battaglie, senza quelle sconfitte... Averla accanto era molto rassicurante. Avere il suo pensiero, avere la sua capacità di fare bene le cose, quando si era nella stessa guerra, nello stesso conflitto, era una cosa molto preziosa, faceva la differenza. Per me l'ha fatta.

Michela Murgia doveva gestire tutto il giorno, tutti i giorni, una valanga di insulti, di apprezzamenti, di persecuzioni. Questa situazione minacciava di soverchiarla, di metterla a terra, perché doveva portare, alle volte, un peso veramente, veramente enorme. Essere lì e condividerlo un po' con lei, è la sola ragione per cui io mi posso pregiare di parlare di lei, e di aver fatto delle cose insieme a lei.

Lorenzo Terenzi, amico, marito di Michela Murgia e attore, sa riparare le cose: lavandini, maniglie, lampade... con un cacciavite in mano fa miracoli. Quando io e Michela scrivevamo *Morgana* lui, silenzioso come un gatto, riparava ciò che si rompeva nelle case in cui Michi abitava (ne ha cambiate molte), e soprattutto riparava lei.

Lorenzo Terenzi: Se c'è una cosa che Michela sapeva fare benissimo era conversare, fare dei simposi.

Non importava il luogo, la presenza di alcol o meno, assolutamente, bastavano le persone.

Si poteva essere seduti al ristorante, si poteva passeggiare per prendere il fresco dopo cena contemplando Roma deserta e fermandoci a guardare ogni angolo sconosciuto che scoprivamo per caso, ma era sempre una conversazione piena, densa, in cui si parlava di tutto, in cui da qualsiasi punto si partisse, toccavamo tutti gli argomenti possibili: l'attualità, la politica, la Storia, l'amore, i sentimenti, qualsiasi cosa. Qualsiasi. Era incredibile. Con chiunque avesse intorno, ma a differenza magari dei simposi che studiamo a scuola, o dei grandi incontri fra grandi menti, di cui abbiamo articoli, documentari e quant'altro, con lei c'era una cosa che, a quel livello, io non ho mai visto da nessuna parte, cioè la quantità di risate.

Si rideva di tutto. E questa risata era la cosa più liberatoria. Perché ridere, soprattutto quando sei impegnata a lottare, a farti sentire, a cercare di scomporre i problemi per trovarne la causa, quando stai dando tutta te stessa e ogni tua energia e ogni secondo della tua giornata è rivolto a determinati temi, la libertà di ridere era come mettere la testa fuori dall'acqua e riprendere fiato e capire che siamo comunque esseri umani, abbiamo bisogno anche di quello: della gioia e della risata.

E lei lo sapeva benissimo, lo sapeva benissimo e ha riso fino all'ultimo e ce l'ha insegnato a tutti a tutte e a tuttə l'importanza del ridere.

E Michela era anche la persona più empatica del mondo. Noi parlavamo spesso dell'importanza dell'empatia.

Michela l'empatia l'ha presa dalla politica, dalla lotta. E la metteva in tutto. Non riusciva mai a vedere un problema altrui come il problema di un estraneo. Mai. Su qualsiasi tema, anche sui temi più forti, e ogni volta ci entrava come un carro armato per difenderle, queste istanze. Ogni volta si buttava con tutte le sue energie ed era bellissima ed era contagiosa, riusciva a contagiare chiunque, riusciva a riaccendere quelle ceneri che ci sono in ognuno di noi con la brace di qualche lotta che oramai abbiamo abbandonato, in cui non crediamo più.

E bastava passare del tempo con lei, tra un soffio delicato e persistente come quello che serve per ravvivare una fiamma, e la tua fiamma si ravvivava. Ed era incredibile. La cosa divertente è che ci siamo sposati anche se eravamo solo migliori amici, per motivi burocratici e quant'altro, e passavamo le nottate a dire: «Ma com'è possibile stare insieme, perché le coppie sono tutte scoppiate! Perché felici ne conosciamo pochissime, perché viene imposto un modello a tutti e non si accetta invece il fatto che ogni coppia, ogni relazione ha una storia a sé». E pensavamo che sempre è la libertà il punto, vedevamo come tanti legami di coppia negano la libertà, perché idealizziamo l'altro. Non è più persona, ma una funzione. Il nostro compagno, la nostra compagna, non gli permettiamo più errori. Lo idealizziamo e diventa amore, ma invece una persona, un essere umano, cambia, sbaglia... e va bene così. E con lei passavamo le nottate a parlare di questo, ascoltando musica improponibile e musica bellissima, passando da una nostra canzone che adoravamo – *Uomini col borsello* di Elio e le Storie Tese – fino ai canti gregoriani, o il free jazz brasiliano... Lei indossava un kimono che l'avvolgeva e stava seduta in posizioni stranissime, quasi da contorsionista, come un gatto: era un gatto Michela. Un gatto affascinante e che non si curava dell'educazione formale, di come tenere il corpo, ma lo lasciava libero di esprimersi e quindi trascorrevamo queste nottate su divani, in terra, lontani, guardandoci, non guardandoci, gli occhi al soffitto o verso il pavimento, ragionando. Ragionando, sempre in maniera bella, e ogni volta che c'era da prendere un po' di fiato era lì che arrivava la risata... Ci sono tante cose che potrei dire, ma forse ancora non ci riesco... Però se penso a cosa mi ha insegnato, a cosa ho imparato... è questo godere del presente, questo cercare di entrare nelle cose per capirle, anche quelle lontane da te, e questa voglia di ridere, questa voglia di vita e questa consapevolezza che le cose possono cambiare.

Le cose possono cambiare e non è una frase da fricchettone new age, è la verità.

Bisogna impegnarsi, ma le cose possono cambiare. Niente è eterno.

Questo era Michela Murgia, era come la legge della termodinamica: nulla si crea, nulla si distrugge, tutto si trasforma, lei era in grado di vedere questa trasformazione e di fartela notare. E fartene innamorare.

È una che ha cambiato pelle mille volte rimanendo sempre se stessa, e trovando sempre nuovi modi per esprimere se stessa e le proprie idee. Quindi anche questo: come la termodinamica. L'amore per la trasformazione, per il fatto che nulla ha un inizio o una fine, tutto cambia, ma rimanendo fedele alla sua origine. E soprattutto, tutto cambia ridendo molto molto molto.

Perché ridere, in questo mondo confuso, caotico, è la cosa più importante.

Chiara Valerio mi ha fatto notare che per Michela Murgia Morgana è sempre stata, soprattutto, l'anti-Ginevra, riferito al ciclo di Camelot e a *Le nebbie di Avalon*. Murgia lo ha raccontato molto bene nel libro *L'inferno è una buona memoria*, pubblicato per Marsilio (altra ossessione di Michela – ricorda Chiara – è che la memoria fosse un inferno nonostante l'abbia coltivata per tutta la vita, non permettendosi di dimenticare tutto quello che odiava). Morgana – mi ha detto Valerio – era dunque l'anti-Ginevra, dove Ginevra sta per la donna che deve essere difesa e per la quale i cavalieri si battono e Morgana sta per la donna che non deve essere difesa e per la quale i cavalieri non si battono.

Chiara Valerio: La Morgana Michela Murgia ha trasformato la sua intera vita, corpo compreso, in uno strumento politico. Non ha mai smesso di usare la propria voce per creare moltitudini e spazi dove immaginarci liberi, come nella sua famiglia *queer*, che lei descrive così: «Il nostro vissuto personale, come quello di tutte e tutti, oggi è più politico che mai, e se potessi lasciare un'eredità simbolica, vorrei fosse questa: un altro modello di relazione, uno in più per chi nella vita ha dovuto combattere sentendosi sempre qualcosa in meno». Se è vero che sono pochissime le persone in grado di capire che la differenza non è un vuoto di possibilità ma un pieno di alternative, Michela ci mostra la via dello "stare" nelle relazioni, che unisce in sé un ruolo mutevole nel tempo, perché chi è maestro può diventare allievo e chi è figlio può trasformarsi in amico, dove l'affetto e la responsabilità reciproca non discendono dal vincolo di sangue ma si generano nella scelta. «Non è vero che il mondo è brutto, dipende da che mondo ti fai» ha detto Michela, e lei il suo se l'è costruito *queer*. Sta a noi, adesso, portarlo avanti.

INDICE

Mondadori Libri S.p.A.

Questo volume è stato stampato
presso ELCOGRAF S.p.A.
Via Mondadori, 15 - Verona

Stampato in Italia - Printed in Italy